汉藏一家人

རྒྱ་བོད་ཁྱིམ་ཚང་གཅིག

马卫东 白玛仁增/主编

XZCB 西藏人民出版社

序

李光文

西藏是雪域高原的一颗璀璨明珠，自古就与祖国内地有着密切的联系。元朝时，西藏正式纳入中央政权直接治理之下，明清时期，西藏与中央政权的关系日益密切。在漫长的历史岁月中，作为中华民族大家庭中的重要成员，汉藏人民共同为创造灿烂辉煌的中华文化，并推动其发展，做出了卓越的贡献。

在长期的生产、生活过程中，汉藏人民共同应对各种险阻，战胜无数困难，渡过一个又一个难关，在人类进步的历程中始终迈着坚定的步伐，不断前行，他们在奋斗和取得业绩的过程中，所展现出来的勤劳、勇敢、智慧等优秀品质，成为中华民族精神宝库中的珍贵遗产。

在西藏历史发展的各个时期，有无数的藏汉先烈和志士仁人，以西藏的进步、繁荣为己任，并为此探索、奋斗。他们不惜抛头颅、洒热血，献出了宝贵的生命；他们披肝沥胆、呕心沥血，终生奉献西藏。这些为西藏发展做出贡献的先贤，既有藏族，也有汉族，他们在中华民族历史发展的不同阶段，成为了汉藏人民交往，汉藏文化交流的使者和先行者。

在他们中间，有历代伟大的汉藏政治家，他们在悠久的中华民族历史上，为汉藏亲密关系的建立和保持，为西藏地区的发展，做出了巨大贡献；在他们中间，有杰出的爱国者，他们在风云变幻、危机四伏的近代中国，为国家的统一、西藏地区的稳定，做出了不朽的牺牲；在他们中间，有著名的科学、文化各界学者，他们为中华文化的延续和繁荣，做出了非凡的努力……

进入21世纪以后，国际风云变幻，国际间民族关系错综复杂，不断形成地区热点。基于历史与现实的原因，中国不能置身事外，必然受到其直接和间接的各种影响，需要应对和处理各种复杂的问题。当期，国内正处于实现“中国梦”的关键时期，需要一个稳定、和谐的社会环境。国内各民族之间的和谐共荣、共谋发展，是巩固和发展这一环境的关键一环。

党的十八大以来，以习近平同志为核心的党中央立足实际，着眼长远，深入研究西藏长足发展和长治久安大计，作出一系列重大决策部署，为雪域高原绘就了面向未来的宏伟蓝图，开启了西藏自治区经济快速发展、社会事业全面进步、群众生活水平明显提高、社会大局持续稳定的全新局面。

2013年3月9日，在十二届全国人大一次会议期间，习近平总书记在西藏代表团参加分组审议过程中强调指出：“西藏是我国重要的国家安全屏障和生态安全屏障，在党和国家战略全局中居于重要地位。治国必治边，治边先稳藏”。

2015年8月24日，习近平总书记在中央第六次西藏工作座谈会上全面阐释了党的治藏方略：“必须坚持中国共产党领导，坚持社会主义制度，坚持民族区域自治制度”；“必须坚持治国必治边、治边先稳藏的重要论述精神，坚持依法治藏、富民兴藏、长期建藏、凝聚人心、夯实基础的重要原则”；“必须牢牢把握西藏社会的主要矛盾和特殊矛盾，把改善民生、凝聚人心作为经济社会发展的出发点和落脚点，坚持对达赖集团斗争的方针政策不动摇”；“必须全面正确贯彻党的民族政策和宗教政策，加强民族团结，不断增进各族群众对伟大祖国、中华民族、中华文化、中国共产党、中国特色社会主义的认同”；“必须把中央关心、全国支援同西藏各族干部群众艰苦奋斗紧密结合起来，在统筹国内国际两个大局中做好西藏工作”；“必须加强各级党组织和干部人才队伍建设，巩固党在西藏的执政基础”。

站在中华民族历史发展的新起点上，回顾一路走来的历史进程，眺望撒满金色阳光的雪域高原，我们坚信未来的西藏会更加美好。

《汉藏一家人》一书，收录了历史上对西藏地区发展做出过重要贡献的39位汉藏代表人物。他们的辉煌业绩永载史册，激励一代又一代后来人，继承先烈的志愿，不断开拓进取，为建设一个团结、美丽、繁荣，充满活力的社会主义现代化的西藏而奋斗。

目录

序 ……………………………………………………………(1)
"狮子赞普"——唐太宗 …………………………………………(1)
"和同为一家"的建立者——松赞干布 ………………………(7)
汉藏友谊的使者——文成公主 ……………………………(14)
汉藏友谊的承传者——金城公主 …………………………(21)
一代宗师,爱国先驱——萨班·贡噶坚赞 ……………………(28)
一代帝师——八思巴 ………………………………………(36)
以佛治藏——明太祖朱元璋 ………………………………(42)
弘扬佛法,促进汉藏交往——释迦益西 ……………………(50)
赐封西藏三大法王——明成祖朱棣 ………………………(56)
"阿巴钦波"——五世达赖 …………………………………(64)
文韬武略,安定藏地——颇罗鼐 …………………………(69)
万里朝觐,佛心佑国——六世班禅 ………………………(75)
力挽狂澜,维护主权——张荫棠 …………………………(81)
抗击侵略,爱国爱教——九世班禅 ………………………(88)
藏地女杰,汉藏之花——刘曼卿 …………………………(96)
爱国爱藏的好榜样——擦珠·阿旺洛桑 …………………(104)
西藏人文主义先驱——更敦群培 …………………………(112)

反帝护藏,以身许国——五世热振活佛 …………………(119)
佛门大师,爱国老人——喜饶嘉措 ……………………(127)
西藏和平解放的使者——张经武 ……………………(135)
开国中将——张国华 …………………………………(145)
献身雪域树丰碑——谭冠三 …………………………(155)
天路将军——慕生忠 …………………………………(163)
生命不息,笔耕不辍——任乃强 ……………………(168)
雪域边陲,父子尽瘁——谢国梁 ……………………(176)
“五十书生出边关”——李安宅、于式玉 ……………(182)
长期建藏,边疆为家——王其梅 ……………………(192)
人民功臣,进藏先锋——李狄三 ……………………(202)
“将解放福音洒遍雪域高原”——天宝 ……………(210)
爱国的和平使者——阿沛·阿旺晋美 ………………(218)
肝胆赤诚的爱国者——十世班禅额尔德尼 …………(227)
维护统一,矢志不渝——詹东·计晋美 ……………(235)
爱国活佛,献身西藏——五世格达活佛 ……………(243)
中国人民解放军中将——朵噶·彭措饶杰 …………(253)
高举义旗,走向光明——德格·格桑旺堆 …………(260)
鞠躬尽瘁,献身雪域——孔繁森 ……………………(266)
壮士许国身何计,一腔热血献高原——冯军 ………(272)
翻身农奴,高原主人——仁增旺杰 …………………(282)
雪域高原上的史学大师——恰白·次旦平措 ………(289)
后记 ……………………………………………………(297)

“狮子赞普”——唐太宗

今天，在北京的故宫博物院里，陈列着一幅出自唐代著名画家阎立本的传世精品《步辇图》。画卷偏右，在九名仕女簇拥下，威严而从容地坐于步辇之上的是一代帝王唐太宗李世民（公元598–649年），左侧则是跟在朝廷引见官之后，严肃而略显拘谨的吐蕃使者禄东赞及其随行人员。这幅传世名画，再现了唐太宗一代雄主的威仪，也生动而真实地记录了汉藏之间一千多年前交往交流的历史岁月。

“不打不相识”

藏族先民，很早就生活在雪域高原。吐蕃二字，照清代史学家钱大昕的说法，与拓跋、秃发、铁弗等部族名都是一个词的不同翻译，《魏书》释其本义为大地之主。吐蕃部落在南北朝时期逐渐扩大和融合周围部落的过程中，就已采用了这一名词作为自己的族称，可见雪域高原与中原地区历史联系之悠久。此时，吐蕃社会已经基本确立了由赤托赞家族世袭赞普之位（君长）的父死子继的政治制度。到了公元7世纪中期，吐蕃部落凭借相对发达的经济生产与军事实力，在朗日论赞及其子松赞干布任赞普时期，先后役属合并了苏毗及大羊同等部落，统一西藏地区，成为一个拥有数十万军队的地方政权。也就在这时，吐蕃不可避免的与中原王朝发生了正面的接触。

此时的唐朝已经与中原边地的国家和部落结成了朝贡关系，前往唐都长安朝贡的使者络绎不绝。长安是大唐帝国经济繁荣、文化发达、国富民强的象征。松赞干布在了解到相关情况后，也非常希望能与唐建立关系。公元634年，即唐贞观八年，松赞干布派出向唐朝贡的使者，唐太宗李世民则派冯德遐前往慰问。松赞干布见到冯德遐非常高兴，在得知突厥和吐谷浑都已迎娶了唐朝公主后，决定遣使随冯德遐入朝，将求婚的表书与金银珠宝一同奉给了李世民。但李世民考虑到与吐蕃交往尚浅，对其情况多不了解，并没有立即答应这个请求。

吐蕃使者无功而返后，为推脱责任，便指责是吐谷浑在其中作梗。这则无法求证的传闻令松赞干布大为愤怒，遂于贞观十一年发兵，率领羊同接连攻破吐谷浑国，对其民户牲畜进行掠夺，将吐谷浑国人赶到青海以北。松赞干布盛怒之下接连攻破了党项及白兰诸羌人，而后领兵20万驻于松州西境（唐松州治所在今四川省阿坝藏族羌族自治州东北部的松潘县一带），又一次遣使贡献金银布帛，以求与唐朝宗室联姻，无果之后，松赞干布率兵攻击松州，败松州都督韩威，边境民众一时大为恐慌。

李世民当机立断，令吏部尚书侯君集出当弥道，右领军大将军执失思力出白兰道，左武卫大将军牛进达出阔水道，右领军将军刘兰出洮河道，共五万骑步兵分头抵敌。牛进达的部队率先夜袭吐蕃大营，斩杀千余人。松赞干布惧于唐朝的军事实力，不得不引兵而退，随即遣使入朝谢罪。李世民也认识到松赞干布非等闲之辈，很有安抚结交的必要，以保障西南边陲的安定与和平。所以当谢罪的使者第三次提出求婚一事时，李世民终于准许了这一请求。此事颇有我们今天俗话所说“不打不相识”的味道。

高瞻远瞩的决策

贞观十四年，松赞干布派重臣大相禄东赞与随行人员百余人，携黄金五千两及各式珍宝作为聘礼抵达长安，正式向唐求婚。李世民格外欣赏禄东赞，封其为右卫大将军，并在答应将文成公主嫁给松赞干布后，将琅琊长公主的外孙女段氏许配给禄东赞。据五世达赖喇嘛所著《西藏王臣记》的说法，当时印度法王、波斯财王、格萨军王、美色市王等羡慕文成公主的美貌，都分别派遣重臣求婚。唐皇李世民已经许婚吐蕃，又不便直接拒绝其他求婚者，于是就出了六道考题，来考验各国使臣的机敏程度。一是将绸带穿过绿松石的孔隙；二是辨别一百只母鸡和鸡雏的亲子关系；三是一天之内吃完一百只羊、喝完一大瓶酒不醉且鞣好一百张羊皮；四是分辨一百根粗细相当的树干的根梢；五是夜诏入皇宫返回时不许迷路；最后是在三百名宫女打扮的女子中认出公主。六道题目相当灵活，着实不易。禄东赞胆大心细在他国使臣束手无策之时，巧妙地解决了这些难题。李世民对他的表现非常满意，并从他的身上看到吐蕃人民的智慧和文化水平，下诏由礼部尚书江夏郡王李道宗主婚，持节护送文成公主入藏完婚。其后，松赞干布率兵于柏海，迎接送亲队伍于河源，与唐朝共同结成翁婿的亲密关系，谱写了文成公主进藏的一段佳话。

作为此次汉藏和亲的最终裁定者，李世民展现出了他处理民族关系时一贯恩威并重的特点。以吐谷浑为例，其国在伏允可汗时期不断遣兵骚扰唐朝洮、岷、凉等州，使边地人民无法安居。贞观九年，李世民下令唐军击败吐谷浑。伏允可汗由于统治集团内部矛盾的爆发被杀，由其子慕容顺即汗位，被李世民封为西平郡王。慕容顺死后又由其子慕容诺曷钵即汗位，李世民加封其为河源郡王，将宗室女弘化公主许配给他。我们从吐谷浑和吐蕃与唐和亲的前后经过中可以发现两者是何其的相似。尽管吐蕃的求婚意向更加明显,李世民则始终遵循着他自己的原则。想当初在唐武德五年,即公元 622 年，高祖皇帝李渊问群臣如何看待突厥先入侵而后求和的问题。太常卿郑元认为交战会加深仇怨,不如讲和有利。中书令封德彝则说:“突厥仗着兵力众多,轻视我们中原的大唐王朝,如果不战而和,是向他们显示软弱,明年还会重来。不如打击他们,取胜以后再讲和,这样就能得到恩威并重的效果。”李渊最终听取了封德彝的意见，而他的继任者李世民也成为了这一政策最坚定的拥护者和继承者。

李世民对待少数民族的另一个突出特点就是空前的民族平等观念。贞观二十一年，李世民在行宫翠微殿问身边大臣:“自古以来,帝王们虽然能够平定中原,却不能制服周边各部族。我的才能远不及古代帝王而取得成果却比他们大?”群臣相顾无言,唐太宗自己给出了答案:“这其中大概有五个原因。第一,自古以来帝王大多嫉妒能力超过自己的人。我跟他们不同,看见别人的长处,便如同自己拥有一般。第二,没有人的能力可以样样精通,因此我对人常常是扬长避短。第三,帝王们往往爱才之时无比亲信,黜退庸人时极度厌恶。而我看见有才能的人时则非常敬重,遇见无能之辈时也加以怜悯,这样有才能与无才能的人都能各得其所。第四,帝王们大多讨厌正直之人,要么公开惩罚要么暗地加害,没有一个朝代不是如此。我自即位以来,正直的大臣在朝中比比皆是,未曾贬斥一人。第五,自古以来帝王们都尊重中原人,贱视边境少数民族,唯独我爱之如一,所以各个部落都像依赖父母一样依赖我。这五点，是我能有今日成就的原因。”李世民对自己的功绩确实有着清醒的认识,尤其是其中的第五点,对中原与边境各族人民爱之如一,既是中国古代民族思想的一次重大飞跃，也是这个世界性的多民族统一国家恢弘气度最真切的体现。因此我们也就不奇怪，在贞观四年，西域和北部边疆各族君长为何要来到长安请求尊奉李世民为“天可汗”，也就是北方各族共同的最高君长了。

“狮子赞普”的赞誉

揆之典籍，“天可汗”之名在藏文传世史籍中亦有类似的各种记载。其中一个最普遍的称呼就是“狮子赞普”。比如成书于晚明时期的《新红史》就明说唐太宗与“狮子赞普”实为一人。狮子是吐蕃时期广为流传的形象，见于各类艺术文物之中。一般认为这是受到波斯、粟特文化的影响，是威严、尊贵与王权的象征。赞普则是对王的特定称谓，源于吐蕃先民原始崇拜的名为赞的精灵。这说明李世民在吐蕃人民心目中有着一种特殊认同。与“狮子赞普”密切相关的另一个称呼是“观音菩萨的化身”。大约成书于公元8到12世纪之间的《拔协》就说李世民“据说也是观音菩萨的化身”。之所以有“也”字，是因为松赞干布在之前已经凭借统一西藏以及引入佛教的丰功伟绩获得了这一尊号。李世民与松赞干布同时，又与他为翁婿，故而也称他是“观音菩萨的化身”。这个对李世民颇具吐蕃本土化色彩的神化过程，同样体现了吐蕃人民对他的爱戴。此外，《拔协》中又称李世民是有三百六十部经典的汉地的“经典皇帝”。这是出于什么原因呢？我们在成书于明晚期的《贤者喜宴》中看到了如下的记载：唐太宗劝文成公主入嫁吐蕃时，文成公主请求赐予供奉神像金释迦牟尼、十八种工艺书籍、《大医典》、八十部占筮历算等书，于是唐太宗便将上述书籍、珍宝、锦缎等等无数物品赐予了文成公主。如此，方有日后吐蕃贵族来到唐朝学习儒家《诗》《书》，并延请中原文人为吐蕃国处理文书等一系列活动。原来“经典皇帝”

一词中的经典与中原王朝称呼儒家的传统典籍为经典是一个道理。正是由于吐蕃认识到了在汉文典籍传入的过程中，李世民发挥了举足轻重的作用，所以才有了将经典与皇帝并举的“经典皇帝”。再者，经典创作的源头大多都可以追溯到儒家学派的开创者孔子。孔子既被历代王朝尊为圣人，在吐蕃眼中，为他们带来圣人之书与圣人之学的李世民与孔子必存在某种联系，于是如《贤者喜宴》等书称呼李世民为“孔子化身王”也就顺理成章了。以上这些藏文史籍虽然普遍出于后弘期(指公元10世纪末佛教在藏地再度复兴以后的时期)，但这些记载无疑是在吐蕃政权时期形成已久的历史记忆，我们今天正可以通过这些称呼来想见李世民在吐蕃人民心目中的地位和意义，以及他对吐蕃政权发展所起到的深远影响。

唐太宗李世民不但是汉藏两地第一次正式接触的历史见证者，更是汉藏人民亲如一家的友好关系的重要推动者。他在中国古代民族政策与民族思想领域的突出贡献，今天仍值得我们去研究和学习。

（白悦波）

参考文献

[1] 刘昫等. 旧唐书[M]. 北京:中华书局,1975:5219—5222.

[2] 五世达赖喇嘛. 西藏王臣记[M]. 刘立千译.北京:民族出版社,2000:18—26.

[3] 崔明德. 中国古代和亲通史 [M]. 北京: 人民出版社,2007:197—207.

[4] 石硕. 康藏历史与文明 [M]. 成都: 四川人民出版社, 2018:73—93.

“和同为一家”的建立者——松赞干布

在我们祖国西部地区的青藏高原，自古以来就居住着统称为“西羌”的部落,其中有一支自称为“博”,他们就是藏族的祖先——吐蕃。

高耸入云的雪山中间有一条奔腾不息的大河，它的名字叫做“雅鲁藏布江”,这里土地肥沃,孕育了吐蕃的早期文明。公元 7 世纪,缔造强大吐蕃政权的松赞干布在这里降生。

临危受命,巩固政权

起初,朗日论赞刚建立的奴隶制政权还很脆弱,整日忙于南征北战、创功立业。赞普虽格外疼爱他的独子松赞干布（公元 617 年—650 年),却没放松对他的培养和教育。松赞干布从小就接受了骑马、射箭、击剑及其他武术方面的训练。10 岁以后,松赞干布就以超群的武术,成了吐蕃远近闻名的勇士,且“为人慷慨”,深为各方敬服。松赞干布武艺的日益精进,使他的父亲不禁喜在心头。但朗日论赞深知光有武艺是不够的，还必须使他得到未来赞普所应具备的知识、谋略,养成刚毅果决的性格。因此,只要稍有空闲,朗日论赞就给儿子讲述先辈英勇奋斗的历史和吐蕃英雄的传说，又请来学识渊博的长者,教授松赞干布工艺、历算、诗词、民歌等多方面的知识。父亲卓有远风(见)的教育,使得松赞干布“骁勇多英略”。

629年，政治风云突变。吐蕃赞普朗日论赞被下毒身亡。紧接着，对朗日论赞极为不满的旧贵族在各地同时掀起叛乱，被吐蕃征服的苏毗部落的复国势力和西面的羊同部落也趁机向吐蕃发起了进攻。内忧加之外患，吐蕃的统治面临大厦倾覆的危险。年仅13岁的松赞干布挥手告别了过去无忧无虑的生活，开始平叛吐蕃叛乱。

内忧外患之下，松赞干布并未惊慌失措，反先以赞普毒杀事件为借口，站在道义高地，扫平了诸多不满于现状的旧贵族势力，并同时整肃宫廷，清除内应。这一有力举措很快就让局面趋向稳定，巩固了自身统治地位。经过一系列诡谲多变的政治斗争并最终取胜的松赞干布，其性格也在各方历练之下转而变得老成练达。这让他变得谨言慎行，凡事三思而行，绝不轻言忘行。伴随着他的蜕变，越来越多地人开始尊称其为“松赞干布”，具体而言，“松赞”乃姓名，“干布”为尊号，有“深沉英明”之意。

稳定吐蕃政局后，松赞干布一鼓作气，统一青藏高原。在北部地区，松赞干布征服苏毗后，就开始征服吐谷浑，并侵吞唐朝治下的个别州县。在东部，征服隋朝汉史书中所载的附国、嘉良夷等地方政权，势力深入到今天的四川西部地区。在南部，势力扩张到今天的尼泊尔地区。松赞干布的南征北战，使青藏高原的部落邦国望风归附，从而结束了青藏高原长期的邦国并立和互不统一的局面，强大的吐蕃政权就此形成。青藏高原的统一，为当地的政治、文化、经济的发展提供了前提条件，也为日后开创唐蕃“甥舅关系”提供了政治条件。

至公元633年，松赞干布不仅完成了青藏高原的统一大业，还正视藏族落后的社会、经济、文化现状，开始推动全方位的国家改革。为此，他不惜迁都，由琼巴达则(今西藏琼结县)迁往逻些(今西藏拉萨)，将其作为吐蕃的中心，以此辐射四方。

吐蕃穿唐装的第一人

与吐蕃政权崛起相对应，彼时的中原地区正处于唐太宗李世民的治世之下，一片繁荣景象。冉冉升起的唐王朝，向四邻万邦彰显出光辉灿烂的盛世光华，引人倾慕。这也让松赞干布不由得心向往之，主动向唐太宗求娶公主，希冀进一步加深两国之间的关系。贞观八年（公元634年），唐太宗在长安热情礼遇了吐蕃派出的使臣，并派出使团随吐蕃使臣一行到吐蕃致谢。松赞干布在隆重接待冯德遐一行的过程中，第一次亲身感受到汉家威仪，仰慕之情油然而生。于是，赞普的求娶公主之心更加坚定，随即松赞干布的求婚使团再次上路，不远千里奔赴长安，向唐太宗申明自己的款款心意。

遗憾的是，这一求婚却并未获得唐太宗的允诺，失望之余，松赞干布不由得心生怨念，迸发出武力逼婚的想法。基于这一目的，吐蕃开始了频繁功伐，相继打败了吐谷浑、党项、白兰等少数民族之后，松赞干布率军二十余万，浩浩荡荡杀向唐境。松州之战就此爆发，也拉开了唐蕃战争的序幕。不久，松赞干布放弃东征，转而对唐采取友善政策。贞观十五年（641年），唐太宗最终决定以宗女文成公主许嫁松赞干布。兵戎撤去，荒凉的边疆出现了一队西行的豪华车辇，唐蕃和亲，化干戈为玉帛，开辟了汉藏之间的友好新局面。

为表重视，松赞干布亲自率领侍从、卫队从拉萨前往柏海（今青海的鄂陵湖和扎陵湖区域）迎亲，特地穿上了唐朝赠送的袍带服装，完全以唐朝驸马的装束打扮自己。面对“尚大唐公主”这一前所未有的荣耀，难掩兴奋的他，为“夸示后代”，决心筑城池聊表心意。可以这么说，松赞干布是吐蕃穿汉族服饰第一人，娶汉族女子为妻的赞普第一人。

唐蕃肝胆相照一家人

松赞干布自与唐朝通婚以后，主要采取敦睦四邻的和平政策。特别对于唐朝，更是如此。自文成公主抵达吐蕃，直到松赞干布去世，两个王朝之间没有发生过战争，和平使者却往来不断。唐蕃和亲后，两国物产交流更是十分频繁。来自吐蕃的精巧制器深得唐皇喜爱并陈列以示群臣。此外，牛马牲畜、金银玉器、毡毯衣物等等物品也随着商路的开拓通行于中原各地。身处中原与西域等地相接的吐蕃，还在某种程度上扮演了东西方贸易中间商角色，为丝绸之路的畅通与流转贡献着自己的一份力量。543年和644年，松赞干布曾两次遣使赠送西藏特产方物。645年，遣使向唐王朝贺年。646年，唐太宗征服辽东后，松赞干布派遣禄东赞奉表向唐王朝祝贺："才闻陛下发驾，少进之间，已闻归国，雁飞迅越，不及陛下速疾……。"他还奉上了用黄金打造而成的金鹅一只，高达七尺，中可盛酒三斛，聊表心意，以示友好。

至贞观二十二年(648年)，唐朝的右卫率府长史王玄策出使天竺，新王阿罗顺得位不正，心怀不轨，竟派兵将伏击，俘虏随从，掠夺贡物。情急之下，"玄策挺身奔吐蕃西鄙"求助于吐蕃。当时，文成公主刚刚入藏，松赞干布感念与唐蕃友好，听闻此事之后，随即"发精兵一千二百人，并尼婆罗(尼泊尔)国七千余骑，以从玄策。玄策与副使蒋师仁率二国兵进至中天竺国城，连战三日，大破之"。随后，"吐蕃赞普(松赞干布)击破中天竺国，遣使献捷"。吐蕃的声名威震，天竺北部的蒂尔湖地区并入了吐蕃。此役不仅增强了唐、蕃的亲密关系，也充分体现了汉藏两族是风雨同舟、肝胆相照的一家人。

唐蕃关系的友好，也为唐朝政权的稳定提供了巨大支持。公元

649 年，唐太宗驾崩，李治即位，是为高宗。松赞干布也并未改变对唐友好的态度，不仅进献了诸多珍宝，还进一步表示出了对高宗的支持和效忠。对此，唐高宗也投桃报李，授松赞干布“驸马都尉”，封“西海郡王”，继而又封为“赞王”。为表松赞干布对太宗之忠贞，高宗还特许将其刻石立像，列于昭陵玄阙之下，常伴于太宗左右。不久，松赞干布也离开人世，唐高宗还“遣右武卫将军鲜于匡济杏玺书往吊祭”，意向四方彰显其死后哀荣不断。

随后的两个世纪里，虽然唐蕃两国战和不断、纷纷衰落。但松赞干布开创汉藏一家的友好局面却在历史的进程中不断加强。长庆年间，人心思安，吐蕃主动提出会盟请求，希冀二者能够“患难相恤”，两国之间“暴掠不作”。而唐蕃会盟碑之中，更是点名“迎娶文成公主至赞普牙帐”，乃是友好例证。可以这样说，松赞干布制定的对唐政策，贯穿于两国往来之中，求娶公主的行为也为二百余年的甥舅情谊奠定了坚实基础，加强了两个民族长久以来的密切交流，加速了吐蕃经济发展的进程。

文治天下，开创吐蕃发展新局面

吐蕃和当时最强大的唐朝结成“甥舅之盟”，使松赞干布有机会接触到唐朝丰富的物质文明和精神文明，“叹大国服饰礼仪之美，俯仰有愧沮之色”，决心向唐朝学习。

两个政权的友好交往，为汉文化和藏文化的水乳交融提供了平台。据史料记载，松赞干布曾积极派遣内部的“酋豪子弟”，赴长安学汉家典籍，习天朝礼仪。比如，吐蕃宰相禄东赞之子，钦陵在唐高宗时任吐蕃大论，权重一时。据史料记载，钦陵年少时也曾入唐“充侍子，遂得遍观中国兵威礼乐”。按时间推算，钦陵入唐充侍子的时间也应是在唐太宗时期。正因为学习汉文经典为吐蕃培养了一批人才，吐蕃对学习汉文经典始终保持极大热情，不断地选派精通藏文的贵族子弟到长安学习。

唐蕃之间的友好交往，也使双方的风俗习惯彼此影响。据史料记载，“吐蕃自亦释毡裘，袭纨绮，渐幕华风。”松赞干布认为“赭面”有伤风化，于是下令禁止国人“赭面”。令人颇感意外的是，“赭面”的风俗却被唐朝妇女争相模仿，成为时尚的风向标。

此外，松赞干布在积极吸取中原地区的先进经验的同时，也学以致用，“以唐为师”，借鉴唐之官制、府兵制，一改吐蕃政权的松散形式，建构起了一整套国家体制强化集权，巩固统治。特别是经济领域，松赞干布还在唐授田制的基础之上，结合本国实际，将土地、牲畜平均分配以收拢民心。同时，通过编造“绿册”，松赞干布成功登记了吐蕃平民的户籍与田产，在掌握了切实数据之后，合理规划税额并加以固定，不仅加强了对子民的控制，为国家稳定的税收提供了保障。当然，面对吐蕃相对落后的农耕水平，松赞干布正视差距，积极向唐王朝靠拢，希冀获得汉族技术的帮助。譬如他就曾向唐高宗请求传授工匠及良种。正是由于松赞干布的积极推动，中原地区的各项先进生产技术、工具及书籍，得以翻越千山万水来到吐蕃，扎根于此。唐蕃之间的友好关系为汉藏民族的贸易往来打下了基础，民间贸易反过来又成为唐蕃之间关系友好的润滑剂和催化剂。为经商赢利，汉藏商人不仅在互市场所进行贸易，还长途跋涉到对方境内和首府，有诗曾云：“停杯共说远行期，入蜀经蛮谁别离。金多众中为上客，夜夜算缗眠独迟”。在古代吐蕃所在的甘南地区，连续几年都出土了大量的开元通宝，说明吐蕃与唐朝商贸关系的密切。

屹立在大昭寺门的长庆会盟碑，向人们诉说着唐蕃政权从建立、强盛到衰落的友好交往，也见证了千余年来汉藏民族一起手牵手走过的风风雨雨，成了汉藏两族人民兄弟情谊的珍贵物证，而这一切的开始，都源于松赞干布、唐太宗、文成公主的共同努力。

（李欣樾）

参考文献

[1]林明武. 松赞干布与藏汉民族的早期交往[J]. 武汉电力职业技术学院学报, 2010,6(2).

[2]郑铁巨. 略论松赞干布的武功及其内外策略[J]. 西藏研究, 1984,9(3).

[3] 王忠. 松赞干布—藏族的历史英雄 [J]. 历史教学, 1958, 6(2).

[4]张雪慧. 试论唐宋时期吐蕃的商业贸易[J]. 西藏研究,1998,7(3).

[5]石硕. 从藏文史籍中的四个称谓看吐蕃对唐太宗的认知 兼论吐蕃的中原观[J]. 中国藏学,2015,3(8).

汉藏友谊的使者——文成公主

公元 618 年,李渊父子在中原地区建立了大唐王朝。公元 633 年,吐蕃赞普松赞干布也结束了青藏高原漫长的纷乱局面,吐蕃政权就此诞生。此后的 200 余年间,两个强大政权冲破地域、民族的界限,通过战争、和亲、会盟等方式,增进了彼此了解和友谊。从此之后,汉藏民族的手就牢牢地握在了一起,开创了兴衰与共的局面。

走出深宫嫁吐蕃

641 年,唐太宗接受了吐蕃的请求,将宗室女文成公主嫁给吐蕃赞普松赞干布,并令礼部尚书江夏王李道宗主婚,持节护送公主于吐蕃。松赞干布派禄东赞为专使,进入唐朝迎亲。

文成公主并非皇女,而是唐太宗远亲李姓侯王的女儿,自幼被唐太宗和长孙皇后收养于深宫。据说文成公主不仅端庄美丽,而且自幼熟读诗书,举手投足间彰显着大唐皇室的风范。

文成公主一行从长安出发,一路西行,经甘、青两地入藏,其中一半以上路程在青海省境内,是最为艰险的道路,经受了高原风霜严寒的洗礼。途径日月山至黄河源一带时,文成公主受到先她一年嫁到吐谷浑的弘化公主隆重接待。同样的命运,同样的心情,让这两个姐妹有道不完的心里话。

相传玉树是公主沿途停留休息时间最长的地方，在玉树几乎每一个藏民，都能讲一段有关文成公主的故事。当年文成公主到达玉树巴塘一带的时候，受到藏族群众的热烈欢迎。文成公主在此停留两个月的时间，即将启程时，当地人民纷纷跑来挽留。一位老阿妈拉着文成公主的手说："你没吃的了，山上有肥壮的牛羊；你没穿的了，我家有挡风的皮袄。这里天气暖和，风景美丽，为什么我就留不住你呢？"文成公主动情地答道，"我喜欢这里的山和水，我不愿离开这里的人和地。但是赞普远道相迎，已陪我在这里住了很长时间，我又怎能不和他一起动身？"老阿妈看留不住文成公主，禁不住哭了起来。公主动情地说道，"老人请不要哭了，我想个办法让你天天看见我。"说着便来到山崖上用纤细的手指画了又画，石崖上立即浮现出一幅闺秀的画像来。此时，松赞干布正在柏海亲率官员迎亲，二人举行欢迎仪式后，便到达逻些完婚。这一路，文成公主担负起文化传播的使者职责，尽心竭力谋划汉藏友好往来，通过向藏族人民传播汉民族先进的诸多农耕技术，将两族友谊之花镌刻于沿途各处。

650年，松赞干布不幸离世，此后的文成公主有长达30年的时间寡居独处。据史料记载，"挥松赞赞普芫(升遐)，与赞蒙文成公主同居三年耳"。遗憾的是，彼时的唐蕃关系却未能始终一帆风顺，反而一度攻讦不断，严重掣肘了二者的正常友好往来。即便如此，文成公主也不改初心，努力弥合二者嫌隙，希冀和平。至公元680年，一生致力于唐蕃和平的公主不幸薨逝。虽然，唐朝与吐蕃彼时尚处战事，但是，吐蕃仍感念公主，特地为其举行了极其隆重的葬礼，并与松赞干布合葬以示哀荣。在藏文史书里，对后妃丧葬事宜，从来是不记载的，但由于文成公主深受吐蕃人民的热爱，死后专门有较详细的记载。《西藏王统记》记载，"雅隆穷堡，建造三陵"。这三陵正是松赞干布及其文成公主与赤尊公主的合葬之处。

我们无法得知公主本人是否获得松赞干布诚挚的爱情，是否获得普通女子所追求的幸福，但她带去的谷物、药材、书籍、能工巧匠等，推动了青藏高原的进步，也为汉藏民族之间的友谊播下了种子。

心怀唐蕃发展的奇女子

以贞观十六年(642 年)公主入藏为契机，唐蕃之间进入到了某种程度上的“蜜月期”，彼此睦邻友好，商贸往来不绝，虽偶有杂音，仍不失一段佳话。至大中四年(850 年)，仅吐蕃的赴唐官方使节就不下十余次，且多是求娶公主及送亲事宜。除此之外，还有结盟、议定界、请互市、发兵及报捷等方面的交往活动。伴随着二者的频繁交往，来自中原地区的农耕技术、农具及其他先进的生产技术手段、科学文化知识，得以陆续传入吐蕃，极大促进了双方政治、经济、文化的交流，大大密切了双方关系，奠定了内地与西藏友好关系的坚实基础。

据《贤者喜宴》记载，公主临行前请求唐太宗，“请赐予我供奉神像金释迦牟尼、十八种工艺书籍、《大医典》、八十部占筮历算法等。”于是，唐太宗将上述诸种书籍、珍宝、锦缎等等无数物品均赐予公主。可以毫不夸张地说，公主的进藏之路，不仅仅只是和亲之路，更是文化传播之路。譬如彼时携带的陪嫁品之中，藏书丰富，天文历法、卜算医术无所不包，佛家典籍、史家著述亦是搜罗颇多。此外，公主还给吐蕃带来了中原特有的果蔬谷物等良种以及大唐的先进技艺和歌舞艺术，随行之中有多达六百名侍者，一批文士、乐师和农业技术人员，俨然一个“文化访问团”和“农技队”。丰富的大唐科学、文化的传入，推动了吐蕃经济与文化的进步，并巩固了两族人民的友好关系。

吐蕃境内“土风寒苦，物产贫薄”，大部分地区更适合从事畜牧业，因此吐蕃以畜牧业为主，种植业为辅。文成公主入藏后，吐蕃人逐渐掌握了汉族农业技术，开始挖畦沟，一时野野阡陌纵横。居于山南地区的人还学会利用牲畜粪肥提高土壤肥力，逐渐掌握了土地平整除草、松土等技术，公主带的水磨，深受劳动人民欢迎，农业生产力有了大幅度提升。公主和她的侍女，还把纺织、刺绣技术传授给吐蕃妇女。有诗曾云：“蕃人旧日不耕犁，相学如今种禾黍”，正是这一情境的真实写照。唐时传入西藏的二牛抬杠式“耦犁”，时至今日，西藏地区的人民仍惯称这种犁铧为“文成公主”。

文成公主入蕃还带去了唐朝的乐队，据相关文献所载，现陈列于西藏大昭寺的一件龙头三弦琴，传闻便是随其一同进入吐蕃的，是那段历史的最佳见证者。三弦琴是由琵琶演变而来，名“弦鼓”。秦汉以来经过不断改进，发展为阮咸、秦琴、三弦等多种形制。用龙头加以装饰，这应是汉人对龙的观念、信仰早已根深蒂固的缘故。当文成公主远嫁吐蕃时，龙头三弦琴代表大唐皇室的庄重、华贵与威严。在西藏有龙头三弦琴的现身，说明汉族音乐与制琴技术的传入。时至今日，每年 2 月 30 日举行的亮宝会上，龙头三弦琴都被当作珍贵宝物在拉萨城里游行亮宝。

文成公主入藏在一定程度上改善了藏族地区的医疗水平。藏史记载，文成公主入蕃时带进了“四百有四医方，百诊五观六行术，四部配剂术”。此外，唐朝时传入内地的藏医，构成了中医学的重要组成部分，极大丰富了中医学理论。唐时吐蕃的香、药得以传入到内地，其中尤以藏药中的冬虫夏草最为典型，“察高原有神奇之物冬虫夏草具神奇之效果，可化痨病、固肾、润肺。派使者急送长安，有司奏请太宗，设春满堂和藏传佛陀共藏之。”吐蕃所编的重要医书《据悉》(《华丹据悉》)，对我国古代医学的发展影响颇深。

松赞干布时期，佛教从印度和唐朝两个方向传入吐蕃。自从佛教在吐蕃盛行后，吐蕃人就开始从戎马倥偬，逐渐转向忌讳杀生，笃信佛教的道路。文成公主入藏，促使佛教逐渐成为藏民的精神支柱。至今，拉萨大昭寺的主殿之上，留存的一尊全身鎏满金铜，光耀灿烂的释迦牟尼 12 岁等身像便是彼时文成公主入藏所携之佛家至宝。除此之外，西藏白朗县洛江乡于 1987 年重新修建长美坚寺时，曾发现一面圆形、黑色的唐瑞兽葡萄镜。镜背分为内外两个区域，内有纽绕奔腾的瑞兽，外有蝴蝶、雀及葡萄枝条的图案，边缘有花纹缠绕一周。据专家判断，它应是唐早、中期的遗物。事实上，有海外学者认为，这一时期的青铜镜地位十分重要，是宗教仪式之中必不可少的重要法器。这说明在唐代初期，汉藏已建立了亲密的来往关系。相传，大昭寺的修建也与文成公主有关。

文成公主初到拉萨时，登山观看拉萨地形，认为它形似仰卧的罗刹女魔。女魔头朝东，腿朝西仰卧，卧塘湖正好为女魔的腹部，湖水乃其血液。根据相生相克，公主认为应该先把魔女心脏给镇住，主张把湖填平。当时填湖主要依靠山羊背着沙土，就这样填平之后，公元 648 年在此修建大昭寺。为镇住魔女四肢及其各关节，文成公主建议边远地区另建十二个小寺院。

开创东鸣西应新局面

自文成公主入藏，历任赞普在与唐王朝交往之时，大多自认“外甥”，二者乃是“甥舅”。因此，彼此之间关系自与他者不同，每当唐与吐蕃统治者更迭，他们基本上都会互派使节通报一二，即所谓“生相庆，死相吊”，这一局面一直持续到吐蕃灭亡。二百余年间，二者往来多达 191 次，关系之密切，几乎到了年年交际、岁岁问候的地步。这跟文成公主用短暂的一生，羸弱女子的力量，开创唐蕃友好关系是分不开的。

政治上的友好，经济上的密切往来，也促进了唐蕃之间文化、生活习俗上的交流。现收藏于陕西历史博物馆的唐朝文物马球图（共 5 张，有关马球运动的最早文物资料）便是例证。此图绘于章怀太子的墓道西壁，总计 20 名骑士，每人都手持鞠杖，身着长袍，脚穿黑靴，风姿神武。而风靡唐朝的体育竞技活动马球最早起源地就是吐蕃。唐玄宗本人就是当时有名的马球高手，上有所好，下必甚焉。至开元年间，马球俨然成为了唐朝男女的热门项目，一时之间风头无两。吐蕃的文化、风俗润物细无声一般，渗透到中原地区，开始为汉族各阶层所喜爱，有诗为证：“去年中国养子孙，今著毡裘学胡语”。

同时，中原地区的文化、风俗也进入到吐蕃人的日常生活之中，彼此之间再难区分，你中有我，我中有你，甚至有些少数民族已然“服改毡裘、语改中原、明习汉法、目睹朝章”。唐代诗人陈陶有一首诗名为《陇西行》，诗云：“自从贵主和亲后，一半胡风似汉家。”

时至今日，歌颂文成公主、汉藏和睦的歌谣，仍在雪域各地传唱。其中，《哎玛联吉颂啦》最为典型，表达了当地人民的喜悦之情。歌中这样写道：“在吉祥的元月十五日，汉妃大姐决定来西藏；那无际的大坝请您不用怕，有数百匹骏马等候着迎接您；那座座高山请您不用怕，有数百头牦牛等候着迎接您；那滔滔的大江请您不用怕，有百条牛皮船来迎接您。当您来到拉萨古城时，有百男百女热情迎接您；当您来到红宫脚下时，有众多内外大臣来迎接您。”

文成公主用短暂的一生，将汉藏民族的手紧紧握在一起，在历史长河中共同进退。藏族文化，实际上在那时起已经成为中华民族整个文化的一个有机的组成部分。

（李欣樾）

参考文献

[1]赤烈曲扎,蔡贤盛. 略谈吐蕃迁都的原因及松赞干布、文成公主的历史功绩[J]. 西藏民族学院学报,1981,4(2).

[2] 张秀荣. 从唐与吐蕃的联姻看汉藏经济文化的交流及影响[J]. 黑龙江民族丛刊,2007,10(5).

[3]李琪美. 从唐代的诗歌看唐蕃古道上的藏汉关系[J]. 西藏大学学报,2001,3(1).

[4] 张继文. 从现存若干文物文献看文成公主入蕃对唐蕃经济文化的影响[J]. 哈尔滨学院学报, 2014,8(8).

汉藏友谊的承传者——金城公主

文成公主之后，金城公主和亲吐蕃，进一步加强了唐蕃间的舅甥关系，延续了汉藏之间的友好。金城公主自小生活于宫廷中，是章怀太子李贤之孙。章怀太子因谋逆被流放后，公主并没有因此受到过多牵连，一直随其父雍王守礼居于宫廷中，后受到唐中宗的亲待。

唐蕃间动荡的关系

松赞干布去世后，噶氏家族专权，唐蕃关系转入低潮，双方因争夺吐谷浑地区和西域地区多次发生战争。唐蕃之间的使臣来往因此时断时续，尽管如此，吐蕃仍多次派遣使者来唐贡献方物，表示对唐朝的亲近关系。墀都松赞即位后，于公元 703 年遣使向唐朝贡献良马千匹，黄金二千两，并上表求婚，武则天同意了吐蕃的联姻请求，因墀都松赞在第二年死于南诏军中，联姻搁浅。墀都松赞去世后，吐蕃政治混乱，诸子争夺王位，继位的墀德祖赞年龄幼小，无力执政。吐蕃的朝政大权掌握于其祖母墀玛类之手。吐蕃在经历噶氏家族的长期专权以后，社会经济受到严重破坏，人民生活窘困不堪，需要一个相对稳定的外部环境来促进内部发展，修复与唐朝的关系也成为当时吐蕃的必然选择。

705 年 7 月，唐中宗李显即位后，接到了吐蕃使者告丧请求和盟的消息，并为之举哀，废朝一日。当时朝中一些官员反对接受吐蕃请和的请求，以吐蕃降服了姚州蛮（今云南姚安一带）不利于唐朝稳定，反对与吐蕃和亲。707年，经历了属国泥婆罗和属国悉力的叛乱事件，吐蕃内部的权力斗争愈加激烈，墀玛类为了稳固政权，再次向唐朝派遣使者悉东热求婚，延续墀都松赞时期的联姻政策。中宗李显同意了吐蕃此次的求亲，将金城公主作为养女许嫁给当时的赞普墀德祖赞，但在此时驻守姚州的吐蕃将领与姚州蛮联合进攻蜀汉，唐朝将领唐九征率兵讨伐，大破吐蕃和姚州蛮。最终唐蕃双方进行第一次划界会盟，吐蕃承认唐朝在姚州蛮地区划分的唐蕃守界，双方以滇池铁碑为界，史称神龙盟誓。此后，吐蕃多次遣使来唐求婚，但中宗李显一直未同意将金城公主出嫁。708年6月，吐蕃遣使来唐，中宗赐书与藩使，并设宴款待。709年，吐蕃三次遣使来唐朝贡请婚，其中第二次的使者代表赞普的祖母墀玛类向唐朝的中官、安国相王、太平公主等分别奉献财宝，表示友好。第三次吐蕃派遣了曾多次来唐，“颇晓书记”“朝廷皆称其才辨”的大臣悉腊等千余人迎接金城公主。在悉腊等吐蕃大臣多次努力之下，中宗最终同意与吐蕃和亲，下嫁金城公主。

唐蕃友好的使者

710年正月，唐中宗正式发布昭告，列举文成公主去世之后，唐蕃之间战争不断困局。现赞普与其祖母多次诚恳请婚，为了国家的安定，同意将金城公主下嫁。唐中宗还在昭告中说金城公主犹如他的小女儿，准备亲自到郊外送公主出嫁。唐中宗最初希望能由其信任的大臣作为主婚使护送公主出嫁，他亲诏门下侍中纪处纳，望其担任主婚使一职，由于纪处纳本身反对唐蕃和亲，以不熟悉边事为由婉拒了皇帝的任命。此后唐中宗又命中书侍郎赵彦昭出任此职，但是赵彦昭恐因担任主婚使而失去权力，因此密谋请人向安乐公主表达自己不愿担任主婚使，由安乐公主密奏中宗，挽留赵彦昭，最终唐中宗无奈之下命左骁卫大将军杨矩为主婚使。金城公主在杨矩等人的护送之下，由长安启程前往吐蕃，中宗亲自送公主至始平县(今陕西兴平县)，设帐殿于“百顷泊侧”置宴会款待王公大臣和吐蕃使者。宴席中，中宗再次告诫吐蕃使者，公主尚年幼，远嫁爱女，于心不忍，之所以远嫁公主是为了唐蕃和睦。说到伤心之处，中宗悲戚万分，唏嘘良久。随后中宗又命从臣赋诗饯别。饯别诗的内容多是抒发公主离别之情，赞颂唐蕃和亲的政策。中宗为了纪念始平饯别，下令将始平县改为金城县，改其乡为凤池乡，改其里为怆别里。同时赦免始平县大辟以下各罪，减免徭役一年。隆重的送亲仪式表明唐朝期望与吐蕃延续和平友好的民族关系。

根据史料记载，金城公主入藏时不仅带有数万匹锦缎，杂技诸工和龟兹乐器等，还带了前往吐蕃王庭所用的各种器具。始平饯别之后，在主婚使杨矩的护送下，金城公主及唐蕃使臣沿着当年文成公主入藏的路线由长安入青海，经西宁、玉树到达西藏。为示隆重，吐蕃派人专门为金城公主入蕃凿石通车，在越过悉结罗岭的地方修筑专迎公主的道路，同时墀德祖赞和祖母墀玛类还命大臣于赤帕塘集会议盟，派专人准备金城公主来蕃等事宜。公主到达吐蕃后，居住于逻娑(今拉萨)的鹿苑，赞普墀德祖赞后命人为公主另筑一城，并举行了完婚盛典。

金城公主入藩后一直极力促进唐蕃之间政治上保持和睦关系。公主嫁到吐蕃后，唐朝将河源九曲作为公主汤沐之地，给予吐蕃。河源地区水草丰美，适宜屯兵畜牧，吐蕃将九曲之地作为东进的根据地。714 年吐蕃大臣岔达延请求唐朝派大臣前往河源划定边界，但会盟未成，吐蕃从九曲之地进攻临洮，挑衅唐朝。在这之后吐蕃与唐朝在九曲之地战争不断。唐蕃纷争又起，金城公主利用一切机会，竭力促使唐蕃重新和好。716年，公主促成唐蕃停战，上表唐玄宗，希望"还依旧日，重为和好"。玄宗派人给吐蕃赞普、金城公主送去锦帛等礼物。717年，吐蕃再次遣使求和，金城公主上书唐玄宗，"奴奴降番，事缘和好…即得两国久长安稳，伏惟念之。"从公主给玄宗的上书可以看出公主将唐蕃和平作为自己的使命。718年，在公主的推动下，墀德祖赞再次遣使上书玄宗，希望能够重新盟誓。唐玄宗以昔岁和亲，已有成约为理由，不同意再行盟誓。唐蕃之间保持了短暂的和平。724年，战端再起，唐陇右节度使进攻吐蕃。726年，吐蕃大将悉诺逻龚禄围攻甘州。727年，吐蕃再次进入河西，攻下瓜州城。728年至729年，吐蕃发动了几次攻势，但都遭到失败。730年，吐蕃派遣当年的迎婚使悉腊再次使唐，上书玄宗，期望重修旧好，说明吐蕃赞普与唐朝皇帝是舅甥之亲，金城公主下降吐蕃后，遂和同为一家，天下百姓，普皆安乐。唐蕃连年交战的根源是双方边将相互征讨。唐玄宗得知使者来意后，派遣御史大夫崔琳前往吐蕃。后在金城公主的多次敦促下，唐蕃双方在734年派使会盟，于赤岭树碑划界，刻盟文于碑上。规定以赤岭为界，互不侵犯，友好相处。在金城公主的极力推动下唐朝还同意与吐蕃在赤岭交马，甘松岭互市。此后直至739年金城公主在吐蕃逝世，唐朝与吐蕃之间再没有发生大的冲突。

金城公主力促唐朝与吐蕃之间的文化交流，一定程度上带动了吐蕃经济文化的发展。730年，金城公主派遣悉腊再次使唐，一方面请求重修旧好，另一方面公主请求唐玄宗赐予《毛诗》《礼记》《左传》《文选》等书。唐玄宗同意了公主的请求，命令秘书省抄给。但是遭到秘书省于休烈等大臣的反对，声称吐蕃乃是戎狄，更是唐朝的敌人；而这些经典典籍是国家的利器，不能给吐蕃人。一旦将书赠予，则会成为唐朝的隐患，唐玄宗坚持抄赐吐蕃。此后，吐蕃的酋豪子弟进入唐国子监读书。

金城公主入蕃对西藏的医药、天文历法和修史制度产生了深刻的影响。西藏地区现存最早的藏医著作《月王药诊》就是将金城公主带去的医书翻译后，并吸收吐蕃民间的医药学经验综合编著而成的。《月王药诊》的翻译与编著也促进了汉医和当地传统藏医的合作，为墀德祖赞时期的《四部医典》提供了理论基础。金城公主至吐蕃后，把以《算学七续圣典》《八支》为重点的关于五曜、八卦、九宫、七曜和二十八个恒星的很多解法翻译成吐蕃文。因此西藏的历法基本上与汉族历法相同，生肖纪年和60周期纪年法在吐蕃流传甚广。金城公主时期，在吐蕃赞普的宫廷里建立了修史的制度，吐蕃宫廷中设专人为赞普撰写《起居注》。在敦煌石窟中发现的吐蕃历史文书和南疆发现的吐蕃文书，是至今见到最早的用纸笔记录下来的吐蕃历史文献。从《毛诗》《礼记》《左传》《文选》到修史制度，金城公主入藏为吐蕃带去了丰富的文化资源，促进吐蕃文化在各方面不断发展成熟。

永载史册

继文成公主之后，金城公主入藏后继续弘扬佛教。松赞干布去世后基础并不稳固的佛教受到噶氏家族的苯教势力排斥，在噶氏家族专政期间佛教在吐蕃发展缓慢。直至墀德祖赞亲政之后，佛教才再次得到吐蕃朝廷重视，得以逐渐弘扬。金城公主是一位虔诚的佛教信徒，她将大量佛教典籍带进吐蕃。公主到达吐蕃后，要求瞻仰文成公主带来的释加牟尼佛像，将封藏在小昭寺三代之久的佛像取出，安放在大昭寺供奉。同时还安排汉地僧人管理寺庙的宗教仪式，在史书中有“始建谒佛之供”的记载。此外，据藏族王统、教法史书的记载,公主在吐蕃组织大量人力翻译了多部佛法经典,传播了各种器乐。墀德祖赞在公主的影响下,多次派遣人前往天竺、中原寻求佛法, 翻译佛经。并为天竺带回的五部佛经修建了五座寺庙,分别供放。赞普还接纳了外地僧人,扩大佛教影响。西域于阗发生动乱时,一部分佛僧逃往吐蕃,临近于阗地区的吐蕃官员不敢收留,后报告墀德祖赞。墀德祖赞同意收留于阗僧人,并为其修建了寺庙。

金城公主自唐中宗景龙四年和亲吐蕃,至唐玄宗开元 28 年在吐蕃去世。当唐玄宗得知金城公主去世的消息时,曾在光顺门外为公主举哀,废朝三日。金城公主在吐蕃近三十年的时间中,一直致力于促进唐朝与吐蕃之间的和睦友好。在唐朝与吐蕃发生战争时期,公主多次上书希望能够缓解改善双方之间剑拔弩张的状态,并且劝告墀德祖赞,努力促成双方达成和解,重修旧好。在公主的推动之下不仅在青海甘肃等交界地区达成盟约,还建立互市,促进吐蕃与唐朝之间的经贸往来。为唐蕃双方“和同一家”,友好往来,竭尽全力,有效的维系了唐朝与吐蕃之间舅甥之亲。赤德松赞在上书唐玄宗的奏表中也说,“外甥是先皇帝舅宿亲,又蒙降金城公主,遂和同为一家,天下百姓,普皆安乐”。除了维护唐蕃之间的政治友好,金城公主还致力于促进吐蕃的经济文化发展,带入大量书籍,其中包括相当数量的中国传统典籍, 对吐蕃的文化发展产生了深远影响。

金城公主下嫁墀德祖赞, 是继文成公主下嫁松赞干布之后又一次唐蕃友好关系发展的象征。她的历史功绩在我国人民中代代传颂,汉藏和同为一家的民族关系也一直绵延至今,为今后汉藏民族团结做出了积极的表率与贡献。

(王 婷)

参考文献

[1]林冠群. 唐代吐蕃史研究[M]. 台北:联经出版事业股份有限公司,2011.

[2]王钦若.《册府元龟》卷 979,《外臣部·和亲二》[M]. 中华书局, 1960.

[3]陈小强. 试析吐蕃王朝社会结构.藏学研究论丛(第七辑)[C]. 拉萨:西藏人民出版社,1995.

[4]苏晋仁. 唐蕃使者之研究.藏学研究论丛(第三辑)[C]. 拉萨:西藏人民出版社,1992.

[5](唐)武平一著.范学宗,王纯洁编. 全唐文全唐诗吐蕃史料[C]. 拉萨:西藏人民出版社,1988.

一代宗师，爱国先驱——萨班·贡噶坚赞

萨迦班智达·贡噶坚赞(1182–1251 年)，是藏传佛教萨迦派主持“萨迦五祖”的第四祖。他精通佛法，学富五明，是藏传佛教的一代宗师和具有强烈爱国主义精神的宗教领袖，是维护祖国统一的历史先驱。他从青藏高原远赴凉州(今甘肃武威)，与蒙古王子阔端商议吐蕃诸部归属蒙古汗国事宜，并达成一致，推动青藏高原地区纳入了中央政府的统治之下，为维护民族团结和祖国统一作出了巨大贡献。

学富五明，终成宗师

萨迦班智达·贡噶坚赞，出生于西藏的名门望族——昆氏家族。昆氏家族的先祖在吐蕃时期曾经担任过朝廷重臣。其曾祖父贡曲杰布于 1073 年建立了萨迦寺，奠定了藏传佛教萨迦派的根基。祖父贡嘎宁布在萨迦寺弘法 30 余年，使萨迦派体系不断完善、势力日趋扩大，被尊为第一代祖师。两位伯父索南孜摩和扎巴坚赞佛学造诣也十分精深，著述颇丰，被后世尊为第二代和第三代祖师。

贡噶坚赞原名贝丹顿珠，《萨迦世系史》记载，贡噶坚赞出生前，其母梦见一个诸宝严饰，光彩夺目的龙王前来说“请你借给一个住宿之地”。其出生时天空佛光普照，出生后即能说一些梵语，印度语和藏语不学自通。看来无论汉史还是藏史，在记载大人物出生

时都会有诸如“梦日入怀”“满屋香气”等等祥瑞之象。

贡噶坚赞自幼随伯父扎巴坚赞出家受戒。他天资聪颖，勤奋好学，经过长辈的指点、家庭的熏陶和自己的努力，很小就掌握了梵文，能够直接阅读印度的佛教经典，23 岁时师从印度那烂陀寺来藏传法的班智达释迦师利及其弟子僧伽师利等佛学名流。萨班不仅在研习佛教经典方面造诣精深，还通达内明（佛法）、声明、因明（逻辑学）、工巧明、医方明、天文历算、诗词、韵律、歌舞、修辞等大小五明（在藏传佛教中，前五个为大五明，后五个为小五明）。五世达赖喇嘛阿旺罗桑嘉措曾赞誉说，“藏中研习五明之风，实赖此师之倡导”。

贡噶坚赞 25 岁从释迦师利受比丘戒，在长期的学法过程中，由于聪慧好学、勤奋努力，加之遍游西藏各地的经历，声誉逐渐传播到了雪域高原内外。印度著名学者措杰噶瓦等六人闻听贡噶坚赞的名声后，内心十分不服，认为青藏高原偏僻艰苦的地方能出什么大人物，于是亲自来藏与萨班辩经，并立下赌注，辩论输的一方放弃自己的信仰，皈依对方门下。在长达 13 天的辩论中，萨班以渊博的学识、严密的逻辑和雄辩的口才迫使措杰噶瓦等人彻底认输，并削发做了萨班的弟子。从此，贡噶坚赞名声大噪，被人们尊称为“班智达”，即“大学者”，成为西藏藏传佛教史上获此殊荣的第一人。萨班一生著作等身，在佛教界影响较大的有《三律仪论》（对当时和以前印、藏佛教各派的评论及见解）《正理藏论》，另外还有《语言学概要》《构词法之花》《医疗八术》《因明智库》《乐论》等等，涉及学科门类极广，内容极为丰富。他还创作了藏族文学史上第一本哲理格律诗集——《萨迦格言》。《萨迦格言》自成一体，开一代文风，阐述了人所应具备的思想修养和所应遵守的道德规范，对藏族文学的发展和藏族人民的精神世界产生了深远影响。公元 1216 年，萨班接替伯父扎巴坚赞成为萨迦寺的寺主，终成一代宗师。

悲悯苍生，远赴凉州

公元 1244 年，萨班在萨迦寺平静的生活被打乱了。这一年，63 岁高龄的萨班踏上了前往凉州的道路，此行的目的是与驻守凉州的蒙古皇子阔端（蒙古大汗窝阔台次子）商议西藏地方归附蒙古的事宜。西藏与蒙古，相隔近万里，谁也不会想到，这次会面对中国历史及蒙藏两个民族产生多么深远的影响。

公元 1234 年，蒙古灭金后，中国境内出现了蒙古、南宋、吐蕃诸部、大理等政权并立的局面。蒙古在分兵进攻南宋时，由阔端率领的西路军在四川遭到了顽强抵抗，蒙古军决定绕道大理，迂回包围南宋，遇到的问题则是由陕甘南下绕道大理必须经过藏区，因此解决西藏地区的归属问题便被提上日程。阔端受命统治西夏故地，通过在西夏和甘、青的藏族僧人了解到西藏的一些地理和政治宗教情况后，认识到了藏族地区的重要性，为了将西藏纳入自己的统治，保障进攻南宋时侧翼的安全，阔端决定对西藏用兵。

1239 年，阔端派部将多达那波带领军队从甘青出发，前往西藏。此时的西藏，自吐蕃崩溃以来，藏传佛教宁玛派、噶当派、噶举派、萨迦派等教派并立，与世俗贵族结合，各自形成了自己的势力范围，但随着佛教文化的传播，吐蕃各部的文化一体化进程也在加快，佛教成为凝聚吐蕃各派的主要力量。蒙古军队势如破竹，不到一年的时间已抵达拉萨城外，重创城郊的热振寺。蒙古人的大军压境，使长期处于分裂割据状态的西藏各派势力不得不联合起来，商议应对蒙古人的计策。

多达那波对西藏地区进行了较为深入的了解，发现西藏地方势力割据，彼此不相统属，佛教派系势力之间斗争激烈，单凭武力统治西藏是相当困难的。于是多达那波一面对武力抵抗的派系进行镇压，一面寻找一个威望较高、可以代表西藏的人物，将他请到凉州和谈。多达那波最初选择的是在前藏地区影响最大的噶举派止贡寺的京俄仁波切，但京俄仁波切以年老体衰为由拒绝，向多达那波推荐萨迦派的萨迦班智达，并鼓动和资助萨迦班智达前去会晤多达那波。

面对这一情况，多达那波也不敢擅自做主，他给阔端上了一封奏疏，说"在边远的吐蕃地方，僧伽以噶当派为最大，达隆法王最会讲情面，止贡寺京俄的权势最大，萨迦班智达对教法最精通，迎请何人请明白指示"。阔端认为"在这瞻部洲，今生的富贵圆满要按成吉思汗的法度行事，为了后世的利乐，应该迎请指示解脱和遍知的道路的上师"。经过权衡之后，阔端最终选择了迎请萨班赴凉州和谈。

1244年，阔端派遣多达那波等人为使者携带书信、金银、锦缎等礼物赴藏邀请萨班去凉州商谈西藏地区归附蒙古的问题。《萨迦世系史》记载，阔端在给萨班的信中说："我为报答父母及天地之恩，需要一位能指示道路取舍的上师，在选择时选中了你，故望不辞道路艰难前来我处。若是你以年迈为借口（不来），那么以前释迦牟尼为利益众生做出的施舍牺牲又有多少？（对比之下）你岂不是违反了你学法时的誓愿？你难道不惧怕我依照边地的法规派遣大军前来追究，会给无数众生带来损害吗？故此，你若为佛教及众生着想，请尽快前来，我将使你管领西土之僧众"。阔端在信中恩威并施，敦促萨班前去凉州。此时的萨班虽然已经63岁高龄了，但他思想开放、趋向革新，又鉴于蒙古军队势力强大，一路灭西夏、金国，征服中亚，进军西亚和欧洲，兵锋所指，攻无不克，反观西藏军队，不仅实力不济，而且各成一派，根本无力与蒙古大军抗衡，只有归顺蒙古，才是吐蕃各部人民的唯一出路。为使吐蕃人民免遭兵燹，他不顾年迈,不计个人安危,突破藏传佛教各派教主不离开西藏的惯例,毅然奉召,带着自己的两个侄子,即10岁的八思巴和6岁的恰那多吉,由萨迦启程赶赴凉州。估计到自己不会很快返回,甚至有一去不返的可能,在动身之前,萨班对萨迦派的政教事务做了仔细安排,保证自己不在寺内时萨迦派不会出现变乱,颇有一种"风萧萧兮易水寒,壮士一去兮不复还"的悲壮。

萨班一行途经拉萨时,噶举派的止贡、蔡巴等支派的首领闻讯,与萨班共同商议和谈事宜。萨班也征求了他们对于和谈的看法,了解他们的立场观点。有人问萨班此去是否为了本教派利益,萨班回应道"为饶益众生有情而决定前去"。

经过近两年的艰难跋涉,萨班伯侄走过了迢迢数千里路程,于1246年夏季到达凉州。不巧的是,阔端正好前往和林(蒙古汗国首都)参加其兄贵由大汗的登基典礼去了。初到凉州的萨班伯侄,应该会感受到凉州人民的热情和浓厚的佛教氛围,因为当时的凉州不仅是河西重镇,而且是佛教东传的必经之地和西北地区的佛教中心。到凉州后,萨班才发现西藏各教派对中原的认识大多还停留在吐蕃时代,内地形势已经发生了翻天覆地的变化,盛极一时的大唐早已湮没在历史长河中,现在正是蒙古人的黄金时代。在凉州的日子,萨班对元朝政治形势有了全新的认识。

1247年1月,阔端从蒙古草原返回凉州。这位蒙古皇子也是开明贤达之人,他早早就请一些西藏僧人跟在身边,了解西藏风俗,但第一眼看到萨班,他还是被震撼到了,眼前这位年过花甲的老人,神情淡定,谈吐睿智,言谈不卑不亢又充满诚意。据《萨迦世系史》记载,阔端身边的藏族僧人佛学知识不甚精通,在进行祈愿法会时由也里可温(景教徒,古代基督教在东方的分支)和蒙古萨满教的巫师坐在僧众的上首,萨班到达凉州后,阔端在以前认识的基础上，对佛教教义有了更深刻系统的了解，更重要的是萨班为阔端治好了病，并在治病的过程中用佛教的转世理论对阔端统治西夏作出了合理解释，得到阔端信任。因此，阔端下令以后在祈愿法会上由萨班坐首位，由佛教僧人首先祈愿，在阔端的宫廷中，藏传佛教占据了主导地位，这为藏传佛教最后在蒙古的广泛传播打下了基础。

1247 年 8 月，在凉州城外的幻化寺，阔端与萨班开始了历史性的会谈。由于文献的缺失，和谈的具体细节我们不得而知，总之，和谈的大体进程还算顺利，阔端与萨班具体协商了西藏地区归顺蒙古汗国的条件，主要是西藏各僧俗首领向蒙古降服纳贡，承认是蒙古汗国的臣民，接受蒙古汗国的统治，而蒙古汗国则维持原来的各地僧俗首领的职权，并正式委任给相应的官职。作为回报，萨迦派也正式取得了西藏宗教和政治上的领袖地位。在取得一致意见后，萨班写了一封致西藏各僧俗首领的公开信，即著名的《萨迦班智达致蕃人书》。这封信立意深邃、文字通达、说理透彻、循循善诱，基本上打消了西藏各僧俗首领对归顺蒙古汗国的疑虑。他在信中反复讲到阔端对他的尊重和对他们伯侄的关心与照顾、阔端对佛教的信奉。这封信可以说是萨班到凉州经过与阔端的商谈和自己的观察思考，向西藏僧俗首领发出的使西藏加入祖国统一的历史进程的号召书，劝导说服了吐蕃诸部持不同政见的首领归顺祖国，正式完成了西藏归属蒙古汗国的历史进程，揭开了西藏历史发展新的一页，具有十分重要的历史意义。

弘法河西，心系高原

凉州会盟之后，萨班伯侄并没有立即回到西藏，而是留在凉州继续弘扬佛法。幻化寺成为萨班的居住、修行、讲经之所，香火日益鼎盛,最多的时候有上千名僧人在此研习佛法,为藏传佛教的东传做出了巨大贡献。最初,萨满教居于蒙古人各种信仰的首位,每征服一个地区,蒙古人都要借助当地的宗教来为战争占卜祈福。道教、景教、伊斯兰教等都曾作为蒙古人的工具。但随着统治区域的扩大,统治人口的增加,统治难度的上升,蒙古人开始认真思考自己的宗教信仰,萨班在河西的弘法,阔端王子的皈依,为藏传佛教进入蒙古王室打开了合法而方便的大门,进而带动了藏传佛教在蒙古民间的传播,从而改变了蒙古人的精神信仰。

公元 1251 年,萨班在幻化寺圆寂,享年 70 岁。圆寂之前,将萨迦派教主之位传给了自己的侄儿八思巴。阔端为萨班举行了盛大的悼祭仪式,并在幻化寺内建灵骨塔一座,用来安放萨班的灵骨,幻化寺也因此改名为白塔寺,如今这种藏式白塔已遍布全国,成为一道特殊的风景线。

萨班最终没能回到心心念念的雪域高原,而是留在了河西走廊,但他的心一定会翻越崇山峻岭,牵挂着那遥远的高原,他的功绩永远镌刻在了中华民族的伟大历史丰碑上。萨班以 63 岁高龄远赴凉州,建立起西藏与蒙古皇室的直接政治关系,促成了蒙古汗国统一藏族地区,为后来中央政府在西藏设官立制奠定了基础。在萨班的努力下,蒙古人并没有对西藏进行大规模军事行动,西藏的发展正常进行,与其他民族间的交往交流不断加强,社会发展进入一个崭新的阶段,这些都是符合藏族人民根本利益的。因此,后来藏族各教派、各阶层的僧俗人士都对萨班表示极大的尊重,在许多书籍和著作中歌颂和怀念他的功绩,赞扬他的远见卓识。这充分表明了萨班在当时所做出的历史性选择是无比正确的,是符合广大藏族人民群众心愿的。

（王　朋）

参考文献

[1]蔡巴·贡噶多吉著,东噶·洛桑赤列校注,陈庆英译. 红史[M]. 拉萨:西藏人民出版社,1988.

[2]阿旺·贡噶索南著,陈庆英,高禾福,周润年译注. 萨迦世系史[M]. 拉萨:西藏人民出版社,1989.

[3]丹曲. 萨迦王朝的兴衰[M]. 北京:民族出版社,2004.

[4]陈庆英,高淑芬. 西藏通史[M]. 郑州:中州古籍出版社,2003.

[5]马丽华. 风化成典—西藏文史故事十五讲[M]. 北京:中国藏学出版社,2009.

[6]陈庆英. 元代乌思藏萨迦政权及其与蒙古皇室的关系[J]. 青海社会科学,1986(3).

[7]昂旺·贡噶索南著,周润年译注. 萨迦世系谱·法王萨班贡噶坚赞生平(上/下)[J]. 西藏研究,1990(1-2).

[8] 石硕. 论萨迦政权模式的形成及其对西藏地方政体的影响[J]. 西藏研究,1992(4).

[9]王启龙. 元朝帝师八思巴家世考述[J]. 西藏研究,1998(4).

[10]任宜敏. 萨迦派在元代的特殊地位[J]. 浙江学刊,2005(2).

[11]乌进武. 凉州会盟前后的历史人物述略[N]. 西北民族大学学报(哲学社会科学版),2005(1).

[12] 王尧. 西藏历史进程中的两座丰碑——萨班·贡噶坚赞与阿沛·阿旺晋美合论[J]. 中国藏学,2011(3).

一代帝师——八思巴

公元1260年,是大蒙古国中统元年。就在这一年的12月,忽必烈从与阿里不哥交战的前线回到中都(北京),将国师的玉印颁授给八思巴,任命其统领释教。迎着北方严冬凛冽的寒风,这位年仅26岁的藏传佛教萨迦派高僧已经意识到,他的故事才刚刚开始。20年前,成吉思汗的孙子阔端在占领西夏故地后开始向吐蕃用兵,而后者长期动乱分裂实力衰弱,无论是贵族阶层还是各大教派都无力与之相抗。关键时刻,为了西藏的安定与和平,藏传佛教萨迦派五祖之一,声名远播的萨迦班智达挺身而出,决心以宗教领袖身份奔赴凉州,接受元朝的邀请,而同行者就是他的两位侄儿,八思巴与恰那多吉。

从萨迦派教主到一代国师

八思巴,本名洛追坚赞,吐蕃萨迦款氏家族人(下文昆氏),也是藏传佛教萨迦派的法位继承人。史称其三岁口诵莲花修法等经,八岁诵经数十万言,故国人通称其为八思巴(藏语圣者之意)。在其伯父看来,将如此天资聪颖、修为日深的继承人带在身边无疑是必要的。1247年,萨迦班智达与阔端举行了历史性的会谈,确认西藏全部归附蒙古,各地方首领在保有原地位的同时,开始向蒙古呈报户籍,交纳贡赋,守其法度,为我国多民族统一国家的巩固和发展迈出重要的一步。而八思巴也因缘巧合在六盘山代其伯父第一次会见了日后的大元皇帝忽必烈。四年后,萨迦班智达在凉州圆寂,17岁的八思巴继任为萨迦派的新教主。这位少年敏锐地权衡蒙古统治集团内部斗争的天秤,选择向拖雷系倾斜。1253年,忽必烈为攻南宋先捣大理,取道甘青、川西,再次来到六盘山,召请八思巴以咨询藏区事务。八思巴抓住机会,在王妃察必的帮助下,用他丰富的历史知识使忽必烈对藏传佛教生出崇拜之信仰。在双方均认可察必提出的"听法及人少时,上师可以坐上座"的条件后,八思巴为忽必烈传授喜金刚灌顶,成为38岁的忽必烈的宗教导师。这次灌顶也成为日后元朝国教与帝师制度的滥觞。在此后八年里,八思巴始终以类似幕府幕僚的宗教导师身份支持着忽必烈的政治活动。直到1260年,忽必烈举行忽里勒台大会,宣告即蒙古大汗位,八思巴也终于有了一国之师的名号。

就任国师后,八思巴的事务更加繁忙,诸如为皇帝宗室及后妃们传授法戒和灌顶,组织宫廷佛教活动,以及将皇室贡献的财物用于藏传佛教寺庙的修建等事接踵而至。同时,他还向忽必烈举荐佛教方面的人才到朝廷任职,其弟恰那多吉大约就是此时,在大都被忽必烈封为白兰王的。当然,眼下最重要的工作,无疑是接管由萨迦班智达与前两任主政者(阔端与蒙哥)留下的政治遗产。

1264年,忽必烈在击败阿里不哥之后,开始了对国家大政方针进行调整。具体是收回诸王的封地,进一步加强中央与西藏的联系。经过深思熟虑,忽必烈把建设新行政体制的工作交给了国师八思巴。于是在这一年的5月1日,带上皇帝赐予的珍珠诏书,八思巴与恰那多吉踏上了返回萨迦的漫漫征途。这封以无数珍珠装饰的诏书,强调了皇帝接受八思巴灌顶并赐其为国师,统领天下僧众的事实,可以视作忽必烈对八思巴行政权力及其法旨得与圣旨并行的授权书。同年 8 月忽必烈于中央又设立总制院（后改称宣政院），负责掌管全国佛教及吐蕃地区的行政事务，同样由国师领导，为八思巴提供了更全面的制度和权力保障。1266 年，八思巴一行抵达萨迦，在盛大的欢迎仪式及与各地政教首领的会晤后，正式开始了建立行政体制的工作。其实一路之上，八思巴已然深察到宗教与政治的密切关系，并开始在各地兴建萨迦派寺院，为日后的改革提供更坚实的思想和社会基础。

此时的西藏社会已经发展到了封建农奴制阶段，农奴隶属于各地的世俗封建领主和各教派寺院及其宗教领袖的庄园。这种人身依附关系的建立与变动，完全靠的是各领主之间实力的比拼。故八思巴第一步就是要在充分考虑各派权益与传统的情况下，重新厘定分别隶属于封建领主与宗教寺院的民户，即藏语中的米德和拉德，以此建立起稳定的社会秩序和关系。米德的义务包括向自己的世俗领主和地方政权世代交纳贡赋和承担劳役，而拉德要世代供养寺院和宗教首领，不过可以免去承担地方政权的劳役和赋税。据《汉藏史籍》记载，元代米德与拉德的划分比例是四比六，再依照当时人口大约 60 万的情况来看，则米德与拉德的人口大致为 25 万与 35 万。从历史发展进程的角度讲，八思巴的这项工作使得农奴与封建领主之间的阶级关系成为日后元代行政传统中的一部分，在终止了西藏封建领主之间对农奴的肆意征战和掠夺的同时，也建立起了政教合一的政治制度。他本人即是在西藏拥有最高政教权力的封建领主，当然这一权力的源头无疑是蒙古国的皇帝。在此基础上，八思巴又主持划分了十三万户，万户的主管官员为万户长，其下又有千户长。今天我们虽然不能确知各万户的具体辖区，但有一点可以确定，万户乃是地域性的行政组织。这是西藏从家族和教派政治向地域政治迈进的重要一步。在以十三万户的划定方法冲击各地原有的犬牙交错的混乱格局时，八思巴及其助手也与地方势力展开了一系列的斗争。《郎氏家族史》就记载了帕竹派对八思巴将其所辖的阿里与止贡派所辖的羊卓浪卡子的民户交换以及支持帕竹派治下的雅桑独立为万户等事的忿恨。而八思巴改造西藏政治制度并使其与内地接轨的重要意义，正可以从这些冲突和矛盾中窥见一斑。

建立萨迦政权

有了以上的这些基础性工作，八思巴得以在萨迦建立起管理整个西藏地方政治和宗教事务的行政组织，称为萨迦政权。萨迦政权的最高首领是历任帝师，其下是萨迦寺的主持(法王)。他们的职权主要包括管理各教派、寺院、僧侣及其拉德，行使对各万户、千户的辖区划分及其奖惩措施，以及向皇帝推荐各级行政机构长官的候选人。这些官员具体有哪些，从今天传世的史书中可以考见的大约有萨迦本钦、萨迦朗钦、勒参、拉章几种。除此之外，八思巴为了更方便发布政令和行使政教权力，设立了由十三种侍从官组成的机构拉章(藏语佛宫之意)，其中既有管理饮食的索本、管理卧室和被褥服装的森本，又有管理宗教仪式的却本、管理招待皆见的皆本，还有管理文书档案的仲译以及管理财务的佐本等官员，涵盖了八思巴的日常生活、宗教活动和行政工作的各个方面。这种机构的设计灵感大概也是源于蒙古诸王的怯薛制度，而它的设计者对蒙古政治制度的熟悉程度自然是显而易见的。事实证明，八思巴设计的这套从地方最高政权到十三万户再到基层民户分配的行政管理制度体大思精，具有很强的系统性，使得藏区在新的大一统王朝下找到了最符合自身特点的政治模式，并使其与中央的联系达到了空前的紧密。

独到的文化建树

除了制度建设以外，八思巴在受封国师及其在萨迦的九年时间里还完成了另一项伟大的工程——创制蒙古新字，也就是后世常说的八思巴字。在忽必烈时代以前的大蒙古国，蒙古贵族常以木刻记事，并无文字。虽然成吉思汗曾命畏兀儿人塔塔统阿以畏兀儿书蒙古语，忽必烈仍感到旧蒙文对汉字注音的不便以及创制新字的必要。出于各方面的考虑，这个任务同样交给了八思巴。这其中有宗教的原因，也有向南宋及中亚汗国显示自己崇高地位的现实意义。据史籍记载，萨迦班智达早在凉州时就有以藏文改造蒙古文的尝试。八思巴在此基础上，以其精深的梵语及藏语造诣，创制了蒙古新字。新字共有 41 个字母，以藏文 30 个字母与 4 个元音为核心，在拼写蒙古语和汉语时略作增减。其拼音方法与藏语不二，故后世藏族学者也多将新字视为藏语的美术体。1269 年，当八思巴再次来到大都时，忽必烈终于看到了他等待已久的蒙古新字，他马上下诏颁行新字于全国，规定今后官方的诏敕、文书、符玺一律以新字为正字，以其他文字为副，故新字又称国字。至于蒙古新字的推行对于这个还在不断扩展的新政权来说，其意义是无需多言的。直到清代，藏族和蒙古族地区领袖的印章上，仍在使用八思巴字，可见其对藏蒙等少数民族影响之深远。

在取得如此巨大的政治和文化功绩之后，八思巴于 1270 年正式被忽必烈晋封为帝师。此时已是忽必烈改蒙古国国号为大元，改蒙古大汗为大元皇帝的前夕。忽必烈希望以帝师的封号彰显一个帝国的精神气度，也希望作为全国宗教领袖的八思巴可以继续用佛法护佑这个新兴的政权。此后帝师成了元代皇帝的常设封号，而帝师的人选基本来自于萨迦款氏家族与八思巴的门徒，他们的命运也始终再没有与元代的盛衰相分离。大概是因大都气候引起的不适，八思巴在受封帝师之后一年便出居临洮修养。1276年底，又在真金太子的护送下回到萨迦，由其异母弟仁钦坚赞接任帝师。1280年11月22日，八思巴在萨迦南寺拉康拉章圆寂，享年46岁。忽必烈听闻后，在不胜悲痛之余于大都为八思巴修建舍利塔，并赐号八思巴为“皇天之下一人之上开教宣文辅治大圣至德普觉真智佑国如意大宝法王西天佛子大元帝师班弥怛”。至此，一代帝师的光辉人生永远定格在了时间的长河之中。

可以说，八思巴是元代西藏最伟大的宗教领袖和政治思想家，也是继松赞干布之后藏族杰出的历史人物之一。他为西藏的安定与统一，为中华民族的团结与繁荣做出了不可磨灭的贡献，值得我们永久尊敬与怀念。

（白悦波）

参考文献

[1] 宋濂. 元史[M]. 北京:中华书局,2000:4517-4518.

[2] 陈庆英. 帝师八思巴传[M]. 北京:中国藏学出版社,2007.

[3] 彭陟焱,叶小琴. 八思巴[M]. 昆明:云南教育出版社,2012.

以佛治藏——明太祖朱元璋

西藏不归附，满朝不封赏

1368年正月，朱元璋在应天府（南京）称帝，是为明太祖。因曾在皇觉寺出家为僧，明太祖对于佛教有切身的理解，这深刻地影响了他的对藏政策，进而奠定了整个大明王朝对藏政策的基础。

洪武元年八月，明军攻入大都，元顺帝北走大漠，标志着元朝灭亡。但当时西藏地区仍在北元控制之中，朱元璋一面命徐达率军追击占据西北的蒙古宗王，一面诏谕藏族僧俗首领劝其归降。诏书说，吐蕃地处西陲消息闭塞，恐怕尚未听闻如今华夏大一统的消息，因此我特意下诏告诉你们。

岂知西北藏族首领根本不买朱元璋的账，不仅不肯立即奉诏归附，还配合北元，反攻临洮。由于西北、西南战事频仍，无力分兵的朱元璋只得派遣陕西行省员外郎许允德赍诏前往藏族地区继续招抚，主要是吐蕃十八族、大石门、铁城、洮州、岷州等处。

洪武三年四月，明太祖朱元璋册封诸皇子为王却没有封赏功臣，他在诏书中解释说：先前，我命大将军徐达率诸将平定中原，很快就肃清乱局把元朝蒙古人驱赶到大漠，使得国家大统得以正名，黎民百姓安居乐业。本来打算论功行赏给我的功臣们封官进爵的，只因为吐蕃还没有收复到大明版图里，今年春夏再命徐达等率军再战，因此推迟了封赏功臣的典礼。

此时大将军徐达已率军奋战两个月，此诏一出，既能起到激励军心的作用，又表明了自己收复西藏的决心。在此前后，元顺帝在应昌去世，元军残部更加群龙无首，于是明军在甘肃、四川等地大破元军，进克元朝在吐蕃的治所河州，又攻占应昌，终于在洪武三年五月歼灭了北元残余大部。

眼看元朝大势已去，先前顽固抵抗的西藏地方首领不禁忐忑观望，猜不透这位放牛娃出身的皇帝陛下会如何兴师问罪。但朱元璋并没有命令徐达趁胜追击，用武力一举收服西藏僧俗势力，而是命僧人克新等三人再次入藏招抚，只是在招抚的同时添加了一项任务，要求其“图其所过山川地形以归”。古人打仗讲究天时地利人和，尤其是像西藏川蜀这样的地方，明太祖此举可谓张松献图其意昭然，因此克新此行名为招抚，实为示威。

事到如今西藏地方首领又岂能不识时务？元朝气数已尽根本不可能东山再起，而西藏地方各自为政，既没有必要也没有能力保持独立，彼此观望不过是想要看看新皇帝开出的价码如何。

凡事都有个试吃螃蟹的人，这个人就是原来的陕西行省吐蕃宣慰使何锁南普。何锁南普原名锁南普，是甘肃人士，自小好习弓马，勇略过人，长大后颇能服众，逐渐成了河州（今临夏）地区的领袖人物。这一年六月，朱元璋眼见众人无动于衷，于是命卫国公邓愈率领大军兵临河州。锁南普劝服十九个藏族部落共同到邓愈军中请降，并交出了元朝所授金银牌印。

同年十二月，锁南普进京朝见朱元璋，并进献马匹等物。明太祖是个会抓典型的领导人，不仅按照惯例“嘉其诚，赐袭衣”，还给他赐姓何，任命其为河州卫指挥同知，并且准予世袭。不仅如此，他的弟弟江家奴授河州卫指挥佥事，次子何铭授锦衣卫指挥佥事，颁赐篆龙金简诰命,可谓一人得道鸡犬升天。朱元璋用何锁南普的例子告诉众人,他要在西藏推行明朝的卫、所体制,只要这些藏族首领肯归附明朝，就仍可以任命他们为卫所的土官，而且还是世袭的。还在观望中的甘青一带藏族首领和原元朝官员见此纷纷归附,自然也受到了明朝的接纳和封赏。

帕竹政权,灌顶国师

明太祖朱元璋在招抚甘青藏地区归附后，将目光进一步投向朵甘思、乌思藏等地区。朵甘思和乌思藏皆为元朝藏族地区名。朵甘思又名朵甘、多康等,意思是“汇合的区域”,近代一般简称康。相当于今西藏自治区昌都地区东部、四川甘孜藏族自治州和阿坝藏族自治州的一部分。而乌思藏中“乌思”为前藏,“藏”为后藏,乃是元朝在西藏所设“乌思藏纳里速古鲁孙三路”的一部分,其中乌思藏宣慰司管辖的地区大致为今天的拉萨、山南、日喀则、阿里等地。

当时的河州卫在了解乌思藏的情形后，向明太祖朱元璋举荐说:“乌思藏地区帕竹政权原元朝灌顶国师章阳沙加是一位很有威信的人,如今朵甘赏竺监藏和管兀儿相互仇杀,朝廷如果能让章阳沙加前去招抚,那么朵甘也会归附大明的。”这里的章阳沙加应该就是指释迦坚赞。

释迦坚赞是帕竹政权开创者大司徒绛曲坚赞的侄子，该政权第二位第悉。他出生于1340年,九岁时受戒出家,跟从高僧学佛;十三岁就担任新建成的泽当寺的座主，并由当时西藏著名的高僧布敦大师给他传授显密教法;十九岁到萨迦寺,从喇嘛丹巴索南坚赞受比丘戒。

释迦坚赞本应担任泽当寺座主或丹萨替寺京俄，成为帕竹噶举的宗教领袖。而他的弟弟释迦仁钦曾被元顺帝任命为帕竹万户,才应该是帕竹第悉的候选人。但释迦仁钦与晚年的绛曲坚赞意见不合，被后者遣送至丹萨替寺静修，变相地取消了万户长职位，如此当1365年绛曲坚赞辞世时便任命释迦坚赞继任帕竹第悉，也就自然地承袭了元朝“灌顶国师”的封号。

明太祖在了解情况后，立即下诏重新赐封，恢复释迦坚赞的“灌顶国师”称号，并遣使赐玉印及彩缎表里，命他化导西藏百姓。次年也就是洪武六年正月，释迦坚赞遣酋长锁南藏卜进献佛像、佛书、舍利，明太祖又回赐文绮、袭衣。

可以说，释迦坚赞是明太祖朱元璋第一个赐封的国师，并且是唯一一个没有入京请赐封号便直接受到封赐的国师。这份殊荣的背后并不仅仅因为释迦坚赞是一位“人所信服”的得道高僧，更因为他是帕竹政权的领袖，而帕竹政权则是元朝后期西藏地区的实际统治势力。帕竹政权的开创者绛曲坚赞目睹萨迦政权由盛而衰的前车之鉴，除了对帕竹领袖及其亲随官员制定了一系列严格的戒律，对帕竹政权属下的家族势力也有多方管控，有效地巩固了帕竹政权初期的统治，使之成为明太祖不得不重视的一个西藏地方势力。朱元璋清楚地知道想要西藏归附，绕不过帕竹政权。

洪武六年九月，释迦坚赞去世，其侄丹萨替寺京俄扎巴绛曲兼任帕竹第悉。此后帕竹政权的首领第悉之位几经更迭，每每都要上表明朝，请求准许继承“灌顶国师”的名号和职位。

萨迦达仓宗，炽盛佛宝国师

虽然帕竹政权在西藏地区握有实权，但在元朝灭亡前，帕竹第悉在名义上始终位于萨迦座主和摄帝师之下。当年，大司徒绛曲坚赞击败萨迦并控制了萨迦寺以后，萨迦款氏家族中以喇嘛丹巴索南坚赞为代表的一部分人与帕竹派合作，继续进行宗教和政治活动；另一部分则向西迁移到吉隆附近雅鲁藏布江南岸的达仓宗，维持萨迦政权，是为萨迦残余势力，仍保有元朝所封的摄帝师、国公、司徒等高官显爵的名号。

得知明太祖朱元璋赐封帕竹第悉释迦坚赞为“灌顶国师”后，萨迦的摄帝师喃加巴藏卜立即率领故元国公南哥思丹巴亦监藏等人入朝觐见，请明太祖也给自己等人封给职名。朱元璋知道，虽然萨迦政权对西藏地区的实际控制力不强，但尊贵的名号却有着不容忽视的影响力，他意识到萨迦摄帝师这次的主动请赐能带动一大批藏族首领脱离北元的影响归附明朝，因此对此次摄帝师喃加巴藏卜的来朝十分重视，对他们的封赏也远超对帕竹第悉释迦坚赞的封赏。

《明实录》记载说，先前遣员外郎许允德出使吐蕃，让各族的酋长按原来的官职入京授职，到了洪武六年（1373）喃加巴藏卜前来朝贡，乞授职名。省台大臣纷纷进言：“来朝者宜与官职，未来者宜勿与”，这是在礼节上加以挑剔。但明太祖朱元璋却没有予以计较，而是一口气赐封指挥同知、佥事、宣慰使同知、副使、元帅、招讨、万户等官凡六十人，并且赐封原摄帝师喃加巴藏卜为炽盛佛宝国师。这实际上是取消了元朝的帝师及帝师制度，保留封藏传佛教领袖为国师加给封号的成例，在防范其干涉政权的同时，给予名义上的尊荣以达到以佛治藏的目的。

在大手笔封授后，朱元璋立即遣人诏谕朵甘、乌思藏等处：“我大明王朝受命于天，统治四方，对顺服者恩抚有加，对悖逆者用兵神武。但凡是在我大明版图之内，都一视同仁。最近摄帝师喃加巴藏卜为了乌思藏、朵甘思地区原先元朝的公、司徒、各宣慰司、招讨司、元帅府、万户、千户等官不远千里前来朝见，请求授职，以安抚各族民心。我赞赏他通晓天命，懂得来朝见正义之君，从而省去了征伐之苦，因此都按原职答应了他们的请求，好让远方的诸位放心。以摄帝师喃加巴藏卜为炽盛佛宝国师，赐给玉印；南哥思丹八亦监藏等为朵甘、乌思藏武卫诸司等官，镇抚军民，也赐了诰印。从今以后这些任职做官的人，一定要遵照朝廷的法度，安抚一方黎民；那些受封的僧人也一定要教化百姓向善，共享太平盛世。”

在喃加巴藏卜等辞归西藏时，明太祖自然还要继续趁热打铁，任命河州卫镇抚韩加里麻等持敕一同前往，招抚晓谕还未曾归附的土酋。

多封众建，善用僧徒

明太祖朱元璋治理西藏，一方面推行行都武卫制度，行使地方管理职能，委派藏族上层僧侣充任宣抚使、宣慰使、安抚使等职。另一方面则对西藏地方首领实行“多封众建”，册封地方宗教首领为国师、禅师等等，维持其应有的权势和地位。

例如，除了对势力强大的帕竹第悉和名号尊贵的萨迦帝师外，明太祖朱元璋也分封了其他许多小的势力，其中就有后来十分昌盛的噶玛噶举派黑帽系四世活佛乳必多吉。噶玛噶举派虽然没有自己的万户府，但却发展出一套独特的游僧制度，在西藏地区有着不小的影响力，明太祖朱元璋知道后，将乳必多吉原有的“大元国师”称号改封为“灌顶国师”，享受和帕竹第悉一样的殊荣。当乳必多吉返回西藏后，明太祖还在洪武八年(1375 年)正月赐给粗浦寺的诏书中说：“我想修行是好的勾当，教他稳便在那里住坐，诸色人等休教骚扰，说与那地面里官人们知道者。”

这道白话圣旨中透出的亲切和尊重，不仅表达了明太祖朱元璋对这位得道高僧的重视，也表明在对藏封赐的过程中，朱元璋能够因人用事，按照各个势力的大小和特征加以封赐，从而避免了因为厚此薄彼而使西藏僧俗势力产生地方纷争，顺利地完成了从元到明的权力过渡。

明太祖之所以采用这样的对藏政策，是因为明初西藏维持着萨迦摄帝师的名义上的统领和帕竹政权实际上的控制，另外还有许多诸如止贡、蔡巴、羊卓、夏鲁等大小不等的地位不定的僧俗势力存在，政治形式十分复杂。而明朝刚刚建国，急需休养生息，实在无力派遣军队和官员深入西藏进行管理。

使用"多封众建"的政策来控制西藏地方势力，不仅能够避免大规模军事行为所带来的沉重负荷，而且能更有效地控制各个实力集团，使之相互牵制。同时，明太祖在分封的基础上逐渐发展出"厚往薄来""宁厚勿薄"的朝贡制度，客观上促进了西藏地区农业、畜牧业、手工业等方面的发展。

明太祖朱元璋早年在皇觉寺出家，深知管理佛教僧人的重要性。他在分封各教派领袖的同时，又设置了一套严密复杂的僧官管理系统。洪武五年确立六部职权时，明太祖便规定以礼部执掌僧道度牒。洪武十五年又在礼部设僧录司、道录司，在各府设置僧纲，专门管理全国的佛教僧人和道士。《明实录》中关于藏族僧人在明朝中央的僧录司任职的记载最早为洪武十八年年底。

纵观有明一朝，朱元璋作为开国雄主，其治国视野远及西藏边陲，并因势利导，采取有力措施，将西藏牢牢控制在中央政权的有效管辖之下。朱元璋对西藏的治理，既有对元朝政府的传承，也自有其别开生面的独创，于后世中央政府行使对西藏的主权，也不无借鉴意义。因此，从中华民族大历史的背景来看，朱元璋有功于民族，有功于国家，当是不易之论，在中华民族的大融合大统一进程中，也自应有其历史地位。

（刘少敏）

参考文献

[1]邓锐龄. 明初使藏僧人克新事迹考[J]. 中国藏学,1992(01).

[2]顾祖成编著. 明清治藏史要[M]. 拉萨:西藏人民出版社;济南:齐鲁书社, 1999.

[3](明)朱元璋撰;胡士萼点校. 明太祖集[M]. 合肥:黄山书社, 1991.

[4]拉巴平措,陈庆英总主编;熊文彬,陈楠主编. 西藏通史 明代卷[M]. 北京:中国藏学出版社, 2016.

[5] 增太加. 论公元 14-15 世纪西藏帕竹地方政权的政教合一制[D]. 北京:中央民族大学.2012.

[6] 曾文琼. 西藏帕竹地方政权的创建者绛曲坚赞 [J]. 历史知识,1982(03).

[7]阴海燕. 明朝“多封众建”治藏方略研究[D]. 拉萨:西藏大学. 2010.

[8]张安礼. 浅析明太祖朱元璋对藏僧的多封众建[J]. 西藏民族学院学报·哲学社会科学版,2010(02).

弘扬佛法，促进汉藏交往——释迦益西

释迦益西（1354–1435年），藏历第六绕迥木马年（1354年）出生于拉萨附近蔡公塘的一个官宦人家。他是明代著名的三大法王之一，也是藏传佛教格鲁派兴起时期的重要人物。释迦益西7岁出家，在噶举派大师绛漾·释迦坚赞处受沙弥戒，法名释迦益西，年满18岁后，便开始游历乌思藏各地，参谒各派寺院和高僧大德，潜心学习。1373年，宗喀巴来到蔡贡塘，释迦益西成为其弟子之一，跟随大师学习五部大论等，逐渐他的佛学知识越来越渊博，诸明（因明、声明、医方明等）越来越精通。因为释迦益西勤思善学，深得宗喀巴大师器重，被大师称为“辩才无碍”八大弟子之一。

遵师命，首次进京觐见

15世纪初，宗喀巴改革藏传佛教，创立藏传佛教格鲁派，名声日隆。明永乐皇帝曾多次派臣到西藏，迎请宗喀巴进京传法，但大师因教务繁忙未能成行。永乐十二年（1414年），永乐皇帝又遣人迎请，并谕，如“法王不能亲临，但需请一位与法王无别之国师光临”。于是宗喀巴就选派释迦益西代表他进京朝觐。此时释迦益西已年近古稀，但仍听从师命，从拉萨启程，途经山南、理塘等地向成都进发。释迦益西一行还没有抵达成都，皇帝便派使者携诏书和御赐礼品前来迎接。“今闻上师已离西土，……朕心甚悦，难以言喻。现今复遣人于途中赠礼迎接，以示缘起，以表朕心。随诏赐袈裟全套并带帽，三法衣服，坐具四件，长坎肩一件，禅裙一件，靴袜等”（永乐十二年十一月十五日）。释迦益西一行抵达成都后，受到当地大小官员、驻军的热烈欢迎。稍事休整后，他们启程前往京师（今南京），“……上师跋山涉水，历尽艰辛前来，……上师身体疲乏，到此面朕时可免行礼”（永乐十二年十一月二十五日），并下令特地为他修筑驻锡之地。遵照圣旨，永乐十二年十二月二十七日，释迦益西在大行殿觐见了皇帝。皇帝告诉释迦益西，请他前来内地是为了国泰民安、弘扬佛法，风调雨顺、五谷丰登、吉祥如意。为此，特意交代释迦益西要在海印寺创办显密教法，特别是密宗四续的修炼道场。永乐十三年二月至五月（1415 年），释迦益西筹备、举行了密集喜金刚胜乐大轮大威德四九母和诸药师佛的修供仪轨，据说当时天空出现五色彩虹，响起神乐声等，法事活动非常成功，皇帝极为高兴，永乐十三年四月六日为释迦益西颁赐金印宝诰，授予“妙觉圆通慧慈普应辅国显教灌顶弘善西天佛子大国师”封号。在京（今南京）期间，释迦益西多次朝觐成祖，皇帝赐座、赐茶、赐宴等，殊礼相待。国师也为皇帝举行了长寿灌顶并给予加持，皇帝赠送他许多礼物。“遵照成祖指令，在南京营造寺宇，招募僧众，举行盛大的宗教活动，受到成祖的赞许和赏识，给予优渥恩宠。”

不久，依据皇帝旨意，经皇帝批准，国师一行前往五台山。在五台山，释迦益西受到四方信徒拜见供养，国师也为信徒受戒、灌顶教诫加持、传授秘诀等，举办金刚童子橛修供法事，朝拜弥勒大佛，讲授经典，传授戒律，并与当地汉传佛教寺庙僧人切磋佛学等，以大国师的身份讲经说法、修缮庙宇、收徒传法。“在五台山修建了六座大寺院和在花园附近修建了华严寺”。从此以后，藏传佛教教徒开始朝拜五台山，到清顺治时，五台山已有十处黄庙，藏传佛教在五台山兴盛起来。五台山出现青黄庙并存、汉藏僧人兼有的独特境况，成为藏传佛教格鲁派在内地传播的重要基地。直至解放前，五台山黄庙罗睺寺内仍供有四大天王塑像和宗喀巴大师像。

在释迦益西前往五台山途中及停留期间，皇帝对其关心备至，尊信有加。曾三下圣旨，遣人馈赠瓜果、衣物，并将追捕的抢劫朝廷金字使者的番僧送到国师处，“如能弃恶从善，可赦免其罪行，剃度为僧人，让他们在北方皇城中诵经做法事，如何？”“朕岂胜眷念，薄赍瓜果，以见所怀。遣书匆匆，故不多致”（永乐十三年六月十日）；“……今遣专人送去黄丹印的同时，顺便带去蜂蜜及各种水果（永乐十三年七月二十六日）”；“秋风澄肃，五台早寒……今制袈裟禅衣，遣使祇送，以表朕怀。……”（永乐十三年八月二十七日）。永乐十四年五月（1416 年），国师奏请返藏，皇帝准奏，并赠送了《大藏经》样书和大量礼物。“特赐予千疋绸缎和八百头母犏牛，请您收下”（永乐十四年五月十六日）。朝廷派金字使者送行，经太原陕西通道，理塘大慈法轮（寺）等地，返回西藏。释迦益西第一次赴内地传法，从永乐十二年十一月到达成都至永乐十四年五月，共计一年半左右。

首任色拉寺堪布，与明廷联系愈益密切

返藏后，释迦益西首先拜见其师宗喀巴大师，并向他献上皇帝赐予的十八罗汉丝织唐卡（此套丝织唐卡至今仍保存于甘丹寺，是一年一度“甘丹绣唐节”展示的主要宝物）、木架帐篷、镶满珠宝的金银曼荼罗，还有大批的绸缎，并举行报恩诵经祈祷等；对大昭寺、甘丹寺等也进行供养和布施、熬茶等。此后，他继续师从宗喀巴大师，学习显密经典，提高佛学修养。1419–1420 年，为了却宗喀巴大师在雪域高原建一个“传授纯净的密宗续部经典的场所”夙愿，以及遵从明皇之嘱托，释迦益西广泛集资，在宗喀巴大师指导下，主

持修建了色拉寺。寺内大殿中安放着他从内地带回西藏的十六罗汉、《甘珠尔》等，这套封面上写有金字汉、藏文对照目录标题的《甘珠尔》经文，至今仍完好地保存在拉萨色拉寺中。色拉寺建成后，释迦益西任首任堪布，主持寺院教务。1419 年 10 月宗喀巴大师圆寂后，释迦益西为其举行点燃供灯等祭奠法事活动，规模宏大，以致后来，在藏区形成一年一度的燃灯供祭法事——甘丹“五供节”(燃灯节)。

返藏后，释迦益西与明朝廷继续保持密切联系，仍不忘派人到内地向皇帝请安朝贡。永乐十五年(1417 年)，释迦益西遣人贡马，皇帝赐予其佛像等，并嘱咐其“敬请经常弘扬佛法(永乐十五年二月一日)。”永乐十七年(1419 年)明廷派杨三宝赍佛像衣币往赐，永乐二十一年(1423 年)复来贡、二十二年(1424 年)永乐帝降圣旨“兹以岁序维新，特遣禅师板竹等，祝赞于朕……，今遣内官戴兴等，赍佛像等物，并致偈赞，用表朕怀”。1426 年，明宣德皇帝登基，释迦益西遂派代表前往祝贺，朝廷封其使者阿木葛为灌顶净修弘智国师，赠二品镀金银印。宣德六年二月(1431)，“(释迦益西)之徒喇嘛罗卓促密等来朝，贡方物。”

古稀之年，遵旨再赴内地传播佛法

宣德四年四月(1429 年)，明廷邀请释迦益西再次到内地传法。“……，大师功行高洁，定慧圆明，朕切慕之。特遣太监侯显，赍书礼请，冀飞锡前来，敷扬宝范，广禅能仁，以附朕诚。朕不胜瞻望之至”(宣德四年四月三日)。接到圣旨后，释迦益西不顾年事高迈，毅然遵旨，很快便与金字使者一道，在阿木葛、索南西绕的陪同下启程，经青海湖、西宁、佐莫喀、瓜州、洮州、岷州、西安、五台山等地，从北路进京。沿途不断为藏、汉、蒙等各族信众授记、灌顶、传法，在朵麦(甘青)等地区曾建三处寺庙，在不少地方出现三宝俱全的佛殿、金殿、大喇嘛仓、禅院……。皇帝听到释迦益西启程消息后，关怀备至。“大国师以效力之心，遵循朕旨意，不顾山川寒暑冷暖，不顾路途遥远劳顿，愉快前来。听闻前来，朕甚为欣喜，并已派人到中途接应。……特遣太监向柳杨携带圣旨和水果等前去迎接”（宣德四年十月一日）；“……你远道诚心而来，朕心甚喜。今特遣洪通、傅慧、胡果……等一起，前往迎接。朕以为，你远道而来，路途劳顿，大国师到皇城后，在庙内安心歇息。今后见朕，无须行礼，望大国师切记”（宣德四年十一月十二日）；并择吉日，“特赐予具有赞词法轮的金印和宝诰。……朕也特意奉献吉祥赞词。……”（宣德四年十月十三日）。到达京城（今北京）后，释迦益西开启四续部的坛城，举行了盛大的修供仪轨。宣德皇帝十分高兴，尽力敬奉三宝，在卫藏、上下康区、甘凉四洲、西宁卫、瓜州、临洮、岷洲、南京、北京、五台山新建或修缮佛殿庙宇及佛像，组建僧团，多次印制了金汁《甘珠尔》等；授予有学识的高僧国师、禅师名号，让他们管理寺庙等。宣德九年（1434 年），皇帝敕封释迦益西为“万行妙明真如上胜清净般若弘照普慧辅国显教至善大慈法王西天正觉如来自在大圆满通佛”，简称“大慈法王”。宣德十年（1435 年），大慈法王自京师（今北京）启程返藏，途径青海佐莫喀（今青海省民和弘化寺）时圆寂，享年八十二岁。对释迦益西的祭奠活动分别在海印寺大慈恩院和佐莫喀举行。“敕建渗金铜塔，藏其佛骨。”后遵皇帝旨意，法王索南西绕和法王桑布将金质灵塔请到佐莫喀，建造殿堂予以安放。宣德十年十二月，皇帝为其御制赞词：“精通三学而学识渊博，诸藏皆持金刚匣，自性清净尽艰难。具有佛祖的断证功德，对朕的祖辈四代皇帝，授予了灌顶的恩赐，上师对所有众生恩重如山，至善至美慈悲心，如日月般光明，智慧之火如绚丽的彩虹……”（宣德十年十二月），正统七年九月（1442 年）“今以黑城子厂房地赐大慈法王释迦益西盖造佛寺，赐名弘化，颁敕护特（持）。”为了纪念他，至今西藏等地每年十月二十四日即宗喀巴大师祭辰（“五供节”）的前一天晚上举行“四供节”的活动，成为例规。在衣钵传承上，释迦益西秉承其师宗喀巴，在临终前，他“向大弟子阿木葛和索南西绕作了交待”。明廷肯定了这种传承方式，“正统四年五月（1439 年 7 月 3 日），（朝廷）加封国师亚蒙葛（阿木葛）为西天佛子大国师，赐以诰命”。

释迦益西作为格鲁派创始人宗喀巴的亲定代表到内地传播格鲁派教法第一人，受到明廷册封的格鲁派第一人，为格鲁派创建密宗道场第一人，为密切祖国各民族间交往，不顾年事高迈，听从皇命、师命，义无反顾两次奔赴内地，以耿耿忠心，足迹遍至祖国南北，对各族信徒，一视同仁，讲经说法，不仅扩大格鲁派在内地的影响，而且进一步加强汉藏佛教的交流。“大慈法王”释迦益西是继萨迦班智达、八思巴等高僧大德之后，又一位为祖国统一、民族交流和民族团结作出重大贡献的藏传佛教高僧大德，其所作所为至今仍被人们所称颂。

（刘乃秀）

参考文献

[1]安海燕.大慈法王释迦也失两次进京相关史事新证[J].民族研究.2018(12).

[2]陈楠.明代大慈法王释迦也失在北京活动考述[J].中央民族大学学报,2004(03).

[3]周润年.大慈法王释迦也失[J].中国民族,1987(02).

[4]拉巴平措.大慈法王释迦也失[M].北京:中国藏学出版社,2012.

[5]熊文彬,陈楠.西藏通史.明代卷[M].北京:中国藏学出版社,2016.

赐封西藏三大法王——明成祖朱棣

公元1402年，经过长达三年的皇位之争，燕王朱棣登基称帝，改元永乐，是为明成祖。此时，在明太祖时期接受赐封的帕竹政权、噶玛噶举教派、萨迦政权等势力随着时间的变迁，各有兴衰。刚刚登位的永乐帝朱棣，不得不根据新的形势，重新考虑赐封的名号问题。而在明成祖的对藏赐封中，又以三大法王最为尊贵。

大宝法王噶玛巴得银协巴

在西藏诸多势力中，明成祖第一个赐封的是发展出一套独特的游僧制度的噶玛噶举教派黑帽系第五世活佛——噶玛巴得银协巴。噶玛巴得银协巴本名却贝桑布，“噶玛巴”是噶玛噶举教派对活佛的最高称谓，而得银协巴是藏语“如来”的对应词。

1384年，却贝桑布出生于西藏娘波地区，由于被认定为“灌顶国师”黑帽系第四世活佛噶玛巴乳必多吉的转世，他四岁起就开始跟随乳必多吉的弟子、噶玛噶举派红帽系二世活佛喀觉旺波学佛，十八岁时受到康区馆觉地方首领斡即南哥的尊奉和供养，之后一直在康区、馆觉等地巡游传法，声名远扬，备受尊崇。

智光入藏后，将噶玛巴却贝桑布在康区、馆觉等地的地位和影响上奏永乐帝。当年，永乐帝朱棣作为燕王镇守北京时就曾听过噶玛巴却贝桑布的美名，如今听闻智光奏禀，可谓是喜出望外，便立即召请年仅二十的噶玛巴到京会见。《明实录》记载，明成祖"遣司礼监少监侯显赍书、币往乌思藏，征尚师哈立麻。盖上在藩邸时，素闻其道行卓异，至是遣人征之。"这里的"哈立麻"就是指噶玛巴得银协巴。

明成祖召请噶玛巴的诏书写得十分客气，邀请之意分为两层：一是赞扬噶玛巴得银协巴佛法精湛，而且慈悲为怀，应该到中原弘扬佛法，恩泽百姓；二是表明皇考太祖皇帝笃信佛法，而皇妣薨逝已久自己报恩无方，希望噶玛巴得银协巴能为之开坛设法举行超脱仪式。

为先皇先后开坛设法，是何等荣誉，饶是出家人淡泊名利，噶玛巴得银协巴也不敢轻易怠慢。还未等诏书送到，他便于1406年从楚布寺出发，七月时节在康区噶玛寺见到前来下诏的侯显等使者。噶玛巴得银协巴领受完诏书即动身进京，经青海于十一月抵河州，然后一路经陕西、河南、安徽，于1407年抵达南京，至奉天殿面圣。在南京期间，噶玛巴得银协巴多次为永乐帝传授佛法讲授无量灌顶，并率领僧众在灵谷寺设十二坛，为明太祖和马皇后作超度法事十四天。

噶玛巴得银协巴应永乐帝之邀，为太祖朱元璋及马皇后开坛设法的盛况被用绢布记录下来，命名为"哈立麻为明太祖荐福图"。该长卷共有49幅连环彩图，长4968厘米，宽66厘米，所绘皆是"荐福"时出现的种种祥瑞奇景，右侧配有五种文字说明。如今，"哈立麻为明太祖荐福图"已经成为反映明初中央皇帝与西藏宗教领袖之间通过宗教活动建立臣属关系和私人友谊的历史珍宝，收藏于西藏博物馆内，精心保护。

噶玛巴得银协巴有此功绩，明成祖朱棣自然是大加封赏，将之封为"万行具足十方最胜圆觉妙智慧善普应佑国演教如来大宝法王西天大善自在佛”。“大宝法王”这个称号是沿用了元世祖给萨迦派第五代祖师八思巴的封号——“皇天之下一人之上宣文辅治大圣至德普觉真智佑国如意大宝法王西天佛子大元帝师”。两相比较就可以发现，在后缀中明成祖用“西天大善自在佛”取代“西天佛子”，是提高了其宗教地位。而在前缀上，除去了“大元帝师”及“皇天之下一人之上宣文辅治” 等含有帝师含义和参与国政之职的内容。也就是说，噶玛巴虽然有与元朝帝师相同的“大宝法王”的封号，但是并不具有元代帝师掌管宣政院和藏族地区行政事务的权力。

尽管如此，在明成祖所封三大法王中，“大宝法王”也是最尊贵的称号。这一方面是因为噶玛噶举派在前藏和康区根基深影响大，又与后藏的统治者阐化王等关系密切，地位不容忽视；而另一方面，噶玛噶举派并没有寺属农奴，也不占有土地，并不是一个典型的地方政权，而是通过发展出一套独特的游僧制度，在西藏各地周游传法，调节纷争，联结四方势力来保持自身的影响和地位。这正是明成祖朱棣最希望看到的。

永乐五年(1407 年)七月，明成祖的皇后徐氏辞世，于是又请这位大宝法王到五台山建台大斋，“资荐大行皇后”。八月，遣驸马前去五台山致谢，十月噶玛巴得银协巴从五台山返回南京，十一月永乐帝又写信表示感谢，并请他到灵谷寺宣扬佛法，赏赐许多宝物。

噶玛巴得银协巴在汉地停留一年有余便向明成祖辞别归藏，于是明成祖又赐给他白金、彩币、佛像等宝物，命官员护送他回到了楚布寺。

大乘法王贡噶扎西

明成祖所赐封的第二位法王是萨迦派的贡噶扎西，他被封为大乘法王。

贡噶扎西自幼学佛，以喇嘛丹巴索南坚赞为师，在 1372 年受比丘戒。学成后在前后藏各地朝佛巡礼，讲经说法，声名远扬。《萨迦世系史》说，大明皇帝对贡噶扎西心生敬仰，两次派遣使者召请他进京。贡噶扎西感念明成祖的诚意，而且此行对佛法的传扬大有裨益，又能够恩泽众生，所以尽管贡噶扎西时年已六十高龄，还是决定于永乐十年四月从萨迦寺动身前往南京。萨迦派众人怕他年事已高，此去恐怕不能再回来，不由得失声大哭。贡噶扎西却安慰众人，说自己一定会在他们睡梦未醒之时返回。

永乐十一年二月，贡噶扎西抵达南京。明成祖朱棣多次接见他，听他讲论佛法，且十分敬信。五月，明成祖封他为“万行圆融妙法最胜真如慧智弘慈广济护国演教正觉大乘法王西天上善金刚普应大光明佛”，并赐各种珍宝。此后贡噶扎西应明成祖之请，由水路前往大都，教化众生。为此，明成祖还特地为他新修了一座法坪寺供其居住。

此后，贡噶扎西又前往文殊菩萨居住的五台山朝拜佛殿佛像，尔后返回南京为明成祖朱棣讲习佛法，劝他大赦囚犯数万名。明成祖对他礼敬有加，又赐给银质喜金刚像、人威德像、金刚杵等无数，此外还有法器、僧帽、袈裟等，各种珍宝、金器、银器、绸缎、大小帐幕、茶叶、牛、马、骡等无数。永乐十二年正月，贡噶扎西辞归，明成祖又赐图书及佛像、佛经、法器、衣服、文绮、仪仗、鞍马、金银器皿等物，命中官护送。

明成祖朱棣不仅封赏了贡噶扎西本人，对于与其同行的弟子等人也大加封赏。二月进京面圣时，明成祖便曾重赏和他一同参加赐宴的弟子喇嘛哲尊巴，五月赐封贡噶扎西为大乘法王后，又进一步赐封哲尊巴为灌顶圆通慈济大国师。后来，哲尊巴在陪同大乘法王停留汉地期间去世，于是在贡噶扎西动身反藏前，转而赐封他的父亲妥巴阿摩葛者为灌顶圆通慈济大国师。

明成祖朱棣对大乘法王所在萨迦一派的另外一项重大恩赐，是发布命令让帕竹政权把萨迦大殿交还给萨迦派掌管。此事对于萨迦教派而言可谓意义非凡，当年帕竹政权的绛曲坚赞结束了萨迦政权在西藏的实权统治，使得“帝师”之名有名无实。退缩至达仓宗一带的萨迦残余势力自元代末年便一心想要扳倒帕竹政权，却每每无果。

明成祖此举极大地笼络了萨迦派的人心。以至于 1418 年，贡噶扎西还写信给受封为大司徒和朗钦的法王兄弟嘱咐说，他们二人获得封授的诏书，还应该再次在萨迦大殿宣读，作为帕竹第悉把萨迦大殿交还到大乘法王手中的一个重要象征。

贡噶扎西因从帕竹第悉手中讨回萨迦大殿的管理权，并收集了萨迦五祖的著作，组织抄写《萨迦五祖文集》，开创汇集藏族宗教领袖著作文集的先例。此外，贡噶扎西在萨迦大殿建立坛城，修葺大殿的同时，还制订了萨迦大殿的修习规矩。贡噶扎西的这些作为使得萨迦派教法“犹如将要熄灭的灰烬又重新燃烧起来，因此，他的恩德十分重大”。而这一切都是基于明成祖命帕竹政权归还萨迦大殿这一举措。

大慈法王释迦也失

明成祖所封三大法王最后一位乃是大慈法王释迦也失。释迦也失所在的格鲁派，由宗喀巴大师所创，乃是明朝时藏传佛教一个新崛起且快速发展的派系。

原本明成祖想要赐封的大慈法王乃是格鲁派创始人宗喀巴大师。他创办格鲁派的一系列活动早就引起了明成祖朱棣的重视，永乐元年(1403年)召请噶玛巴得银协巴进京,永乐四年(1406年)封帕竹第悉扎巴坚赞为阐化王时,都给宗喀巴送了诏书,邀其入京听封。

无奈宗喀巴以身体不适,“每与众人相会,便发生重病”为由,写信推辞入京觐见。明成祖收到来信后,仍再三召请宗喀巴进京一晤。永乐十一年(1413年),大乘法王到京会见后,明成祖又起了敕封宗喀巴之心,派遣使者再次召请宗喀巴入京。

奉遣使者担心大师不肯相见,无法向明成祖交差,因此打算秘密造访,来一个突然面请。他们就宣称此次是前来呈现礼品的,表现得不疾不徐,然后于天明时分突然闯入色拉却顶寺后山上的一座小庙求见。岂料宗喀巴大师却仿佛早有预料,他不愿见这些使者,又不忍心为难寺僧们说谎扰乱心境影响了修为,于是便在使者们未到之前离去,并且在离开前不说明去向。

使者们又一路打探,这才探访到大师已移驻惹喀扎,于是又前往求见。刚开始,大师仍是避而不见,无奈阐化王扎巴坚赞等人一再说情,使者们又流泪恳求说明自己为人臣子,重任在身不敢有负皇命,求大师务必一见。宗喀巴大师这才到色拉却顶与使者相见,接受了诏书和礼品。

明成祖写给宗喀巴大师的金字诏书言辞十分恳切,并附有随赐物品清单,赏赐极丰。哪想到这位宗喀巴大师仍不肯入京面圣,还十分恳切地向众位使者说明了如果他前去汉地的种种阻碍,分析此行对弘扬佛法并不会有多少成效,并修书一封回给明成祖。

众使者拿着宗喀巴大师的信函,束手无策,想要就此返回南京,又怕明成祖责怪。于是乎便想出了一个折中的法子:请宗喀巴大师门下一名优秀弟子,代替他入朝。使者们向大师提出这个请求,于是释迦也失遵师命前往汉地,讲修功业。

释迦也失出生于藏地首领之家，自幼学佛，拜过诸多大师问学，最后以宗喀巴为师，随侍左右，担任了宗喀巴大师的司茶侍从。但事实上，释迦也失比宗喀巴大师还要年长三岁。众使者一面带着释迦也失起身回京，一面派人向明成祖奏明此事。

众使者行至半路便接到明成祖赐给释迦也失的诏书。这道临时补发的诏书，除了表达对释迦也失的尊敬外，也是为了维持一种释迦也失也乃是“遵旨进京”的名义。永乐十二年，释迦也失到京，在大善殿朝见明成祖，明成祖朱棣龙颜大悦，为他举行了一个盛大的接见宴会。永乐十三年(1415 年)四月，正式册封释迦也失为“妙觉圆通慧慈普应辅国显教灌顶弘善西天佛子大国师”。

明成祖将释迦也失安置在南京北面玄武湖，并为他新建了一座寺院，准许他觐见时无需行跪拜之礼。巧的是这位释迦也失不仅佛法了得，还颇通医术，为明成祖治好了重病。明成祖对他越发礼遇，允许他在汉地建立格鲁派的寺庙，并如同得银协巴和贡噶扎西一样命他前往五台山，为朝廷皇室在五台山举行法事。

释迦也失动身返藏之时，明成祖朱棣还在他的画像上亲自撰写赞语，让他带回了西藏。1419 年，宗喀巴大师辞世，将领袖之位传给释迦也失。1421 年明成祖将都城迁到北京，1424 年再次下诏让释迦也失进京，要二次赐封他为大慈法王，可见对这位格鲁派的领袖十分特别。可惜，释迦也失还未抵达，明成祖亲征蒙古瓦剌，在塞外榆木川去世。

（刘少敏）

参考文献

[1]骆爱丽. 明成祖与大宝法王交流研究–以宗教画卷《荐福图》为例[J]. 新世纪宗教研究, 2007(01).

[2]罗文华. 明大宝法王建普度大斋长卷[J]. 中国藏学,1995(01).

[3] 程忠红.蕃物志——历史篇（三）[J].文物鉴定与鉴赏,2018(21).

[4] 欧朝贵.如来大宝法王哈立麻为明太祖及高皇后建普度大斋长卷画[J].西藏艺术研究,1992(03).

[5]陈武强.《明实录》所见永乐时期中央政府与藏地人员往来论析——以出使人员为中心的历史考察[J].西藏研究,2019(05).

[6]陈楠著.明代大慈法王研究[M].北京:中央民族大学出版社,2005.

[7]阿旺贡噶索南著;陈庆英等译.萨迦世系史[M].拉萨:西藏人民出版社,1989.

[8]陈楠.明代乌思藏“五教王”考[J].民族史研究,2010(0).

“阿巴钦波”——五世达赖

西藏格鲁派的崛起和达赖喇嘛宗教地位的不断巩固，引起了满清统治者皇太极的极大关注。1639 年 11 月，皇太极正式派出以察哈喇嘛为首的代表团前往西藏，邀请高僧到满洲传教。经过五世达赖喇嘛和四世班禅的商议，决定共同派伊拉古克三呼图克图、色钦曲杰等人去盛京同满洲统治者通好。

顺治九年（1653 年），西藏藏传佛教格鲁派领袖五世达赖喇嘛入京朝觐顺治皇帝，这是西藏宗教领袖与清朝最高统治者之间的第一次会晤，是清初重大的历史事件，对双方来说都意义深远。

历史关头的重要抉择

从 1644 年起，清政府就开始派遣使者入藏邀请五世达赖喇嘛进京。西藏方面对此虽也积极回应，不断遣使上表、请安、献礼，但对何时入京却迟迟不表态。直到 1648 年，清政府再次遣使入藏敦请，五世达赖喇嘛才向清朝官员回应打算五年后入京。消息传出后，五世达赖喇嘛进京的事情成了西藏的头等大事，对此有人持支持意见，当然也有人反对。拉萨三大寺上师和执事僧就极力劝阻五世达赖入京，在劝说无效的情况下甚至要求他在返藏的保证书上画押。1651 年 8 月，以喜饶喇嘛、噶居喇嘛、察罕达尔汗曲杰等为首的二百多人的使团到达拉萨，第三次催请五世达赖喇嘛进京。顺治帝还特别赐给第巴索南热丹白银两万两，作为祈祷五世达赖喇嘛旅途平安念诵《太平经》的布施。1652年新年过后，五世达赖喇嘛开始为出行做准备，同时从各地赶来的僧俗民众也是络绎不绝。1652年3月15日，五世达赖喇嘛在众多蒙藏官员和僧侣的陪同下正式离藏奔赴北京，而这距离顺治皇帝首次邀请其入京已经过去了整整八年时间。

远途跋涉赴内地

为了这次进京之行，格鲁派为五世达赖安排了共计三千余人庞大的随行队伍。沿途各地均有藏族和蒙古族僧俗民众迎接，五世达赖喇嘛为他们赐福，并且接受了他们奉送的马匹、骆驼、牛羊等。在黑河渡口宿营时，五世达赖喇嘛还亲自拟定了一份旅途饮食住行的要求。当众人行至藏北无人区时，自然环境的恶劣，旅途的艰辛，加上对汉地的情况不了解而产生的恐惧，使众人产生悲观情绪。经过近四个月的艰辛跋涉，在通过藏北无人区，翻越唐古拉山后，1652年7月11日，五世达赖喇嘛一行人终于到达青海湖西边的切吉滩。在这里他们同清政府派来的迎请队伍会合。这次清朝派出的队伍阵容庞大，规格也很高，共计有20位官员。五世达赖接受了顺治帝的袍服、珍珠、念珠、靴帽、八匹骠马等赏赐。

由于出发前没能确定会面地点，又担忧内地的天花、热病，因此8月1日五世达赖刚到青海湖附近便迅速奏表，提出在蒙古的归化城(今内蒙古呼和浩特市)觐见。顺治帝接到五世达赖的奏表后认为此行人数多达三千余人，如果全部进京，的确会给清政府在财政和安全上带来较大压力。同时，当时的喀尔喀蒙古还未归附清朝，为拉拢喀尔喀蒙古(相当于今天的外蒙古地区)及早前来归顺，也需要顺治帝在迎请达赖喇嘛上作出积极的姿态。几经折冲权衡，顺治帝向五世达赖喇嘛推脱因国家事务繁重，内地尚不平稳，故无法亲自前往边外，特派遣和硕承泽亲王和内大臣代迎。

是年8月17日，五世达赖喇嘛到达了格鲁派创始人宗喀巴的诞生地塔尔寺，住在该寺西北角山腰上的吉祥新宫内。在此期间给汉族、藏族、土族、蒙古族等五千多名信徒宣讲了宗喀巴的《菩提道次第广论》。11月2日，五世达赖喇嘛在土默特部境内与前来迎接的和硕承泽亲王会合。迎接的人们按照传统举着各种兵器和法器，吹打着乐器，走在前面的亲王由两名乘骑者簇拥着，左右的人们擎着伞盖、飞幡、羽扇。双方行过见面礼后，和硕承泽亲王向五世达赖递交了皇帝的敕谕和各种赏赐物，亲王本人也给五世达赖敬献了礼品。11月16日，三千多人的觐见队伍终于到达了内蒙的岱噶（今内蒙古乌兰察布盟凉城县东北）。清朝统治者在这里给五世达赖修建了规模宏大的汉式寝宫。在这里，五世达赖给蒙古、满、汉各族信徒讲经说法的同时，进一步同亲王商议同顺治帝的见面时间和地点。后顺治皇帝决定在北京郊区的南苑会见五世达赖喇嘛，同时要求一行人轻装简行，将大部分人员留在岱噶，只带三百人随行，前往京城。

历史性的会见

1652年12月15日，顺治皇帝与五世达赖喇嘛终于在南苑见面。双方初次相见时，五世达赖远远下了马，徒步走向顺治，顺治也起身相迎十步，接着顺治帝赐坐、赐茶。随后顺治皇帝在旧衙门设宴隆重接待五世达赖喇嘛，与他亲切交谈。在这次宴会中，顺治皇帝赐予五世达赖喇嘛大量的金器、彩缎、鞍马等品，陪同达赖赴宴的第穆活佛、白居寺堪布、宰桑第巴等十五位显贵也得到了顺治皇帝的丰厚赏赐。顺治皇帝以超乎寻常的高规格宴会招宴五世达赖，并命户部拨供养银九万两。五世达赖喇嘛则向顺治皇帝表达了对大清的拥戴之情，并向顺治皇帝献了“马匹、方物”。

随后，五世达赖喇嘛便在清政府为迎接其来京朝觐专门修建的西黄寺中居住下来。清廷为修建黄寺，花费白银九万两，正是要显示出它不同于一般寺院的尊贵地位，在表明它是皇家寺院同时，还意在抬高黄寺的地位。事实也证明西黄寺的修建无论在当时还是后来均产生了巨大的作用和影响。五世达赖在西黄寺入住的两个月时间里，除与顺治皇帝的会晤外，举行过多次规模和影响甚大的法事、法会和讲经活动。同时，在京城的满蒙上层人士也频繁与五世达赖接触会面，并依次在西黄寺宴请。五世达赖在西黄寺度过了一个隆重的藏历新年，此地一夜之间成了藏传佛教信徒们顶礼膜拜的福地和蒙藏高僧向往的宗教中心。后来人们因西黄寺是专为五世达赖所建造的，里面建有专为达赖喇嘛所用的达赖楼，便将西黄寺称为“达赖喇嘛庙”或“达赖庙”。

1653 年 1 月 11 日，皇帝在紫禁城中的太和殿宴请五世达赖，这次宴请极其隆重热烈。五世达赖喇嘛在京期间，顺治皇帝与他多次会见，并赐以金银、缎币、珠玉、鞍马。五世达赖喇嘛也多次为顺治皇帝诵经祈福，缮写哈达敬献。不久，五世达赖由于水土不服等原因提出返藏。1653 年 2 月 22 日，五世达赖喇嘛返归西藏。行前，顺治再次设宴，为其饯行。同时顺治帝命和硕承泽亲王偕固山贝子顾尔玛洪、吴达海率领八旗官兵送往至岱噶。随后，清帝又遣礼部尚书觉罗郎球、理藩院侍郎席达礼等赴岱噶，送去册封五世达赖喇嘛的金印、金册。敕封五世达赖阿旺罗桑嘉措为“西天大善自在佛所领天下释教普通瓦赤喇怛喇达赖喇嘛”。金印和金册用的是汉、满、藏三种文字写成，金册庄严厚重，宽度为四指，共 15 页，连在一起，可以折叠。

清政府给五世达赖喇嘛这个封号也是经过反复斟酌的，它集中反映了清朝利用藏传佛教来笼络，进而统治蒙古、藏各部的既定方针，具有十分重要的历史意义。通过册封，确定了双方的关系。五世达赖也因此确立了其宗教领袖地位，使格鲁派确立了在西藏的领导地位，在蒙藏地区也更有号召力。在给五世达赖颁发金印、金册的同时，清政府还派内大臣囊努克、修世岱二人随五世达赖一行携金印、金册入藏，正式册封固始汗"遵行文义敏慧顾实汗"，这是首次对一个蒙古族首领赐予汗王的称号。

五世达赖喇嘛回到西藏时，正值重新修建的布达拉宫基本竣工，达赖便搬进布达拉宫居住和办理宗教事务。据说为了装饰布达拉宫，从 1648 年起，西藏地区的六十三名画家用了十多年时间在宫内各殿堂墙壁上绘制了题材丰富、色彩鲜艳的壁画。其中西大殿境壁上的壁画描绘了五世达赖一生的业绩，《五世达赖觐见顺治皇帝》是这幅壁画中的一组，安排在显要位置。画面中顺治帝端坐在右边的宝座上，双目注视着五世达赖喇嘛。五世达赖则双手合什，上身微向前倾，似乎正在说些什么，其友好和睦的气氛跃然而生。这些穿越历史时空的艺术瑰宝，以其独特的魅力见证着中央对西藏的神圣主权，也见证着西藏与祖国的同呼吸共命运。

（华 莉）

参考文献

[1]中国第一历史档案馆，中国藏学研究中心合编. 清初五世达赖喇嘛档案史料选编[M]. 北京：中国藏学出版社, 2000.

[2]阿旺洛桑嘉措，陈庆英译. 五世达赖喇嘛传[M]. 北京：中国藏学出版社，2006.

[3] 梁斌. 从五世达赖朝清看西藏地方与清政府关系的历史演进[J]. 西藏民族学院学报，2012(1):30−37.

[4]张发贤. 试论清初五世达赖与"三藩"之乱[J]. 青海民族研究，2013(1):102 −105.

文韬武略，安定藏地——颇罗鼐

颇罗鼐，清康熙二十八年（1689 年）降生于娘地区，全名颇罗鼐·索南多吉，他出生后经扎什伦布寺大经师占卜，被确认为噶丹才旺汗王的转世。颇罗鼐自幼受家庭影响，逐渐成长为文武双全之人。康熙四十四年（1705 年），他被任命为拉藏汗身前随从，备受器重并着力培养。不久，又被任命为娘地区江孜宗官员，他到任后严肃戒律，秉公办事，使娘地区社会风气和各项事业得到极大改善。随后不久，颇罗鼐又被调至塞地（位于扎什伦布西）负责军政事务。塞地与哲孟雄接壤，颇罗鼐一面加强防务，一面遵照拉藏汗旨意，全力处理该地内部纠纷，协调各方面关系，通过他的努力，塞地出现了安宁、兴旺的大好局面，因此被拉藏汗授予笔帖式台吉称号。

发挥军事才能，坚决维护统一

1716 年，准噶尔部策旺阿拉布坦与青海和硕特部首领勾结，借迎请达赖喇嘛入藏之名，趁机派策凌敦多布率军侵扰西藏，颇罗鼐奉命抵抗。康熙五十六年（1717 年）七月，双方在达木发生激烈战斗，在战斗中，颇罗鼐身先士卒、英勇顽强，很快扭转败局。达木战役后，颇罗鼐升职为军队统帅，全面负责指挥战斗，但终因准噶尔利用西藏宗教势力瓦解藏军战斗力，加之藏军内部不团结，颇罗鼐又在战斗中受伤等，藏军最终败退拉萨。

康熙五十六年十月八日，准噶尔军队兵临拉萨城，颇罗鼐建议拉藏汗率领部分藏军撤出拉萨，但遭到拉藏汗拒绝。拉藏汗遂向中央政府求援，“臣现在率兵守护招地(拉萨)，土伯特兵少，甚属可虑……恳求皇上圣鉴，速发救兵”。十一月，准噶尔军队攻陷拉萨，拉藏汗在突围时被杀，颇罗鼐也被关押监禁。准噶尔军占领拉萨后，想请五世班禅罗桑益西代为执政，但班禅大师“拒绝代理藏务，返回后藏”。准噶尔军只得任命与拉藏汗不和的达孜宗拉加热丹，即达孜巴，为第巴官员管理藏务。达孜巴上任后，保释了被监押的颇罗鼐。颇罗鼐拒绝达孜巴的任命，返回江孜。

为安定西藏，巩固统一多民族国家，清中央政府在康熙五十七年(1718 年)派将军额伦特、都统色楞等统领满汉官兵分道进剿准噶尔军。在首次出兵不利后，清政府很快组织清军第二次入藏。入藏清军兵分两路，一路进军新疆，牵制准噶尔兵力，截断其派兵增援西藏。另一路分南北两路。从四川进军的南路入藏清军沿途得到藏族人民大力支持，云南丽江木土司听到准噶尔侵藏后调集军队参加南路入藏部队，达赖喇嘛格桑嘉措为配合清军，出文告劝诫蒙藏人民，“(清皇帝)扫除准噶尔人，收复藏地，以兴黄教……普济杜伯特众生，溯年厚恩，尤当尽力报效”，南路入藏清军于康熙五十九年(1720 年)八月到达拉萨。延信率领北路入藏清军，以及青海首领罗卜藏丹津、喀尔喀布的敦多布旺等，同时护送达赖喇嘛格桑嘉措进藏。北路入藏清军在那曲大败准噶尔军，策凌敦多布几乎全军覆没，九月清军抵达拉萨，结束和硕特部蒙古汗王对西藏的统治。1718 年，返回江孜的颇罗鼐听到清军入藏时，便秘密召集人民，准备效力。在清军第一次组织反击失利后，他决定暂时僻居边隅——聂朗地方积蓄力量，同时亲赴阿里，与康济鼐取得联系。康熙五十九年，颇罗鼐和康济鼐趁清军第二次进藏之机，各自举兵东向，阻击准噶尔军，截断他们向阿里逃窜的后路，为清军彻底平定西藏作出了重要贡献。

任职噶伦，维护西藏稳定

康熙六十年（1721年），清王朝在西藏废除第巴制，设立由中央直接领导的噶伦制，康济鼐被任命为首席噶伦，总理西藏事务。颇罗鼐先是被任命为孜本（审计官），雍正元年（1723年），增补为噶伦。清廷结束和硕特蒙古汗王在西藏的统治，引发了一心想恢复“霸业”的青海和硕特蒙古亲王罗卜藏丹津的不满，他于雍正元年公开叛乱。为防止叛军窜扰西藏，清廷命川陕总督年羹尧为抚远大将军驻守西宁，并在巴塘、理塘等要道部署军队，同时又分别从西宁、西藏两路进剿罗卜藏丹津。西藏方面，在罗卜藏丹津叛乱后，驻藏官员理藩院侍郎鄂赖令颇罗鼐率兵北上进剿，他们渡过索曲河，占领纳雪地方（该地隶属罗卜藏丹津），一直等西宁方面清军完全平息叛乱后，才离开青海。平叛后，清军撤回，朝廷命西藏地方官员在西藏西、北部与准噶尔相接地区添拨番兵，官员轮流巡查隘口。

西藏地方政府自设立后，几位噶伦间矛盾重重，争斗不已。雍正四年（1726年）六月十八日，代表前藏贵族利益的阿尔布巴等人诱杀了康济鼐，并准备进兵后藏，欲将颇罗鼐等一网打尽，彻底消灭康济鼐势力。康济鼐被杀前，颇罗鼐因事返回家乡，躲过一劫。康济鼐被杀后，颇罗鼐即刻带领后藏、阿里军讨击。为维护西藏地区稳定，雍正六年（1728年）四月，清拟派川、陕、滇三路大军入藏，六月，派遣马元勋、梁万福入藏向颇罗鼐传圣谕，颇罗鼐钦遵领会。康济鼐事件后，清廷命令颇罗鼐暂时统领全后藏，待达赖喇嘛迁移完毕，拉萨撤军后，再专管后藏。雍正七年（1729年），清廷又封颇罗鼐为扎萨克贝子，管理后藏事务。雍正九年（1731年），准噶尔企图侵扰西藏，清廷“著颇罗鼐将所谕情形通知唐古忒众人知之”“令颇罗鼐与驻藏大臣会商，于通往准噶尔要隘处远设卡伦，详加了望协力防守”，并对从前策旺阿拉布坦留藏还没有被遣返之人遵旨严加防范。

乾隆八年(1743 年)，清廷命令颇罗鼐将“(留藏)喇嘛罗卜藏丹津、噶津林沁，俱在准噶尔久居，人不可信。……将罗卜藏丹津解送京师”，罗卜藏丹津及其仆役在解送途中逃亡，颇罗鼐奋力追捕，捉拿归案。乾隆九年(1744 年)，准噶尔派人到西藏熬茶时，请求颇罗鼐代为修庙及缮写西藏格鲁派经典带回准噶尔，但颇罗鼐“我未奉大皇帝谕旨，何敢擅行？”准噶尔使者又提出带有德行的喇嘛回去，但颇罗鼐“既未奉大皇帝谕旨，此事我何敢专主？”严格遵照中央政府旨意，对准噶尔的要求义正言辞，予以拒绝。

总领西藏政务，卓有建树

颇罗鼐在总领西藏政务后，为寻求稳定社会、发展经济采取了种种措施。在官吏任用方面，奏请补放和任命系列官员。首先奏请补放策凌旺扎尔和色珠特色布腾两人为噶伦。前者在政治上很有威望，尤其在前藏贵族中有较大影响；后者是康济鼐之兄，随后，他又向清廷奏请册封康济鼐族系，例如雍正九年，奏请册封色珠特色布腾之子为公爵，管理前藏事务，让他远离阿里。其次，为自己家族及属下官员请封进职，先后为其弟及子请封。亲自审核考察官吏，特别是有实权的官员，如孜本等；亲自审理孜康工作；以家道和才干作为选择委用头人、地方官吏的标准等。通过这些措施，颇罗鼐逐渐安插亲信负责前后藏及阿里地区事务，慢慢控制了这些地区。

在经济方面，整顿差税。重新制定支差纳税的条款，一定范围与程度上实行差税平等原则。早在颇罗鼐掌管财政期间，就曾整顿差税，即审订、核实账目，实现差税制度化、规范化；同时，还明确规定，官吏不得任意派差摊款等。总理西藏政务后，颇罗鼐再次整顿差税。规定：政府官员向百姓支派差役时，必须持有由他本人发出的牌票；恢复免除差税的大寺院和大庄园的属民应支的差税；大小宗每年向政府只需缴纳所需要的财物；税吏不得任意派摊差款和骚扰百姓；免除驿站的差役，自己筹款建立驿站承办拉萨到阿里、多康沿途驿务；废除贵族、官吏及农奴历年所欠差税；亲自管理“商上”；遣使随达赖喇嘛年班赴京朝贡。另外，通过给贵族、寺院、亲信等颁发减免差税及授庄园等封地文书，调整西藏财富（庄园、农奴）。

对外关系上，发展对外贸易往来。雍正十年(1732 年)，尼泊尔三罕内附，遣使来藏，清廷敕谕三罕“……所进方物，悉已收纳。尔等汗但与西藏贝勒颇罗鼐协力和衷，维持黄教……。”不丹在历史上曾是西藏的一部分，与西藏关系密切。但自 17 世纪中期以来，双方在门隅地区纠纷不断。康熙五十三年(1714 年)双方还曾发生门达旺战争，颇罗鼐指挥军队保卫了门达旺。1732 年，颇罗鼐帮助不丹王室平息了内乱后，不丹王遣使归诚驻藏大臣，并在雍正十一年(1733 年)，遣使进京，表示臣服于清朝皇帝。自此，不丹成为清朝的藩属。雍正十年，拉达克汗通过颇罗鼐向清廷表示称臣归顺。自阿里三围重新归属西藏后，西藏地方政府向该地区派驻总管等形成定制。后来清政府为加强对阿里地区的统治，将政治中心移至噶达克，设立了阿里基巧。颇罗鼐通过加强西藏同周边的友好关系，使西藏与这些国家、地区间贸易更加频繁，进一步促进了西藏地区边防的安全和经济发展。

宗教方面，采取平等相待的政策。颇罗鼐对藏传佛教各教派遵从康熙帝“西藏政教悉遵五世达赖喇嘛旧制，着意扶持”，修葺近二百个宁玛派寺庙,以及噶当派热振寺;装饰、绘制大昭寺壁画、佛像等;办法会,整饬教规,改善僧人待遇;批准逃亡户耕地应缴税收粮食,专供僧人;主持雕印藏文大藏经甘珠尔(佛语部)、丹珠尔(论部);将个人礼物交归库藏等等。通过这些宗教政策,有力地促进了各藏传佛教教派和睦相处,共同发展。

颇罗鼐在清中央政府的扶植下,总理西藏地方政务。通过他在政治、经济、宗教各方面的有力措施,清政府加强了对西藏地方的管理。颇罗鼐掌管西藏时期,西藏出现"政教蕃盛,人物富庶,百姓安乐"的良好态势,多次受到清政府嘉奖。乾隆四年(1739年)清廷封他为郡王。乾隆十二年(1747年)二月,颇罗鼐病逝后,达赖喇嘛亲自到他的府邸祈祷;班禅与扎什伦布寺喇嘛派人专程到拉萨致祭;乾隆帝赏银千两,以料丧事,并派索拜前往祭奠。同时清廷格外施恩,准令他的次子珠尔默特那木扎勒袭其父郡王爵,敕准沿例使用颇罗鼐时旧印。

(刘乃秀)

参考文献

[1] 吕文利,张蕊.乾隆年间蒙古准噶尔第一次进藏熬茶考[J].内蒙古师范大学学报:哲学社会科学版,2010(04).

[2]陈志刚.清代前期颇罗鼐总理藏政研究[J].东北师范大学学报,2006(03).

[3]曾国庆.论颇罗鼐文韬武略[J].西藏研究,2004(01).

[4]多卡夏仲.策仁旺杰著,汤池安译.颇罗鼐传[M].拉萨:西藏人民出版社,2002.

[5]邓锐龄,冯智.西藏通史.清代卷(上)[M].北京:中国藏学出版社,2016:109—207.

万里朝觐，佛心佑国——六世班禅

在承德市避暑山庄之北的山脚下，坐落着清乾隆时期修建的须弥福寿之庙。这座寺庙是乾隆皇帝70岁生日时，后藏政教首领六世班禅长途跋涉到承德为皇帝贺寿，乾隆命人仿班禅驻地日喀则的扎什伦布寺修建的驻锡地。这座寺院，见证了当年六世班禅大师进京为乾隆皇帝拜寿这一汉藏关系史上的重大事件，是汉藏友好关系的象征。

"不因招致"，自愿进京

六世班禅于1738年出生在后藏襄地扎西孜，取名贝丹意希。两岁时，他被定为五世班禅的转世灵童，进入后藏扎什伦布寺坐床。

1780年是乾隆皇帝七十寿辰。1779年，六世班禅大师决定前往北京参加乾隆帝七十大寿的庆典，并告知章嘉国师，请他转奏给乾隆皇帝。

乾隆皇帝得知六世班禅的进京祝寿要求之后，十分高兴。在谕旨中说道："昨据章嘉呼图克图奏称，班禅额尔德尼因庚子年为大皇帝七十万寿欲来称祝。朕本欲前见班禅额尔德尼，因道路遥远，或身子尚生，不便令其远涉。今既出于本愿，实属吉祥之言，已允所请。是年朕万寿月，即驻热河，外藩毕集。班禅额尔德尼若于彼时到热河，最为便益，已谕令于热河度地建庙，备其居住。至沿途应办事宜尚多，均系理藩院承办，虽为日尚宽，而早为部署，更觉从容妥当。”随即，乾隆帝为了迎接班禅大师入京，进行了一系列周密细致的准备工作。

乾隆皇帝首先决定在热河为班禅大师修建须弥福寿之庙，并亲自撰写碑文《须弥福寿之庙碑记》。文曰：“今之建须弥福寿之庙于普陀宗乘之庙左岗者，以班禅额尔德尼欲来觐而肖（仿效）其所居，以资安禅。且遵我世祖章皇帝（指顺治）建西黄寺于京师，以居达赖喇嘛之例也。然昔达赖喇嘛之来，实以敦请。兹班禅额尔德尼之来觐，则不因招致而出于喇嘛之自愿来京，以观华夏之振兴黄教，……今则重熙休和，喀尔喀久为世臣，厄鲁特亦无不归顺，而一闻班禅额尔德尼之来，其欢欣舞蹈，欲执役供奉，出于至诚，有不待教而然者。则此须弥福寿之庙之建，上以扬历代致治保邦之谟烈，下以答列藩倾心向化之悃忱，庸可已乎？”可见，乾隆在其统治时期北部和西北部等地统一稳定的形势下，十分欣喜于六世班禅的觐见，认为这是清王朝“吉祥盛世”的象征。

乾隆皇帝动用大量的人力和物力准备迎接班禅大师的到来。先是令驻藏大臣携旨到六世班禅所在的后藏进行会面，商议进京的相关事宜，并从新疆调回熟悉外藩事务的总谙达永贵领侍卫内大臣与其六皇子负责迎接第六世班禅额尔德尼的一切事务。然后亲自查阅了顺治九年接待五世达赖喇嘛的旧例，以参照其中的相关礼仪来准备此次的接待。为策万全，乾隆召见了陕甘总督、陕西巡抚、山西巡抚等高级官员，就六世班禅由西藏到热河沿途经过地区的有关事宜亲自作了布置，下令在班禅进京途中所要经过的地方修桥铺路，以保证班禅的朝觐之路畅通无阻。更为难得的是，乾隆还学习藏语，以便能够直接和班禅进行对话。

长途跋涉，热河首晤

1779年6月17日，六世班禅启程。

1780年7月21日，经过一年多的长途跋涉之后，六世班禅终于安全抵达热河。下车伊始，六世班禅就受到清朝王公大臣的隆重迎接，各地活佛、喇嘛、蒙古王公贵族等亦集聚于此，列队恭候。六世班禅首先被邀请前往避暑山庄，并按照乾隆旨意乘坐皇帝的御用轿子前往。随后，乾隆帝来到避暑山庄与班禅会面，二人首先在山庄的一座大殿内见面。会面中，乾隆皇帝以藏传佛教的最高规格礼遇六世班禅大师。

见面之时，首先由六世班禅向乾隆皇帝献上内库哈达、佛尊等见面礼。六世班禅敬献时准备跪拜，乾隆帝连忙扶起，并用藏语说道："喇嘛不用下跪。" 随后乾隆皇帝也向六世班禅献上一条长哈达，并用藏语问安："长途跋涉，必感辛苦。"班禅回答道："远叨圣恩，一路平安"。同时，皇帝还向班禅大师询问了八世达赖喇嘛的身体状况，大师一一作答。乾隆皇帝感慨道："在我七十岁喜庆之时，喇嘛你不远万里来京朝贺，我心中感到十分喜悦。你的到来对这里的佛法众生都非常有益。"殿内饮茶交流结束后，乾隆帝引领六世班禅及少数几位随从参观了山庄里的宫殿及寺庙。乾隆皇帝还请六世班禅为寺庙赐福，班禅欣然应允。随后二人的交谈中，乾隆还再次表达自己的高兴之情：其实对于与喇嘛是不是见面我是没有分别的，只要祈愿时发自内心就好。但是今天拜会喇嘛，我心里很高兴，这是前世好因缘的结果。

避暑山庄会面结束后，乾隆皇帝与六世班禅商定，将于第二日前往班禅居住的须弥福寿之庙拜会。这一次会晤中，六世班禅与乾隆皇帝进行了就西藏地方管理的相关问题进行了简单的交流。他们在此次会晤中主要进行的活动有赠送哈达、互送礼物、领诵佛法等。会面结束之后，乾隆请求六世班禅成为他学习佛法的老师，即尊六世班禅为乾隆上师。

7 月 24 日，乾隆皇帝的七十大寿庆典在避暑山庄的万树园举行。此次宴会的外来宾客除了六世班禅大师一行人以外，来自高丽的使节们也共同见证了这一盛事。欢宴之间，六世班禅主动向乾隆皇帝说明了西南边境其他国家与西藏地区之间的纠葛，并表明自己尊重朝廷决策的心意。乾隆皇帝向六世班禅询问八世达赖喇嘛的状况，以确定是否应该册封八世达赖喇嘛并令其掌管西藏政教事务。班禅大师表示，八世达赖喇嘛年已二十三，身体强壮。其学问智慧，能够教化一切众生，为人勤奋精进，又能勇于善辩，远胜他人。在随后的皇帝敕谕中，乾隆高度赞赏了六世班禅对于八世达赖喇嘛的宗教培养和教育。

在热河的活动结束之后，班禅大师一行人在六皇子等人的陪同下，启程前往北京城。

圆寂北京，功德圆满

六世班禅抵达北京之后，驻锡在顺治帝专为五世达赖喇嘛修建的黄寺。随后的几天，班禅大师在六皇子、章嘉国师及其他大臣的陪同下，游历了京城中的诸多名胜古迹，并亲在圆明园、雍和宫、白塔寺等处讲诵佛法、做佛事。其间，乾隆皇帝将准备颁给八世达赖喇嘛的册封草稿通过六皇子交给六世班禅过目。乾隆皇帝就册封一事两次征求意见，六世班禅十分高兴与感动，为此他决定领众僧专心为乾隆皇帝的万寿无疆诵经，将其他事情先放一边。

乾隆皇帝与班禅大师在北京城的第一次相聚地点选择了京郊南苑，这跟当年顺治皇帝与五世达赖喇嘛的第一次会面相比，可以说是历史的重新上演。但此次南苑相聚只是一次简单的非正式会面，回到北京城之后，乾隆皇帝又安排了更具有宗教仪式感的香山昭庙会面。

香山昭庙的修建，也是为了赞赏班禅大师不惮劳苦，万里入京。昭庙会面时，六世班禅首先前往昭庙并在那里迎驾乾隆皇帝，他们在昭庙进行了佛教法事活动。期间，乾隆皇帝还就西藏地区的政教问题询问了六世班禅的意见。

11 月 26 日，在来到京城一个多月之后，六世班禅忽感身体不适，后被乾隆皇帝所派御医诊断为天花。六日之后，六世班禅额尔德尼圆寂于黄寺。班禅遗体在黄寺停放了数天，供人祭奠。之后，乾隆皇帝为其举办了十分隆重的丧事。1781 年 2 月，六世班禅的灵塔由其随行人员运送回西藏。

1782 年，乾隆为了纪念六世班禅，选择在他生前居住过的西黄寺内的后楼前，建筑了六世班禅大师的衣冠石塔，取名清净化城塔。

六世班禅的东行朝觐之旅从启程到圆寂，历时一年半左右的时间。其间，班禅大师一路向东经过诸多省份，在这一过程中，他利用藏传佛教在藏地的至尊地位及其在蒙古地区拥有众多笃诚信众的优势，积极向沿途信众传递佛教的思想，加强了满、蒙、汉、藏、回等各民族之间的凝聚力，使得这一过程成为“国家一统，人心所向”的最好例证。六世班禅的朝觐称得上是“功德圆满、泽被千秋”！

（蒙红莉）

参考文献

[1] 中国藏学研究中心. 元以来西藏地方与中央政府关系档案史料汇编 第 2 册[M]. 北京:中国藏学出版社,1994.

[2]周远廉著. 清朝兴亡史 第 5 卷 全盛之时[M]. 北京:北京燕

山出版社,2016.

[3]拉巴平措,陈庆英. 西藏通史 清代卷 上[M]. 北京:中国藏学出版社,2016.

[4]牙含章. 班禅额尔德尼传[M]. 北京:华文出版社,2015.

[5]江平等著. 班禅额尔德尼评传[M]. 北京:中国藏学出版社,1998.

[6]王尧. 藏汉文化考述[M]. 北京:中国藏学出版社,2011.

[7]张羽新. 清政府与喇嘛教[M]. 拉萨:西藏人民出版社,1988.

[8]《乾隆皇帝与六世班禅学术研讨会论文集》编委会. 乾隆皇帝与六世班禅学术研讨会论文集[M]. 北京:中国藏学出版社,2015.

[9](朝)朴趾源.朱瑞平校点. 热河日记[M]. 上海:上海书店出版社,1997.

[10]葛家澍,林志军. 现代西方财务会计理论[M]. 厦门:厦门大学出版社,2001:42.

[11]柳森. 国内近三十年来关于六世班禅朝觐研究综述[J]. 四川民族学院学报,2010,19(2):1−5.

力挽狂澜，维护主权——张荫棠

张荫棠，字憩伯，广东南海人，清末光绪年间举人。清光绪十八年(1892年)捐官内阁中书，次年考取海军衙门章京，后被任为驻美国使领馆三等参赞、旧金山领事等。长期的驻外工作经历，让张荫棠谙熟现代政治学说，也具备了从世界视野中洞察中国命运的战略眼光。

外交谈判中据理力争，终不辱使命

19世纪末20世纪初，帝国主义掀起瓜分中国的狂潮，中国西藏成为英、俄帝国主义争夺的焦点。英国在1888年、1904年先后两次发起侵藏战争。特别是1904年8月，英国武力占据拉萨，强迫西藏地方政府签定《拉萨条约》，但清廷命令驻藏大臣有泰"切勿"签字。面对英国的武力侵略，驻藏大臣有泰奉行妥协投降政策，并百般阻扰西藏人民自发的抗英斗争。

1905年1月，为维护主权，解决英军侵略中国西藏事宜，清政府派唐绍仪到印度与英国进行《拉萨条约》的谈判，张荫棠以参赞身份随同。谈判刚开始，英国便妄图强迫清廷在《拉萨条约》上签字，并抛出"宗主权"的谬论，但遭到中方的强烈抗议和拒绝。唐绍仪、张荫棠以"达赖班禅签掣册封，番缺请旨简放，番兵由驻藏大臣岁操"等大量史实，指出西藏自古是中国领土的一部分，《拉萨条约》侵害中方主权，“我自有权不认”，双方应重新协议条约内容。由于英方强横无理，根本无意修改条约，致使谈判毫无进展。同年 8 月，唐绍仪因病辞职回国，张荫棠作为全权代表，继续与英谈判。谈判之初，英国谈判人员蛮横地称，“今日只问画押与否?”张荫棠据理力争，“英政府既然承认接议，则表示该约尚未谈妥，……实无此理！非俟开议后，双方任可不能允准”。此时英国国内准备对德战争，不想过多卷入中亚地区和有关中国西藏的纠纷中，张荫棠等人抓住这一有利的国际环境，机智周旋，最终，在 1906 年 4 月，清英重新签约——《中英续订藏印条约》(即北京条约)。在新订条约中，规定英国不占中国西藏，不干涉中国西藏一切政治；清政府偿还英政府战争赔款，等等。这个条约事实上确认了中国对西藏的主权。这在当时的情况下，最大限度地维护了国家的利益，有力维护了中国对西藏的神圣主权。

主持藏务，力主革新

张荫棠在与帝国主义的交往，特别是在与英印谈判过程中，深深体会到“弱国无外交”，因此他对清末“新政”抱着很大希望，希望通过革新运动，增强国家实力，增加外交筹码。1905 年 1 月，他奏请《请速整顿藏政收回政权》，认为“现在应派知兵大员，统精兵入藏，分驻要隘；西藏内政、外交，应由朝廷负责”，主张在西藏实施新政，抵制英印政府。1906 年 2 月，张荫棠又向外务部发电报：“详陈英谋藏阴谋及治藏政策”，认为现在英国利用达赖、班禅不和，企图“劝令班禅请英保护，拒绝达赖，以图独立”“整顿西藏，推行改革，必须及早筹办。……”。当时，清政府为应对严重的统治危机，在各省实行一系列政治经济的革新运动，即新政，因此张荫棠的这一主张得到清政府的及时回应。1906 年 4 月 29 日，清政府派张荫棠到西藏查办藏事，几天之后，又赏他副都统衔，加重他的权力。张荫棠接任后，及时从印度出发，在当年 11 月底到达拉萨，达赖代表和四位噶伦都到拉萨郊外迎接，上万藏族群众夹道焚香、顶礼欢呼。1907 年，张荫棠先后向清政府提出“治藏刍议十九条”和“西藏善后问题二十四条”等，提出了一整套藏事革新方案。

张荫棠首先整顿吏治，革查驻藏大臣及大批贪官污吏。抵达拉萨后，张荫棠奏报清廷“查驻藏大臣历任所带员弁，……益肆无忌惮，鱼肉藏民，侵蚀库款……；噶伦彭措汪垫，贪黩顽梗，勒索百姓，赏差银两，任意苟派……。乃穹寺护法神曲吉罗桑四郎，借神苟敛，……”。清廷得报后下令将有泰、刘文通、松涛、李梦弼、恩禧、江潮、余钊、范启荣、彭措汪垫、周占彪、马全骥等十余名满汉藏官员革职查办或勒令退休离职。同时，张荫棠罢免有亲英倾向嫌疑的日喀则和春丕宗本。随后，张荫棠“不拘一格”，提拔了一批清廉、称职人才。他的这些整顿措施，深得人心，得到西藏各阶层人民的拥护。从此，“汉官威令始行，民气一振”。

“整顿藏政，收回政权”是张荫棠在西藏推行新政的重要内容。驻藏大臣本是代表清廷全面总理西藏一切事务的最高行政长官，是清政府政策在西藏的具体实施者”。但晚清以后，驻藏大臣在处置西藏地方事务上已经被边缘化。面对这种状况，张荫棠认为应加强中央对西藏的支持与监督。1907 年 2 月底，张荫棠提出 19 条治藏政策大纲。同年 3 月，他颁布《传谕藏地方众善后问题二十四条》，将他所提出的治藏政策大纲分条设问，翻译给商上、噶伦等，命令他们与三大寺一同商议，逐条答复。不久，在看到西藏地方经过多次集会，仍无定论之后，为推动藏事革新，张荫棠提议设立分管具体事务的交涉、工商、学务、农务等九局，亲自拟订各局办事章程。在治藏政策大纲中，张荫棠提出对达赖、班禅“优加封号”，专理西藏宗教事务;应撤除驻藏大臣和帮办大臣,改设西藏行部大臣统制全藏,下设参赞、副参赞、左右参议、副参议等五职,分别管理内治、外交、督练、财政、学务、农、工、商等事务;有番官地方应设一汉官;噶布伦和代本应到行部大臣署内公。为鼓励在藏官兵积极工作,他认为西藏条件艰苦,应对在藏工作人员"优给官俸""汉藏营兵及各统带教习薪俸,应从优发给"。

在国防问题上,张荫棠认为首先要收回军权,应由中央所派的行部大臣统领西藏的一切军队。主张组建新式常备军,派遣六千北洋新军进驻西藏,并派武备生进藏训练藏族民兵十万;由督练局下设各局具体负责新军粮饷、军械等;设陆军学堂,培养军事人材;提高军队装备,配给新式武器等;扩充拉萨枪炮厂,购置机器,并派南北洋制造局工匠入藏制造先进武器。

在经济上,张荫棠主张成立新式财政部门全面管理西藏的财务、金融工作。将西藏钱币铸造权收归国有,设立银行;举办实业,准许矿产开采;整饬交通,架设从巴塘至拉萨电线,修筑江孜、亚东等地道路;鼓励发展农牧商业,鼓励西藏百姓自种茶叶等;扩大税源,认为应在亚东等地"设关后,应酌定出入口税则",添征盐税,酌情减免茶税等。

张荫棠主张建立学堂、报馆,发展文化教育事业。统管全藏学务机构——学务局于1907年在拉萨设立(这是新政期间设立较早且真正设立的九局之一),学务局设立后,结合西藏实际,依照清政府颁行的《奏定学堂章程》,制订蒙养院、初等小学堂、藏文传习所、汉文传习所等新式学堂简章,规划兴办西藏地方的新式教育事业。"凡藏童七岁以上,一律入学堂教以汉文汉语,兼教算学兵式体操,……。""入学藏童既要学汉语,更要学习藏语。""广设汉文学堂,……"。同时认为应在西藏开办汉藏文白话报刊,以激发人民的爱国心，增进新知识。提出建立武备学堂、医学堂等专门学校，培养各种专业技术人员。主张建立医院、卫生局，改善医疗卫生条件，呼吁人民养成良好的生活习惯。参照内地，开展西藏的社会福利事业等。

“联合邻国，共御外辱”是张荫棠在西藏期间制定对外政策的基础。他抵达西藏后，严正指出西藏地方作为中国边地没有与别国宣战、媾和、订约的权力，要求西藏地方以后“凡事禀明大皇帝然后行”。主张成立专门的对外交涉机构，一方面应在西藏成立交涉局，另一方面在印度德里、加尔各答和缅甸仰光设领事馆，派驻领事，侦报他国情况，以备西藏防务。主张联合不丹、尼泊尔等国，与之结盟，发展同盟外交，共同抵御侵略。“应派专使宣布威德，晓以唇亡齿寒之义，秘密缔结廓藏攻守同盟之约。”

张荫棠十分注重推动西藏地区的社会进步。他的《传谕藏众善后问题二十四条》已涉及藏俗改良的一些主张，后来还专门撰写了《藏俗改良》《训俗浅言》，并翻译成藏文，广为散发传播。这两本“刊发于民间”的小册子以通俗易懂的语言，涉及生活常识、忠孝、礼仪、诚信等多方面的内容，例如劝导实行一夫一妻、讲究个人和公共卫生、积极送适龄儿童就学、诚实守信，等等，其内容广泛，可以说为张荫棠的“新政”作了重要的思想动员。

抱憾离藏，功载史册

张荫棠的新政或新政主张，涉及西藏社会的方方面面，这在落后封闭的西藏地方无意于掀起了一场“飓风”。面对这场西藏地方亘古未有的革新运动，西藏地方社会各阶层各怀心思。最终，张荫棠因同僚的猜忌，西藏地方上层贵族的反对和清廷“态度大变”而黯然离开西藏。1907 年 6 月，清政府电令张荫棠赴印与英谈判《西藏通商章程》。1909 年 8 月,张荫棠以外务部左丞的身份出任驻美、墨、秘、古四国公使,在 1910—1912 年墨西哥排华风暴中,依据中墨有关条约规定,据理力争,最终使中墨侨案圆满解决。1912 年,中华民国成立后,张荫棠被任命为民国政府首任驻美公使。卸任后,他拒绝袁世凯的任命。1935 年,张荫棠在北京逝世,享年 71 岁。

张荫棠作为清末外交官员,多次参与清朝与欧美列强的外交较量,痛感"弱国无外交"。因此,在其被任为钦差大臣赴藏后,即刻展开"藏事革新"运动,这也是他一生中最为浓墨重彩的一笔。他自 1906 年 11 月 27 日抵达拉萨到 1907 年 7 月赴印,在短短几个月时间内,针对藏事弊政,数次奏请清廷,企图进行大刀阔斧革新。但这场革新运动一开始,便阻碍重重,加之时间太过短暂,特别是张荫棠离开西藏后,藏事革新事业基本停滞,大部分革新主张停留于纸面,还未真正实施。张荫棠被调离后,仍心系西藏。他在卸任时,还将身边财物交擦戎噶伦带回拉萨,用作汉文学生奖学金。他先后给噶厦地方政府、全藏僧俗官民、驻藏大臣及清政府写信和上奏,希望他们竭力举办新政。

一个世纪过去了,西藏各族人民用各种方式纪念他,连他带进西藏的花种也被西藏人民冠名为"张大人花"。他为我们留下的《西藏奏牍》,即其"藏事新政"期间的亲笔记录,以详实笔墨,给我们展示了当时西藏的真实状况,是研究这一时期西藏社会不可多得的重要文献。

(刘乃秀)

参考文献

[1]陈鹏辉. 试论清末张荫棠藏事改革中的财政改革[J]. 西藏民族大学学报:哲学社会科学版,2018(01).

[2]陈鹏辉. 论张荫棠藏事革新中的"藏俗改良"[J]. 西北民族论

丛,2014(06).

[3]康欣平. 张荫棠筹藏时期的经济思想[J]. 西藏大学学报:社会科学版,2009(02).

[4]许广智. 张荫棠“查办藏事”始末[J]. 西藏研究,1988(02).

抗击侵略，爱国爱教——九世班禅

1937年12月1日2时15分，九世班禅额尔德尼·曲吉尼玛在青海玉树圆寂。在遗书中，九世班禅额尔德尼·曲吉尼玛仍然壮怀激烈，爱国忠诚不渝："余生平所发宏图,为拥护中央，宣扬佛化，促成五族团结，共保国运昌隆……"国民政府在1937年12月23日追授九世班禅为"护国宣化广慧圆觉大师"。1941年1月8日，九世班禅遗体和棺材一起在数万僧俗官民顶礼膜拜中迎入扎寺建塔供奉。"日暮乡关何处是？烟波江上使人愁。"回家是无数漂泊在外的游子的愿望，但是九世班禅额尔德尼·曲吉尼玛1923年离开西藏后，在外漂泊了14年，最终也没能实现返藏的愿望。

九世班禅的一生颠沛流离，饱经忧患。幼年时他与十三世达赖喇嘛共同引领英勇的西藏人民进行抗击英国的斗争，暮年时又积极踊跃参加抗日斗争。

一生忧患未忘国

九世班禅法名曲吉尼玛，是前藏塔布地区噶厦村人，生于清光绪九年(1883年)正月十二日。他出生时，没有父亲，母亲名叫当琼措姆，是一个哑巴。家庭一贫如洗，母亲给贵族放牧牛羊。他是在外祖父家中长大的，后来出家当了喇嘛。他的母亲在他被认定后也出了家，当了尼姑。他在1892年坐床，1902年被十三世达赖喇嘛授予比丘戒,1905 年 9 月 24 日只身赴印,1923 年 11 月 15 日夜出逃藏区,1923–1937 年在内地居住传法,1937 年圆寂于青海玉树。

在西藏风俗中,班禅圆寂之后,他会指一个方向,其他人就按这个方向寻找转世灵童。一般找三个,然后在皇帝牌位前举行金瓶掣签仪式,被抽中者就被认定为转世灵童。曲吉尼玛被幸运地抽到了,开启了他忧患却光辉的一生。

十九世纪末的中国,内忧外患,正值多事之秋。自英国发动鸦片战争之后,列强纷至沓来,都想在中国分得一杯羹。因为清政府软弱的不抵抗策略,和侵略者签订了一系列的不平等条约,列强在中国沿海强占租界,划分势力范围。印度的宗主国英国盯上了与印度边界相邻的西藏,认为西藏是块大肥肉。

1888 年 3 月 21 日,英国发动了第一次入侵西藏的战争,悍然占领了哲孟雄。西藏七品以上的僧俗官员为了表示抗英的决心,一起向驻藏大臣文硕上书:“纵有男尽女绝之忧,惟当复仇抵御,永远力阻,别无所思。”驻藏大臣文硕也被大家的抗英的决心感动,一起并肩作战,几乎出动了西藏百分之八十的部队去对抗。班禅率领的后藏军民也奔赴前线作战。由于英军的武器先进,藏族军队伤亡惨重,被逼无奈放弃隆吐防线,西藏的第一次抗击英国失败。1890 年 3 月中英签订《中英会议藏印条约》。条约规定:“中国承认哲孟雄属于英国,并且划定西藏和哲孟雄的边界。”英国占领了西藏隆吐、热纳等地区;可以在亚东建工厂。这为英国侵略西藏打开了大门。

《中英会议藏印条约》并没有满足英国的野心,停止其侵略的步伐。1903 年英国开始准备第二次侵略西藏的战争,班禅管辖的后藏成为抗击英国的前哨。为了进一步分化班禅与达赖喇嘛之间的关系,英军决定在班禅管辖的康巴宗进行谈判。睿智的班禅一眼就看出了英国的阴谋诡计。他直接去和达赖商议对敌策略,采取统一行动。1904 年第二次抗英战争爆发。双方在江孜发生了激烈的战斗，江孜的防御堡垒被摧毁，藏军损失惨重，英军也死伤不少。这就是历史上著名的江孜保卫战。8 月英军攻陷拉萨。9 月 7 日，英军迫使西藏地方政府在布达拉宫签下了《拉萨条约》，一共十条。条约主要内容如下："将江孜、亚东等地开为商岸；西藏赔偿 250 万卢比给英国，分 75 年还清；在未还清钱期间，英国可以在西藏春丕驻兵。"这样西藏变相成为了英国的地盘。

顾全大局为和平

在江孜保卫战中，西藏军民的齐心抵抗，使英帝国主义感到只靠武力是无法征服西藏的，于是改变策略，积极在西藏上层统治者中培植亲英分裂主义势力，破坏班禅和达赖之间的关系。

十三世达赖喇嘛在英军进攻拉萨前，为了避免被英军抓获，就逃出了拉萨，经过青海，到了外蒙古。驻藏大臣有泰向清朝政府弹劾十三世达赖"平日跋扈妄为，临事潜逃无踪，请求革达赖喇嘛的名号"。清朝政府回电如下："著即将达赖喇嘛名号暂行革去，并着班禅额尔德尼暂摄"。

然而，九世班禅是有政治远见和顾全大局的人。他认为在十三世达赖逃出西藏期间，由他代摄达赖的权利，一定会增加他们彼此之间的隔阂，对西藏内部的一致对外抗敌非常不利。因此九世班禅以"后藏为紧急之区，地方公事须人料理，且后藏距江孜仅二日程，英人出没频繁，尤宜严密防范，若分身前往前藏，恐有顾此失彼之虞"为由，拒绝代理达赖职位。

1911 年爆发的辛亥革命结束了封建统治，但是中华大地上却进入军阀混战时期，战火遍地。1924 年直奉战争，冯玉祥发动政变，国民党势力打败其他势力，占领了北京，当时的大总统袁世凯刚走不久，由段祺瑞执政，国家风雨飘摇。虽然九世班禅自己还在四处流亡，但是他仍然时时刻刻关心着全国局势。他体察正处于水深火热中黎民百姓的痛苦，便利用自己在宗教界和政治上的影响力，四处开展社会活动。他 1925 年发表关于呼吁停止内战，五族共和的通电。这份通电是九世班禅来到内地以后，第一次公开发表的政治意见。这份通电表达了他对祖国统一、民族和平的强烈的愿望，其中充满了九世班禅救国救民的迫切心情，是一篇名垂千古的重要文献。

1929 年 11 月 22 日，蒋、冯、阎的中原大战在即，班禅再一次发出通电呼吁和平。电文中说："从国民政府成立以来，合全国为一家，结十年纷争之局，愿从此救众生倒悬之苦，发仁王爱国之心。"

爱国爱教永不朽

1931 年九·一八事件爆发之后，九世班禅大师意识到内蒙古会被日寇盯上。于是他毅然前往内蒙古，召集民众开展抗日宣传。他揭发日寇的种种罪行，号召内蒙古民众团结起来抗日御辱。

1932 年 3 月 23 日，九世班禅在内蒙古向全国发出抗日通电。通电痛斥日军对中国人民犯下的滔天罪行，呼吁全国官兵"前赴后继，为自卫而抵抗，为正义而舍生"。他还邀请了千名僧人一同朗诵佛经，祈祷抗日胜利。九世班禅在内蒙古期间，适逢日寇企图攻陷并占领我国热河、察哈尔绥远等地区。他立即致电国民政府，说明了日本帝国对我国所犯下的罪行："䜣闻暴日不顾公理，藐视盟约，仗其武力，攻我热榆视彼用心，无非欲实现其大陆政策之阴谋。现我军民时至忍无可忍，官兵义师前赴后继……籍佛力之加被，弥战祸于无形。"此外班禅还通电全国，希望中央政府能够尽快安抚内蒙古人民："沈阳事变，正班禅拟南来之际，乃倭寇猖獗，得寸进尺，甚至多主离间，播散流言，以期逞其野心。”

1937年，日军先后侵占了华北的北京、华东地区上海等大城市，抗日形势越来越严峻。九世班禅在青海玉树发表《告西垂同胞书》，并捐款3万元，公债3万元，慰劳抗日前线官兵，资助救济伤兵难民。

九世班禅的抗日爱国行为给予日寇有力的打击，唤起了各族人民的爱国热情，坚定了全国人民抗击日本侵略者的信心和决心，得到了大家的一致拥护和支持。

九世班禅到了内地之后，相继在五台山、南京、上海、普陀山、杭州、北京等地进行佛教活动，还在南京、北京、沈阳等地建立了佛教办事处，宣传佛教文化。他在内地一共举行了九次时轮金刚法会，祈祷国家统一富强、民族团结和睦，广结善缘，受到各族人民的尊崇和爱戴。

九世班禅到内地之后，开始居住在北京。当时张作霖与蒋介石正在交锋，九世班禅觉得在北京住下去不妥。内蒙古东部之王正好邀请了他，所以九世班禅欣然前往，开始了他的内蒙古之行。他到内蒙古后，受到了内蒙古僧俗各界群众的热烈欢迎。

1928年3月，他再次前往玛拉沁庙，并在那里举行了在内地的首次时轮金刚法会。九世班禅坐在台上讲道数日，并且为信众灌顶。九世班禅的到来成为当时内蒙古的盛事，轰动了整个内蒙古。除了哲里木盟以外，锡林郭勒北部、昭乌达盟等地的贵族和成千上万的平民百姓，不远千里跑来只为见九世班禅一面，这使唐格日克庙、慧丰寺方圆十公里，驻扎满了蒙古包，人人都把能见班禅大师一面当作是一生之中最幸运的事。

1933年，十三世达赖圆寂，九世班禅赶回南京悼念。此前英国利诱十三世达赖，许诺给他强大的武器装备。十三世达赖开始想利用英国去摆脱中央政府的控制,却没有想到英国想占领西藏。直到他圆寂前才幡然醒悟,同意九世班禅返回西藏,但具体事宜未来得及详谈就圆寂了。九世班禅考虑到当时西藏群龙无首, 想立即返藏。英国害怕九世班禅返藏以后影响他们在西藏的利益,全力阻止他返藏。本来国民政府是同意九世班禅返藏的,可是 1937 年 7 月,全面抗日战争爆发,国民政府害怕惹恼了英国,使中国遭受两面夹击,于是就决定暂缓班禅返藏事宜。九世班禅得知这一消息之后,考虑到国家利益,决定顾全大局,暂缓返藏。10 月,他到达青海玉树。11 月,他不幸身染重疾。12 月 1 日,九世班禅圆寂于青海玉树大寺甲拉颇章宫,享年 54 岁。

九世班禅是一位忠诚的爱国者。他自始至终忠于国家,顾全大局,维护祖国统一,民族团结。在国家民族危难关头,他积极参加抗英战争和抗日战争,愿意为国家和民族忍辱负重,牺牲个人利益。他置个人安危于不顾,主动协助国民中央政府粉碎了日寇的"内蒙自治"的阴谋诡计。他胸怀宽广、深明大义,为了国家和民族的利益,主动和十三世达赖冰释前嫌。九世班禅一生致力于促进民族团结活动,积极促进藏族和其他民族的交往交流交融活动,为加强各民族之间的团结做出了巨大的贡献。九世班禅始终坚持反对民族分裂,维护国家统一。1931 年他发表了重要演讲《西藏是中国的领土》。他在演讲中说:"(一)西藏是中国的领土,如被帝国主义者侵略,可无异于自己的门户被人拆毁,不免有唇亡齿寒忧;(二)如何使蒙藏与中国团结成整个的民族? 要做到这两点须先做许多功夫,上自中央政府,下至全国国民,一致努力。"1933 年,九世班禅在蒙藏委员会纪念周发表《西藏历史与五族联合》的演讲。

九世班禅是一位优秀的社会活动家。他在内地居住和活动长达十四年,组织开展社会活动,宣化传法,先后九次举行时轮金刚法会，广结善缘。他积极利用自己在宗教界和政治界的重大影响力，四处奔走，数次呼吁社会大众为国家统一、民族团结努力行动。他先后五次在内蒙古举行“时轮金刚法会”，宣化传法。法会听众人数从三五万到十六七万人不等，影响巨大。这些社会活动客观上起到了缓和社会矛盾，增进民族团结，和谐民族关系的作用。在民族生死存亡的危急关头，九世班禅大师主动担当，数次通电呼吁社会和平，救国救民于水火之中。因为他突出的社会活动表现，受到历届中央政府的褒奖和表彰。1913 年，袁世凯封九世班禅名号“致忠阐化”。1925 年，北洋政府册封班禅“宣诚济世”封号。1931 年，国民政府册封班禅为“护国宣化广慧大师”。

（廖承英）

参考文献

[1] 中国藏学研究中心. 九世班禅内地活动及返藏受阻档案选编[M]. 北京:中国藏学出版社,1992.

[2] 魏少辉. 国民政府处理九世班禅返藏及善后问题之研究(1932−1949)[M]. 北京:宗教文化出版社, 2016.

[3]央珍. 九世班禅研究综述[J]. 青藏高原论坛, 2013(4):80−84.

[4]蒲生华. 九世班禅曲吉尼玛年谱(1926~1931 年)[J]. 青藏高原论坛, 2018, 006(004):11−27.

[5] 喜饶尼玛. 面对日本侵略的九世班禅额尔德尼 [J]. 中国西藏, 2015(2):70−73.

[6]陈符周,杨钧期. 九世班禅阿拉善旗宣化与政教结合之意蕴[J]. 贵州民族研究, 2016(02):175−178.

[7]张皓. 九世班禅三次晋京及其解决返藏问题的努力[J]. 江苏师范大学学报(哲学社会科学版), 2013, 39(06).

[8] 李烨. 九世班禅在内蒙古宣化传法的历史功绩 [J]. 中国藏

学, 2005, (02):46-51.

[9]喜饶尼玛,扎西才旦. 试析抗日救亡运动中九世班禅在内蒙古的宣化活动 [J]. 内蒙古师范大学学报: 哲学社会科学版, 2005 (05):7-11+16.

[10]陈柏萍. 九世班禅在内地的政教活动述略[J]. 青海民族大学学报(社会科学版), 2012, 038(002):34-41.

[11]格桑达吉,喜饶尼玛. 抗战前夕九世班禅额尔德尼在内蒙古的活动[J]. 内蒙古社会科学(文史哲版), 1991(06):74-77.

[12]金雷. 九世班禅与十三世达赖失和原因探析[J]. 西藏民族学院学报(哲学社会科学版), 2006,27(03):20-24.

藏地女杰，汉藏之花——刘曼卿

1992年9月，中华人民共和国国务院发布关于《西藏的主权归属与人权状况》白皮书，在《西藏的主权归属》一节中，引用《康藏轺征》中十三世达赖的谈话作为论据。《康藏轺征》是民国时期藏地女杰刘曼卿的光辉著作。刘曼卿是国民中央政府出使西藏的第一位"女钦差"，她满腔热忱，不畏艰险，三次到康藏进行考察调研，收集了大量宝贵的第一手资料，为促进西藏地方政府和国民中央政府的沟通和交流做出了巨大的贡献，为增进汉藏民族团结谱写了动人的篇章。她以"一位弱女子任以四万万人所不胜任之任"，被誉为"五百年不遇"的女奇人。

短暂传奇的人生

刘曼卿(1906–1942年)，女，藏族，藏文名字雍金，1906年出生于拉萨，父亲刘华轩先后担任清王朝驻藏大臣秘书、九世班禅秘书等职务。母亲为康巴藏族，因此，她血统中包含汉、藏、回三个民族血统。她天资聪颖，学习语言能力过人，精通汉语、藏语、蒙古语、日语、印度语、拉丁语等多种语言，信仰伊斯兰教。

刘曼卿7岁的时候，她的父亲刘华轩把她送到一所不分年级的私塾里学习土耳其文。8岁时候，其父把她送到拉萨汉藏文学校学习汉语和藏语等课程。1915年，刘曼卿家的房子在动乱中被毁，她跟随家人搬到印度大吉岭居住，家人送她到附近的教会学校学习藏语和英语。1918 年，国内局势基本稳定之后，刘曼卿随家人回国，在北京东城区居住，进入北平市立第一小学学习，改穿汉装。刚入学时，刘曼卿汉语基础较差，她父亲刘华轩就一句一句地教她学汉语。经过半年的努力，聪明好学的她就能讲一口流利的北平味儿汉语了。

1921 年，刘曼卿小学毕业后进入河北通州女子师范学校就读。在那里，她逐渐接触到了更多民主、自由的思想，也在内心深处萌发了一种追求平等自由的思想理念，对帝国主义列强的认识也日渐清晰，对国家和领土的概念更加明确。刘曼卿慢慢明确了自己的人生理想：通过从事教育和医学事业来推动中国特别是西藏社会进步和发展。

1926 年，刘曼卿在河北通州师范学校毕业后，进入北平道济医院护士训练班，学习医学基础知识、管理知识和护理技能。在此期间，刘曼卿对西藏的关注也越来越多，内心有了一个与民国时期小女子不同的伟大志向："旨在回归西藏，提倡改良康藏女界生活，以期渐次促进于文明"。

1929 年 1 月，刘曼卿担任十三世达赖喇嘛全权代表五台山堪布罗桑巴桑与蒋介石会谈的藏语翻译。1929 年 3 月，国民政府聘请她到行政院文官处任一等书记官。1929 年 7 月 15 日 -1930 年 8 月 7 日，刘曼卿以国民政府女特使的身份，首次赴藏。1931 年 6 月，上海商务出版社出版了她的著作《康藏轺征》。1931 年 7 月 5 日，国民政府主席蒋介石特发给刘曼卿褒奖状，表彰她不畏艰险出使西藏，为改善西藏和中央政府关系所做的杰出贡献。

为了促进康藏等边疆地区的发展，1930 年 10 月，刘曼卿参与成立了"中国边疆学会"。"九·一八"事件爆发后，刘曼卿在南京参与发起了"康藏旅京同乡抗日救国会"，并向全国发表《告全国同胞书》,呼吁康藏同胞团结一致支持抗日。

1932 年 5 月,刘曼卿作为“西康调查员”和蒙藏委员会顾问第二次到康藏地区调查,途经越南,然后到云南的丽江、中甸地区进行考察。1938 年 11 月 –1940 年 1 月,刘曼卿担任国民政府行政院中央慰问宣传团团长,第三次赴藏。他们通过播放电影、举办演讲等形式向康藏民众宣传抗日。刘曼卿回重庆后,将此次赴藏途中的所见所闻,汇编为《西藏纪行》在《大公报》全文发表。

1942 年,年仅 36 岁的刘曼卿在重庆郊外因病去世,结束了她短暂而传奇的一生。1943 年,国民政府特发布告,褒奖刘曼卿生前为促进西藏和国民中央政府关系改善做出的突出贡献。

三次藏地之行

1927 年，国民政府在南京建立，中国进入了一个新的历史时期。但是在国民政府建立初期,中央政府和一些地方的关系还比较松散,特别是西藏等边疆地区关系就更加松散,联系日渐减少,隔阂日渐加深。西藏地方政府在政治管理方式上自己搞了一套,如军事、政治、财政、货币、教育、宗教、度量衡等都和中央不一致。为了更好地管理边疆事务,1928 年初，国民政府成立蒙藏委员会筹备组。此时，十三世达赖喇嘛也逐渐看清了英国妄图侵犯西藏的野心,逐渐明白只有靠近中央,才能改变西藏的命运,保护西藏的领土完整,因此,他想恢复与中央的联系。于是他派自己的亲信——山西五台山的堪布罗桑巴桑，作为自己的全权代表前去南京和中央政府接触,表达西藏想与中央政府和好的意图。罗桑巴桑由于汉语不太好，急需一名精通藏汉双语的翻译。有人把刘曼卿推荐给他。1929 年 1 月,刘曼卿担任十三世达赖喇嘛全权代表五台山堪布罗桑巴桑与蒋介石会谈的翻译,她精准通畅的翻译,使整个会谈十分友好融洽,会谈双方都非常满意,认为“这是自辛亥革命以来,西藏地方政府对中央政府最成功的一次觐见”。

由于刘曼卿在会谈中的出色表现，国民政府的高官们对她欣赏有加,1929 年 3 月聘请她到国民政府行政院文官处任一等书记官。在文官处任职后,刘曼卿更加关注西藏的变化和发展,经常到蒙藏委员会那里看望自己的藏族同胞，通过他们进一步加深了对西藏历史、现状的了解和认识。她认为中央政府对康藏地区社情民意等信息一无所知，是导致中央政府对西藏缺乏有效管理的最主要原因。于是她毛遂自荐申请赴藏考察:“为志愿到康藏调查现状,以供政府参考整理国防事。窃以为康、藏为中国五族之一,土地之大,物产之富,向为列强所垂涎。盖因国事靡定,不暇注意边防,致使英帝国主义者乘机侵略,一日千里,瞻念前途不寒而栗。”刘曼卿的申请很快得到了国民政府的批准。

刘曼卿一行四人此行线路是经过精心设计的,由东线进藏,南线出藏。这条路线既可以确保刘曼卿一行能安全抵达拉萨,又可以沿途传达中央之意,了解当地军民官员对中央政府的态度。

1929 年 8 月 1 日,刘曼卿一行四人从上海出发,经长江逆流而上,到达重庆,走陆路到成都。在成都和父亲刘华轩见面后,稍做休整。9 月 1 日,她再次踏上旅途,经泸定、康定、昌都,1930 年 2 月 28 日抵达拉萨。刘曼卿到拉萨后,西藏的亲英分子千方百计阻挠她和十三世达赖会面。面对这种情况,刘曼卿一边对西藏的社会政治情况开展调查，一边积极和西藏上层官员以及社会各界著名人士进行交流沟通,逐渐扩大自己的影响。功夫不负有心人,在 1930 年 3 月 28 日,十三世达赖喇嘛终于在罗布林卡会见了刘曼卿。刘曼卿转交了国民政府中央给十三世达赖喇嘛的密信，转达了中央政府对西藏地方政府的关心和希望,在说明了自己此行的使命后,她还详细介绍了内地政治局面变化情况。5 月 25 日，十三世达赖喇嘛再次会见了刘曼卿。此次会见近四五个小时，两人就西藏和中央政府等问题进行了详细交流。十三世达赖喇嘛明确表示对中央政府的态度是“吾所最希求者，即中国之真正和平统一。”自己对英国态度是“但吾知主权不可失，性质习惯不两容，故彼来均虚与周旋，未尝与以分厘权利。”并希望中央政府“可派一清廉文官接收”西藏地方管理，并答应派代表去中央，希望中央支持西藏纺织设备、制革技术工人等，以促进西藏社会经济发展。

8 月 7 日，刘曼卿离开拉萨，走南线出藏，经印度加尔各答、上海，返回南京。刘曼卿历时一年，历经千辛万苦，圆满完成了第一次出使西藏的任务。此后，中央政府和西藏地方政府恢复了中断多年的联系。1938 年 7 月 5 日，国民政府以主席蒋中正的名义为她特发褒奖状：“国民政府以刘曼卿前经本府文官处委令前赴西藏调查，往复一年，驱驰万里，克宣党国怀来之义，无愧轺车专对之才用，特给予褒状，以示奖励。此状。”

刘曼卿第一次出使西藏，获得了社会的广泛赞誉，也引起了关注边疆地区发展建设人士的重视。刘曼卿通过报纸发表文章、公开演讲等形式，宣传西藏。

1931 年，日本悍然发动“九·一八”事件，入侵东北。面对日寇的步步入侵，刘曼卿意识到抗日战争非一朝一夕之事，后方的保障是前线取得胜利的关键之一。能否开发利用康藏地区丰富的战略资源，直接关系到全国抗战成败大局。刘曼卿在和中国边疆学会、蒙藏委员会多次沟通交流之后，拟定了一份边地考察大纲，报行政院审核。1932 年 5 月，行政院批准刘曼卿以西康调查员和蒙藏委员会顾问身份率领四人，本着“将日寇暴行及政府抗日真相彻底明了，共为国圉，而释政府西顾之忧”的宏伟愿望，赴康藏进行社会调查、宣传慰问。

刘曼卿的第二次进藏的路线是从海上，经越南进入云南藏区。这条路线可以更加全面地了解西南藏区的情况，也可以收集到更多的信息供国民中央决策使用。她为了收集到更加准确的信息，专门设计了民政、财政、交通、外交、教育等十多种调查表，调查项目涉及社会的各个方面，非常详细。刘曼卿先后考察了丽江、中甸等地，通过播放电影等形式，向藏区民众宣传抗日战争的真相，获得了广大藏族民众的理解、同情和支持。1933 年初夏，刘曼卿将第二次进藏的所有资料整理后写成报告，上报给行政院和蒙藏委员会。

1938 年 11 月 28 日，刘曼卿担任国民政府行政院中央慰问宣传团团长，第三次赴藏。此行的主要目的是使西藏僧俗民众了解抗日战争的真实情况，让他们和全国人民同心同德一致抗日。刘曼卿一行从云南丽江出发，途经缅甸仰光、印度噶伦堡进入西藏南部，最终于 1939 年 2 月 2 日，抵达拉萨。

刘曼卿到达拉萨后，立即投入工作。先后拜见了哲蚌寺东本法师、西藏摄政、噶伦等拉萨僧俗上层人士，向他们介绍内地抗日的情况以及自己此行的任务，得到了他们的一致理解和支持。同时，她积极利用拉萨传召大法会的有利时机，卓有成效地宣传介绍抗战工作。在西藏官员和民众中播放抗日爱国电影，宣传抗日工作。刘曼卿率领的中央慰问宣传团在西藏开展了四个月的宣传活动后，于 1939 年 6 月 9 日，他们离开拉萨，经昌都、中甸，返回云南丽江。此次西藏之行全程一万多里，历时 248 天。这次慰问宣传活动让更多的西藏人知晓了全国同胞的抗日活动，让更多的西藏人理解和支持抗日工作。西藏各界人士都认为全国一定要形成抗战共识，团结一心，抵御外侮。西藏各界人士纷纷表示要更好地尽到一名中国人的责任，中国抗击日本侵略战最终必获全胜。

1940 年 1 月 11 日，刘曼卿向蒙藏委员会呈交入藏宣传报告《关于入藏宣传经过及爱国人民踊跃捐献支援抗战事致蒙藏委员会》,并在报告中这样评价此次西藏之行：

“……自职团到藏与上下各界屡次接触以后,颇引起官民之兴奋感动,各贵族官员亦多表示同情。至于一般僧民,素未忘中国威德,自闻中日开战,莫不祈求中国胜利,各寺曾自动诵经祈祷。自职团说明抗战必胜之理由以后,尤多表示欣慰。窃职团此次所以能与西藏政教各官员随时接触,并承各方招待助者,实赖十九年职衔国民政府之命,到藏调查联络,当时颇蒙达赖大师优礼相待,迄今与各界均多好感。”

汉藏民族团结之花

刘曼卿为促进国家统一,汉藏民族团结发挥了积极作用。她不畏艰辛,长途跋涉,三次进入藏区,认真细致地做了大量的社会调查,搜集了解到了宝贵的第一手资料。这些社会调查一方面提高了政府决策的针对性和实效性，另一方面进一步密切了汉藏人民之间的了解和交流,增进了民族团结。她第一次出使西藏,改善了中央政府和西藏地方政府之间的关系,恢复了他们的联系。第三次藏区之行，四个月的慰问宣传活动在西藏各界传播了中央政府的声音,坚定了西藏民众心系国家,团结抗日的信心和决心。

刘曼卿为西藏等边疆地区的开发建设做出了巨大贡献。她一生一直致力于西藏等边疆地区的研究,提出自己的意见和建议,并积极进行实践。1931 年 11 月,在国民党四大上,刘曼卿结合自己第一次西藏之行获得的第一手考察资料，提出了中央政府应该继续加强对西藏等边疆地区管理开发投入的提案。其提案涉及中央政府应设立开发边疆的专管机构、派员分赴边疆分别调查实际情形、设立边疆育才学校、设立开发边疆公债等内容。她思考西藏等边疆地区教育问题,出版专著《边疆教育》;她为了增进内地民众对西藏的了解和认识,编撰了小学生文库《西藏》。她积极参与发起成立了“中国边疆学会”“康藏旅京同乡抗日救国会”、康藏民众抗敌赴难宣传团等民间社会组织,团结在内地的藏族同胞为康藏的开发和发展奔走呼号,进言献策。

刘曼卿短短36年的一生,是充满传奇的一生。她为增进汉藏民族团结贡献了自己全部的心血,她是民国时期最美丽的汉藏民族团结之花,她是民国时期藏族女性的杰出代表,她给后人留下了宝贵的精神财富和无尽的怀念。

(廖承英)

参考文献

[1]刘曼卿. 国民政府女密使赴藏纪实[M]. 北京:民族出版社,1998.

[2]丁小文. 民国藏地“女钦差”[M]. 南昌:二十一世纪出版社,2013.

[3]刘曼卿著,韦素芬(整理). 西藏纪行[J]. 西藏民族大学学报:哲学社会科学版, 2012(2—6).

[4]罗绍明. 民国回族女杰刘曼卿与西藏[J]. 西藏大学学报(社会科学版), 2013(04):90-95+112.

[5] 曹必宏. 康藏轺征——刘曼卿的两次西藏之行 [J]. 中国档案, 2013(11):80-81.

[6] 张皓. 刘曼卿在西藏与中央政府之间正常关系恢复中的地位和作用[J]. 中国延安干部学院学报, 2013, 6(05).

[7]叶小琴. 论吴忠信对刘曼卿使藏的评价及其缘由[J]. 西藏民族大学学报:哲学社会科学版, 2015, 36(6):57-61.P118 页

爱国爱藏的好榜样——擦珠·阿旺洛桑

擦珠·阿旺洛桑(1880–1957年),出生在日喀则贵族德勒绕丹家族,是西藏近现代史上一位著名的爱国学者和诗人。他曾任过十三世达赖喇嘛的经师,随达赖喇嘛进京朝见过清代光绪皇帝。西藏和平解放后,年逾古稀的阿旺洛桑志愿参加革命工作,为新西藏的文化、教育发展做出了卓越的贡献。其代表作有抒情诗《金桥玉带》,另有《擦珠·阿旺洛桑诗集》(藏文)传世。

博学多才,留学日本

擦珠·阿旺洛桑自幼聪慧过人,5岁时被认定为曾任甘丹赤巴(继承宗喀巴的高僧)的洛桑格勒活佛的转世灵童,为色麦扎仓擦瓦康参所属措钦活佛。次年被迎进色拉寺,六岁时,在色拉寺举行坐床典礼,俗称“擦珠仁布切”。享有色拉“措钦朱古”(呼图克图之下的地位较高的活佛)的待遇。此后,擦珠拜各地高僧大德为师,刻苦钻研佛学相关知识,在下密院深造学习佛教经典,25岁时取得“拉让巴格西”的学位。因其才华为九世班禅、十三世达赖喇嘛所器重,并成为十三世达赖喇嘛的随从和亲信。

擦珠在担任十三世达赖的侍读期间,曾跟随达赖喇嘛去过内地,先后在北京等地达五年之久,其间同达赖喇嘛一起得到光绪皇帝和慈禧太后的召见。返藏后,协同格西喜饶嘉措大师一起进行过对藏文《大藏经》的校勘工作。为此，他的名声传遍雪域高原，拜他为师的人也不计其数。擦珠还担任过达赖喇嘛古甲森本堪布(贴身侍从堪布)职务。期间，他奉十三世达赖之命赴日本讲经说法。还奉命参与了和平处理在藏陆军人员的工作。这充分说明了十三世达赖喇嘛对他寄予厚望，他的使命和责任比其他僧官更大。但是，由于擦珠活佛没能守住格鲁派僧人应严守的戒律，公开还俗娶妻生子，辜负了十三世达赖喇嘛对他的一片苦心。这使十三世达赖喇嘛非常生气，多次严厉地劝其脱离尘世生活，重新受戒。擦珠活佛还俗后，由于主动辞掉了帕蚌喀堪布一职，没有别的生活来源，生活比较困难。十三世达赖喇嘛便亲自批文把位于拉萨丹吉林附近的贡塞夏院子赠给擦珠活佛使用，从这时候起，擦珠活佛在拉萨有了固定的住处，后来他办私塾也在此院子里。还俗之后，擦珠活佛先是担任了娘热怕崩卡的堪布，后又担任国民党拉萨吉堆巴学校的藏文教员，在那个风雨如晦的年代，为西藏的文化事业做了大量有益的工作。

1908 年夏，十三世达赖喇嘛驻锡五台山期间，曾与日本西本愿寺法主大谷光瑞之弟大谷尊由进行了秘密会晤。在这次会晤中，双方即日本西本愿寺与中国西藏地方政府之间达成了促进佛教交流、互相派遣留学生的协议。根据协议，西藏方面派遣擦珠·阿旺洛桑活佛到日本留学，西本愿寺派青木文教、多田等观两位僧人赴西藏留学。虽然擦珠活佛在日本留学的时间非常短暂，但由于他本人学识渊博，更重要的是他学习非常刻苦，取得了可喜的成绩。据《日本涉藏史》记载，在京都学习了近半年的日语后，擦珠活佛已达到能基本对话的程度，……青木称他(指擦珠活佛)学习刻苦，已进步到能读写有少数汉字的日文，正准备学习日本佛教史。在日本交流访问 9 个月，阿旺洛桑将在日本期间的见闻细报给十三世达赖喇嘛，简报给噶厦。短暂的赴日留学经历使擦珠活佛开阔了眼界，了解到很多西藏以外的情况，特别是对新式教育的认识，而这些又体现在他与众不同的办学理念和教学方式上。

由于擦珠活佛精通“显宗”和“密宗”，博学谦虚，平易近人，不少好学的青年慕名前来谒见，拜他为师学习西藏的文化和佛学等知识，擦珠活佛来者不拒。大概从1920年开始，他就在家里给前来求学的学生上课。由于房子是跟别人借的，又比较小，容纳不了几个学生，后来十三世达赖喇嘛批文给他独门独院的贡塞夏院子后，学生逐年增多。1933年十三世达赖喇嘛圆寂后，他把主要精力放在教学上。他的学生和教学方式等都颇为特别，学生年龄从几岁到四五十岁皆有，跨越三四代人；他实行分组教学，实行课堂讨论，为当时罕有；尽管他生活清贫，他的私塾却收费低廉，贫穷子弟甚至不交学费也可以入学。不仅如此，私塾还每日为学生提供一杯甜茶。

爱国爱藏，努力工作

1951年西藏和平解放后，当年冬天，擦珠·阿旺洛桑以七十二岁高龄，自愿参加革命工作。据《中共西藏党史大事记》记载：1952年2月10日，西藏军区藏文藏语训练班正式开学。教师有李安宅、于式玉教授夫妇，藏学专家谢国安、祝维翰，还有西藏学者擦珠·阿旺洛桑、江金·索南杰布和十多位进步上层人士。从训练班毕业的大批汉族学员，后来有许多人能说流利的藏话，有些人成为精通藏语的优秀人才。藏文藏语训练班后来改为西藏军区干部学校，以后又改为西藏干部学校。虽然擦珠活佛没在西藏军区干校担任任何职务，也没有任教。但他经常参与学校的重大决策，帮助编写和审查教材。出于对学校工作的支持，擦珠活佛还动员他的小女儿次旦普赤到军区干校当教员。1952年西藏军区编审委员会成立，他担任常务委员后，把自己晚年的全部心血倾注到西藏解放事业上。主要工作是编译和出版《藏文新闻简讯》，也翻译一些其他资料。那时，西藏上层中一小撮亲帝分裂主义分子企图破坏《中央人民政府和西藏地方政府关于和平解放西藏办法的协议》（简称“十七条协议”）极其猖狂，擦珠·阿旺洛桑活佛不顾亲帝分裂主义分子的种种挑衅和威胁，理直气壮地为维护祖国统一，捍卫协议的执行而积极工作。那时候的文字翻译工作十分困难，几乎是没有什么藏译方面的工具书，遇到政治、经济、科学、文化等各方面译文困难，特别是藏汉文互译方面的难题，主要靠擦珠·阿旺洛桑、江金·索南杰布和格西曲扎几位大学者，凭籍他们渊博的学识，都创造性地予以解决了。如现在翻译中所常用的大多数新词汇，就是那时学者们智慧的结晶。在西藏军区编审委员会中，擦珠·阿旺洛桑和江金·索南杰布是主要执笔人，他们在探讨学术和学识上，态度非常严肃慎重，虽然私人关系一直很好，但为了完整地、准确地确定一个词和一组词汇，却各持已见，经常发生争论，在对方尚未以充分的论据把自己驳倒之前，是丝毫也不肯让步的。一般来说，擦珠·阿旺洛桑活佛是能够倾听别人不同意见的。但是，他也能够做到以自己的渊博学识，拿出自己的独特见解，说服别人。深受读者喜爱的《擦珠文法》（藏文），就是出自于那个时候。他对待工作认真负责、精益求精。凡是他执笔编辑的每篇稿子，都经过反复推敲、修改、校审，直到文章的文法、修辞、结构等均达到了藏文应有的水平，自己感到确实满意了，方肯释手。

1953 年 1 月 31 日，拉萨市爱国青年文化联谊会成立，擦珠任爱国青年联谊会委员、拉萨小学副校长。在原《西藏简讯》的基础上，1956 年 4 月 22 日《西藏日报》（藏、汉文）创刊，擦珠任《西藏日报》社副总编辑。1956 年，被评为中共西藏工委直属机关的一名模范工作者。

自西藏和平解放以来，擦珠·阿旺洛桑在党的领导下，为反帝爱国、团结进步事业做出了自己的贡献。他不仅审改稿件，还亲自向寺庙送报。为了报纸能发行到寺庙，他不辞辛苦，排除顽固势力的阻挠，定期把报纸送进色拉等寺庙，对僧众宣传爱国主义和党的政策。

这位70多岁的老人，几乎不知疲倦地持续工作。1956年，他又兼任报社新闻训练班的藏文老师。为了培训第一批藏族新闻工作者，没有课堂，77岁的擦珠老师就去帐篷或树荫下给学员授课。他非常关心藏汉学员的学业成绩，对每个学员的每一微小的进步，都及时地给予表扬，同时也有严格的要求。因为他七十多岁高龄，领导见他工作实在太累，关心他的身体，劝他注意休息，他说："我虽然老啦，但如今西藏有了共产党、毛主席的领导，我不仅觉得我丝毫没有老，反而比过去年轻了，特别是党把我们从水深火热中解放了出来，人民群众生活安定了，党的关怀使我有勇气、有决心克服种种困难，实现了我朝夕盼望为本民族人民服务的愿望，这就使我感到极大的荣幸和安慰。"他在《西藏日报》创办一周年纪念会上说："毛主席、共产党真伟大，要是没有他们，西藏就不会得到解放，西藏人民就不可能摆脱帝国主义势力的羁绊，也就不可能回到社会主义祖国大家庭，享受民族平等的权利，同样也就不可能有这样一个包括藏、汉、回、蒙民族的各阶层人员的西藏第一个新型报纸机构……"。他正是基于这样的爱国主义思想，高度的国家主人翁的责任感，老当益壮，日以继夜不懈地工作。他总是风雨无阻，从拉萨城西到城东，常年坚持徒步上班，而且七年如一日，从未间断过。西藏日报的前身——《西藏新闻简讯》(藏文版)刚一创刊，就遭到拉萨三大寺(哲蚌寺、色拉寺和甘丹寺)内极少数反动分子的反对和阻挠。他为了让广大正直的僧众能够随时了解党中央的关怀，得知全国各族人民对西藏人民的支援，使正气压倒邪气，竟不顾自己的安危和疲劳，经常亲自将报纸送到三大寺僧众的手中，宣讲党的政策和爱国主义思想。他当了西藏日报社副总编辑后，仍然坚持这样做。

诗人情怀，歌唱西藏

西藏发展进步的事业，激发着擦珠·阿旺洛桑的创作灵感，在繁忙的工作之余，他用自己的作品抒发着内心的感触和激情。他挥毫作诗，写下了不少脍炙人口的诗篇，赞颂西藏的每一件发展进步事业，赞颂共产党和毛主席英明正确的政策，表达西藏人民发自内心的喜悦和团结一心建设新西藏的决心。也正因如此，他成为了西藏诗歌创作进入一个新时代的代表人物。

他的作品有：为歌颂西藏和平解放而创作的《藏民齐欢唱》；为1953年1月爱国青年文化联谊会成立而创作的《爱国青年大团结》；1954年为歌颂两路通车创作的《金桥玉带》和《欢迎汽车之歌》；1955年为歌颂毛主席创作的《歌颂各族人民领袖毛主席》；为1956年5月当雄机场竣工、北京至拉萨航线试飞成功，中央代表团于5月31日乘坐试飞成功的飞机返回北京而创作的《碧空银鸽》；为1956年7月1日党的生日创作的《歌颂中国共产党的诞辰日》《世人同声维护和平》等等。

他的第一首《藏人唱起愉快的歌》，当时就配上曲子，成为了最流行的新歌之一，而且现在也是久唱不衰的西藏红歌。

藏族文学研究专家耿予方先生说："《金桥玉带》是诗人的代表作，是庆祝举世闻名的康藏公路、青藏公路胜利通车的纪念诗，是一首叙事诗，也是抒情诗，由于在《人民日报》转载，很快传遍全国和全世界。”诗中写道：

……

悬崖峭壁上的炸药响连天，
一座座的长桥要架过古壑天堑，
英雄们的血肉，常随碎石奔流，
浪花飞溅！
困难像乌云布满了蓝天，
英雄们智能的大风，终于把乌云
刮到海洋那边！
……
修路队伍大团圆，征服了天险地险，
汉藏两族的弟兄们，在拉萨人民广场上，握手，拥抱，
亲切会见！
车队连绵，全借金桥玉带飞过天柱，
激流和草原，
满载光荣，也在这会了面！
那是在欢呼，还是在答辩？
是汽车的低吟，还是各族人民的歌赞？
我这湿润的老眼啊，没有力量分辨。
那是在欢呼，他们完成了毛主席的召唤。
那是在拥抱，他们象征着汉藏民族团结圆满，
那是汽车的低吟，也是各族人民的礼赞！
因为我这颗心，有流不完、诉不尽、按不住的喜欢！
……

1957年12月1日，下午1时59分，擦珠·阿旺洛桑因骨折并发胃溃疡，抢救无效，与世长辞，享年78岁。就在他逝世前的几日，

西藏工委一位领导同志前去病房探视时，他感慨地说："根据我自己的一生经历，深深体会到，西藏人民只有跟着共产党、毛主席走，也只有坚持团结、爱国、进步，反对分裂和倒退，才有光明的前途。"

1957 年 12 月 12 日，拉萨各机关、人民团体的代表举行了隆重的追悼会，中央人民政府代表、中共西藏工委书记张经武，中共西藏工委副书记张国华、范明、周仁山等都送了挽联。张经武在挽联上写着"悼先生热爱祖国、积极工作、数年如一日，堪为青年学习的模范"。

（何卫勇）

参考文献

[1]拉巴平措. 缅怀先辈爱国情怀 继承先辈未尽事业——纪念著名学者、爱国诗人擦珠·阿旺洛桑先生逝世 55 周年[J]. 中国西藏(中文版), 2013(3):10-13.

[2]黄波. 论当代藏族诗人擦珠·阿旺洛桑的诗美艺术[J]. 西藏民族学院学报(哲学社会科学版), 2007.

[3]卢颖. 索穷和他的《翻越雪山看世界——西藏近代留学生史话》[J]. 中国西藏, 2016(1):89-90.

西藏人文主义先驱——更敦群培

更敦群培是西藏现代史上人文主义先驱、坚定的爱国主义者。他以博大精深的学术造诣、观照天下的思想光芒、坚卓不拔的人生信念及心怀苍生的悲悯情怀，划破旧西藏腐朽社会漫漫长夜，点燃希望的火种。

聪慧善辩迷科技，冒犯僧统遭驱逐

1903 年藏历 3 月 23 日，更敦群培出生于青海热贡双朋西村，俗名仁增朗杰，昵称阿拉热诺。1910 年父亲病逝，年幼的更敦群培与母亲和姐姐相依为命。9 岁时，其回文诗便受到高僧的称赞。1917 年，俗名为仁增朗杰（宁玛派所取）的他从此有了法名“更敦群培”（格鲁派所取），其名字寄托了宁玛派与格鲁派和谐相处、融合互鉴的美好意愿。

更敦群培在拉卜楞寺学经期间，美国基督教牧师格雷贝娄在拉卜楞寺传教。格雷贝娄经常向更敦群培请教藏文、探讨佛教，更敦群培则向格雷贝娄学习英语，二人结下了深厚的情谊。在众多“循规蹈矩”的僧侣中，更敦群培显得有些“离经叛道”。一次，拉卜楞寺举行经忏法会，其他僧人都心无旁骛、聚精会神地高声诵读经典，更敦群培却被“工巧明”函卷部分迷住了，他没有高声朗诵，而是全神贯注地“胡想联翩”，他居然悄悄地对机械器物产生了浓厚的兴趣。于是,在他“不安分”的心里,对现代科技的认识由开始的好奇到最后痴迷的程度。他亲手拆卸了一只破旧的钟,又用钟的零件制作了一只小船,他还制作了一只会飞翔的小鸟。在“香浪”节期间,其他僧人都到附近的小山上野餐了,更敦群培和他的朋友却留在寺院不远处的小湖边,专心致志地制作小型机械船。在火柴微弱的热能驱动下,小船居然航行到湖的对岸,更敦高兴极了!

在拉卜楞寺学习期间,更敦群培个性独特,辩术出类拔萃。社会上一些丑陋的言行通常成为他鞭挞的对象。1925 年 8 月,德高望重的噶然巴格西参加更敦群培所在班级的辩经,并和更敦群培对辩。年轻气盛的更敦群培以不同寻常的辩论技巧——用逻辑推理而不是引经据典的方式,证明禾苗是觉悟的本源。而噶然巴格西在辩论时却出现了自相矛盾的错误,场面十分尴尬,在场僧人都被吓得惊慌失措,更敦群培却据理力争,毫无退让之意。1926 年 7 月,学院举行大型考试,更敦群培事先打定主意,在辩论中通过反对嘉木样佛学观的“教材”来嘲弄这次大法会。辩论中,更敦群培头戴黄帽,坐在立宗者的位置,起坐对辩者站着向他问难。最后因双方对“教材”见解分歧,更加引起大会僧众的不满。

向寺庙的经典教材(嘉木样对五部大论的注疏)发起挑战,这简直是冒天下之大不韪!更敦群培冒犯了拉卜楞寺的僧统,被正统的格鲁派僧人视为叛逆者。嫉恨、排斥一起向他袭来,拉卜楞寺呆不下去了。1927 年 3 月,更敦群培和友人益嘉降央离开了拉卜楞寺。

1934 年,更敦群培离藏赴印,在广泛研修现代学术思想的同时,还积极参加了江乐金等组织的“西藏革命党”,显示出他对建设现代化西藏所具有的政治勇气和与封建农奴主阶级决裂的坚定决心。

离经叛道重"人性",永留"清白"在人间

旧西藏长期以来笼罩在封建神权的统治下，广大人民既是农奴主的奴隶,同时也是神的仆从。更敦群培以其超凡的胆识,在西藏第一次竖起人文主义大旗,把"人"置于至高无上的地位。《欲经》与《白史》两部著作便是其人文主义思想的体现。

1938 年 2 月,《欲经》在印度完成,奠定了更敦群培在西藏的性学先驱地位。其通过对印藏等地性风俗的考察研究,提倡科学的性知识和性伦理,宣传男女平等、妇女解放的进步思想。《欲经》揭露了传统伦理对妇女的迫害与奴役,抨击了男性的极端虚伪与自私,对女性给予深切理解同情。观点振聋发聩,在沉闷的冠冕堂皇的时代面子上扇了一记响亮的耳光。藏学家李有义曾经说:"更敦群培曾根据西藏喇嘛们有关性爱的知识,写成一部叫做《爱情之艺术》的书,这部书并不是黄色的、庸俗的著作,而是包括了丰富的历史资料,科学地加以叙述。一些马克思主义者对这部书作了很高的评价,但是正统的佛教徒却说这是一部坏书,给他带来了坏名声。许多人惋惜他的天才,说这样一位哲人怎么会写出这样一部书来。但是我们用进步的眼光来看,这正是他的高明之处。他敢于向一切带着神光的事物冲击,最反感那些道貌岸然、内心肮脏的僧侣上层。"法国学者海德在谈到《欲经》时说:"作者对于印度人风俗习惯的观察之仔细,显示出他在人类学和民族学方面的才智,同时也表明了他对伊斯兰教社会中妇女的处境和在印度的某些习惯势力的影响下妇女的境况的同情。更敦群培的妇女观是应当完全平等。"

更敦群培具有极强的语言天赋,一生掌握多门语言文字。旅印期间,他与罗列赫一起将藏文名著《青史》和《释量论疏》译成英文。《青史》的翻译工作主要由更敦完成。他还将巴里文《昙钵偈》译为

藏文，他之所以投身于这一枯燥乏味的翻译工作，是想让更多的人了解中国西藏和西藏文化，同时，也希望当时封闭沉闷的西藏打开窗户，呼吸外面新鲜空气。入不敷出常常使更敦大师的生活陷于困境，是学习与研究使他坚守下来。编撰一部完整的西藏历史是更敦交给自己的使命。他搜集资料，研究新疆、敦煌出土的有限的古藏文原始资料，与藏学工作者讨论研究问题，编写《白史》的前期工作扎实有序开展。

1945 年，更敦群培回到西藏，1948 年，完成了藏族名史《白史》。在前期准备工作基础上，更敦一面请教名家大师，一面深入吐蕃历史遗址遗迹考察调研，获得一手资料。三年时间，《白史》终于完成了。《白史》的价值主要体现在这几方面：一是将宗教和历史严格区别开来。恰白·次旦平措曾说，更敦群培的《白史》把藏族史的研究从神学的枷锁中解放出来，带入了人文科学的轨道。二是史料真实，资料丰富。其史料主要来源于西域、敦煌藏文文书，吐蕃碑铭文献，两唐书《吐蕃传》史料，古代藏文史书等，体现了大师科学严谨的治学方法和态度。三是《白史》开创了西藏科学地利用古代文献资料的先河。对史料的科学考订、取舍、甄别，如对赞普年代的详细考证，对其历史功过的客观评价等都是西藏之前所没有的。特别值得一提的是，大师在《白史》中，全面客观地阐述了公元 7 世纪以来吐蕃与唐朝中央政府之间政治上的紧密关系，再现了真实的历史，为 13 世纪西藏地区正式成为元朝中央政府直接管辖的一个地方行政区域提供了有力可靠的理论依据。

绘制地图揭罪证，不为利诱陷囹圄

1945 年，英帝国主义与印度扩张主义分子狼狈为奸，妄图以藏南为突破口，侵略贫弱的中国。他们派兵入侵并占领了我国藏南达旺地区，印度在侵占的“麦克马洪线”以南9万平方公里的中国土地上，公然建立起伪“东北边境特区”。更敦群培看清了侵略者的真实面目，他利用返藏之机，决定凭一己之力，将英印狼子野心昭示天下。于是，大师化装成一名朝圣的托钵僧，在错那考察一月之久。错那地区就在“麦克马洪线”上，大师认真仔细地对其历史及地理环境进行详细考察，并精心准确地绘制了一幅边境地图。地图绘制完成后，更敦群培附上详细说明，然后经由西藏江孜的邮局打算将其寄给噶伦堡的西藏革命党。不料被英国驻西藏商务代表黎吉生发现。之后，大师举步维艰，揭露英印义举受到重重阻碍。英国人和噶厦政府对他进行了严密监视，不丹对其在边境考察也大为不满。正是更敦群培的这次学术考察和政治冒险，论证了错那所属的达旺地区自古就是中国西藏领土，揭露了英帝国主义炮制“麦克马洪线”的侵略本质。（本部分主要参考中国藏学研究中心《根敦群培研究60年》一书有关资料）

1946年，更敦群培回到离别12年的西藏，他的到来成为人们关注的焦点。在一般人看来，更敦一定是腰缠万贯的富翁。可现实的他衣着朴实、行李简单。一条紫红色棉质腰带、一只箱子、一个炉子、一顶小小的平底锅，加上简单的卧具，便是他的全部家当。拉萨的贵族、高僧大德、商人和普通僧俗百姓纷纷前来拜访，他们对更敦群培充满了好奇与仰慕，有的特意来邀请其去家中做客，有的特来探听外面的世情世景，有的特来请教问题……从基督教到民主政治，从神秘主义拓展到自然地理……更敦群培对他们的热情报以真诚的回应。幸好公德林寺在旺堆诺布处为更敦群培无偿提供了一间住房，否则，大师连居所都没有。这便成为他日后给然扎活佛和达瓦桑波等几个弟子讲授诗学的安身立命之所。

英印代表黎吉生深知更敦群培的“价值”，多次登门拜访，企图以利相诱。黎刚开始谎称要向他学习藏语，后又说请他到英印机构当雇员，被大师断然拒绝。利诱不成，黎恼羞成怒，撕下虚伪的面纱，公然与噶厦地方政府捏造“莫须有”之罪名加害于大师。一天，当更敦群培正在给弟子们讲授“中观学说”时，拉萨的总检察官扎西贝拉·多杰才旦和其助手夏强素巴·阿旺坚赞以“伪造藏钞”罪将更敦群培逮捕，同时搜走了他的所有文稿和财产。

更敦群培被关押在朗孜夏监狱二楼南面一间小屋里，常被带到大昭寺南面去接受审问，多次遭到鞭打，1947 年 12 月，朗孜夏的囚犯们被转移到“雪”监狱囚禁，更敦群培也被转移到布达拉宫脚下的“雪”监狱。入狱后，更敦再次感受到世间的冷暖，曾经的“朋友”绝大部分因为政治谣言恐吓，先后弃他而去。狱中，更敦在诗中写道：“由于嫉妒而成为疯狂猛虎，在其恐怖的虎啸怒吼之中，我这孤立无援的贫弱样子，只能得到有学识者的慈悲。”幸运的是，1949 年藏历土牛年冬，在哲蚌寺果莽扎仓担保下，他获释了。出狱后的更敦群培与之前判若两人，披头散发，衣衫褴褛，疯疯癫癫，嗜酒如命，很快陷入极度抑郁和消沉之中。

断然拒绝朗色林，“解放军”是“我老乡”

1951 年，更敦群培病情越发严重、卧床不起。西藏马上要解放了，孜本朗色林如秋后之蚂蚱，妄图利诱更敦群培沟通噶厦与印度的关系，遭到更敦的断然拒绝。1951 年 5 月 23 日，中央人民政府与西藏地方政府在友好的基础上签订了和平解放西藏的《十七条协议》。西藏和平解放，彻底粉碎了帝国主义分裂中国的梦想，维护了祖国统一，巩固了国防。大师日思夜盼的愿望终于实现了！中央人民政府代表张经武专门派人去看望更敦并为他进行细心治病，大师尤为感动。得知中国人民解放军进驻拉萨的消息，更敦群培高兴地对家人说:“我的老乡来了。”他认为中国共产党是藏民族获得新生的希望,他曾说:“毛泽东是中国革命的伟大领袖”,“如果毛泽东能在西藏彻底完成马克思主义的革命事业，那么对于新旧事物的更替,将起巨大的作用。”1951 年藏历 8 月 14 日下午 4 时,大师离开人世。

（王明莲）

参考文献

[1]中国藏学研究中心.根敦群培研究 60 年[M].北京:中国藏学出版社,2012.

2]杜永彬.雪域奇僧更敦群培评传[M].北京:中国藏学出版社,2018.

[3]杜永彬.二十世纪西藏奇僧 人文主义先驱更敦群培大师评传[M].北京:中国藏学出版社,2000.

[4]仲布·次仁多杰.纪念杰出的爱国大学者根敦群培先生[N].西藏日报(汉),2011-09-28(006).

[5]才项多杰.论更敦群培思想的文化根源[J].青海师范大学学报(哲学社会科学版),2016,38(05):80-86.

[6]尕藏扎西.更敦群培与“西藏革命党”考略[J].西藏民族学院学报(哲学社会科学版),2013,34(05).

[7]陈庆英,田甜.更敦群培和季羡林——学术道路和命运的异同[J].青海民族研究,2012,23(04):80-89.

[8]多吉平措,白伦占堆.略考更敦群培与“西藏革命党”的关系始末[J].西藏大学学报(社会科学版),2009,24(01):123-127.

反帝护藏，以身许国——五世热振活佛

五世热振活佛（1912—1947 年），全名热振呼图克图·图旦绛白益西丹巴坚赞，是西藏近代史上一位著名的爱国爱教活佛。他倾心向内，亲近祖国，率领拉萨三大寺僧人诵经祈愿中国抗战胜利；扶植爱国力量，抗击英帝，打击西藏内部亲帝分子。他在摄政期间为国家民族的团结进步做出了重要的贡献，西藏和中央的关系日益密切稳定，他被国民中央政府册封为“辅国普化禅师”，并颁授金册金印；在 1939 年国民党的五届六中全会上，他当选为中央候补委员。

成长之路仁慈好学

在四世热振活佛圆寂之后，十三世达赖批准热振寺派人寻访转世灵童。在通过宗本和热振寺僧众的打卦问卜后，确认图旦降白益西丹巴坚赞为第四世热振活佛的转世灵童。寻访队回到拉萨后立即报告十三世达赖。一年后达赖喇嘛便下谕，确认小热振为四世热振活佛的转世灵童，随即将小热振全家都接到了拉萨，并在热振寺举行了坐床仪式，剃度出家。他正式成为五世热振呼图克图。按惯例，五世热振进入色拉大乘寺学习。在色拉寺学习了格鲁派必修的五部大论，且成为通达者。学毕后五世热振通过答辩，年仅 20 岁便取得了拉让巴格西学位。

在取得学位后，五世热振即刻回到了热振寺任寺主，开始兢兢业业地弘扬佛法，利益众生的事业。五世热振为人温柔慈悲，平易近人，有一颗赤子之心。他喜爱与普通百姓成为朋友，体察民情。他与平民百姓在一起劳作、生活也成为一种常态。五世热振的爱民行为及其作风深受十三世达赖的欣赏，甚至亲自前往热振寺看望五世热振，并且将平时常用的一本书赠予五世热振，说："这是一本鉴别善恶的重要书籍，你好好学习。"更甚者他经常将五世热振和自己的人生相关联。十三世达赖的这些行为也为日后五世热振的摄政做了铺垫。五世热振出任摄政时正值抗日战争期间，五世热振带领僧俗群众祈祷抗日战争的胜利，稳定民心。面对英美帝国主义的侵略，五世热振做了坚决的斗争。五世热振七年摄政期间爱国为民，温柔慈悲。即使在后来与达扎活佛发生冲突时依然善良敦厚。在后期无可奈何的情况下，五世热振的手下官员决定以暴制暴抗争达扎活佛和他的手下时，五世热振出于慈悲没有同意，最后他被关进夏钦角监狱惨死其中，但温柔慈悲的他永远活在人们心中。

遵从中央爱教护教

1933 年 12 月 17 日（藏历十月三十日），十三世达赖喇嘛圆寂，此时的西藏政局混乱，急需一位摄政来稳定时局，以此来替代达赖行使西藏的政教大权。在三位候选人中，五世热振通过在布达拉宫观音菩萨像前掣签中签出任摄政。1934 年 2 月 23 日，五世热振在布达拉宫举行了就职仪式，开始了他人生中最辉煌的一段历程。他在宗教事务方面，主要完成了两件大事。

一是协助国民政府专使黄慕松完成十三世达赖的致祭、册封事宜。1933 年 12 月 21 日，国民政府追赠十三世达赖喇嘛为"护国弘化普慈圆觉大师"封号。1934 年 1 月 12 日，国民政府下令："特派黄慕松为致祭护国弘化普慈圆觉大师专使”入藏。国民政府此时派专史进藏，主要是想调查西藏事务以及联络感情，恢复中央和西藏的原有的关系。西藏噶厦两次致电西藏驻京办事处，催请中央专员入藏：“早日出发，以慰远人而利边局。”同年 8 月 28 日黄慕松抵达拉萨时，五世热振活佛为其举行了隆重的欢迎仪式，盛况空前。藏兵上千人列队致敬，四品以上官员全部出席欢迎仪式，上万拉萨居民夹道欢迎中央专使的到来。9 月 23 日，隆重举行册封十三世达赖喇嘛仪式。10 月 1 日致祭仪式在布达拉宫庄严举行。至此，五世热振活佛协助黄慕松顺利完成了入藏的册封、致祭任务。

二是寻访十三世达赖喇嘛转世灵童及协助吴忠信入藏主持灵童坐床典礼。1935 年夏，五世热振活佛按照惯例，率领赤门噶伦、堪仲等 20 多名高级官员，不辞艰辛，长途跋涉前往拉姆拉措观湖占卜。根据观湖结果，1936 年秋天，五世热振活佛委派三组寻访人员，分别前往西藏东南部、康区和青海寻访转世灵童。最后确认青海湟中县的拉木登珠为十三世达赖喇嘛的转世灵童。1939 年 10 月 13 日，五世热振活佛在大昭寺释迦牟尼佛像前举行隆重仪式，亲自为转世灵童剃度，授居士戒，上法号，按例担任灵童的正经师。在寻访认定灵童过程中，五世热振活佛及时把最新进展情况汇报至国民中央政府。1939 年 1 月 5 日，国民政府电告五世热振活佛，特派蒙藏委员会委员长吴忠信会同热振主持十四世达赖坐床事宜。1940 年 1 月 15 日，吴忠信抵达拉萨，五世热振活佛同样为其举行了隆重的欢迎仪式。吴忠信在其日记中写道：

旋到哲蚌寺附近之藏政府欢迎帐篷，热振代表暨噶伦丹巴嘉样、彭休、彭康，以及藏中高级僧俗官吏七十余人，均献哈达致敬……其驻在拉萨藏军七百余人，全体出城，列队迎候于哲蚌寺前之道旁。午后四时入城，鸣礼炮二十七响致敬，循曩例也。

1940年2月22日，吴忠信在布达拉宫主持十四世达赖的坐床典礼。吴忠信主持坐床典礼，是中国政府对西藏地方主权的最有力的历史证明之一。吴忠信主持坐床典礼后，和五世热振商议在拉萨正式设立蒙藏委员会驻藏办事处，进一步加强和密切了中央和西藏地方之间的关系。

这两件事是西藏地方宗教事务中的两件大事。它们的顺利完成，一方面确保了西藏宗教和社会秩序的稳定，是五世热振活佛的爱教护教的集中体现，也提升了他在西藏民众中的宗教威望，深得民心；另一方面，五世热振活佛在盛情接待黄慕松、吴忠信等国民政府官员进藏办理相关事务的过程中，进一步加强了中央和西藏地方的关系，也进一步加深了汉藏民族之间的了解和友谊。

倾心内向爱国反帝

五世热振活佛初上任便向国民政府说明了自己的任职情况和十三世达赖喇嘛的圆寂情况，也表达了他继承十三世达赖喇嘛晚年的“倾心内向”的政策，表明了对国民政府的归顺之意，也对国民政府的权威表示了重视。国民党中央政府亦正式册封热振活佛为“辅国普化禅师”。国民中央政府在五世热振活佛刚出任摄政之时，正值抗日时期和英美帝国主义侵略西藏地区时期，与此同时西藏内部政治也处于混乱之中。五世热振活佛摄政时期，面对如此复杂的国际国内环境，他积极拥护国民中央政府，尽心做好西藏地方政务治理，旗帜鲜明地反对英帝国主义的渗透和入侵。

在拥护国民中央政府方面。他十分重视汉藏关系，为密切汉藏关系做出了巨大的贡献。时人都说“在热振摄政期间，是民国以来中央与西藏地方感情较好的一个时期。所以在西藏谈起拥护中央的，都以热振为领袖人物。”他所做的所有重大决策上都一一按规定上报给国民中央政府，经过批准方才执行。因此国民政府1934年8月派遣代表黄慕松入藏致祭十三世达赖喇嘛，代表中央政府册封五世热振活佛为“辅国普化禅师”。1940年2月，吴忠信代表国民中央政府授予五世热振“辅国普化禅师”金册金印。五世热振活佛还协助国民中央政府在拉萨设立了许多机构，如拉萨无线电站、国立拉萨小学校、诊疗所、中央气象测绘局及蒙藏委员会驻藏办事处等等。在抗日战争时期，五世热振活佛举行了三次法会以祈祷抗战的胜利。五世热振活佛的举措和国民中央政府的努力，让藏族人民了解到了国情以及战况，纷纷自发组织了一些捐赠活动以支援抗战，用实际行动表达了藏族人民浓浓的爱国之情。

在西藏地方政务治理方面。在五世热振活佛上任时的西藏政局形势是极其混乱的。五世热振的上任仿佛是一颗定心丸，他用自己的能力、忠诚与善良赢得了西藏官员和僧俗的一致认可。他连续几年实行减少税收政策，加上风调雨顺，物价便宜而又稳定。他任人唯贤，即便是曾与他积怨极深的人或是一些想要亲英的人，甚至是曾经被革除职务的人，只要是人才，五世热振活佛都委以重任。这时的西藏没有发生大的灾害，也极少出现暴力行为，出现了一时的稳定繁荣景象，受到西藏民众的一致认可。五世热振活佛摄政也得到了官员们的积极拥护。正是因为官员和僧俗民众对五世热振活佛的认可和拥护，当五世热振向噶厦地方政府两次提出想要辞职的请求时，都受到了大家的一致挽留。

在反对英帝入侵方面。五世热振活佛在面对英帝国主义的入侵时十分明确地表明了自己的态度，与其进行了坚决地抗争，让英帝国主义许多阴谋都落了空。当时英帝国主义在西藏上层人物中培植亲英分子，进行情报活动。五世热振活佛查明后都对其进行了罢黜或是惩罚，铲除了许多帝国主义在西藏上层的内应。亲英分子在审问五世热振活佛时问他:“西藏何以要亲中国?”他慷慨回应:“中藏在宗教、地理上都无法分割,1904 年英国人荣赫鹏侵入拉萨,军事赔款概由中央政府所付,所以如果不是中国的钱,岂能赎回西藏的身?”五世热振活佛的反帝爱国行为对中华民族的民族解放战争起到了极大促进作用,对祖国统一起到了十分正面的影响,为当时西藏的稳定提供了良好的社会基础。

暗室遇害以身许国

五世热振活佛的爱国反帝国行为引起了英帝国主义和亲英势力的仇视,他们处心积虑制造了“热振事件”。这股亲英派势力开始四处散布谣言,大造谣言攻讦五世热振的个人生活,并且收买了五世热振十分信任的一位占卜者。五世热振前往其处占卜,占卜结果为:“若继续任职,虽然对政教大业和热振拉章有利,但对达赖的健康不利,对热振活佛本人也不利。若辞职回寺静修,就能消除凶兆。”于是坚信神意以及对达赖十分忠诚的五世热振立即召集手下的亲信及心腹进行商讨。1940 年 12 月五世热振决定暂辞摄政一职,并设立代理摄政一职让五世热振的经师达扎活佛出任代理摄政。虽然噶厦及僧俗一众再三挽留,但五世热振为了缓和矛盾,最终还是决定暂辞职务。全藏大会据此立下文书:“热振活佛为消除不祥征兆,暂时辞职回寺静修,由达扎活佛接任摄政二至三年,期满后仍由热振活佛继任摄政,直至达赖亲政为止”。殊不知年满 70 岁的达扎活佛在代理摄政之后便被亲英分子所利用。在三年期满后,理应交出职权的达扎活佛不仅毁约不交出职权,反而还加害于热振活佛以及其属下官员。

热振活佛为恢复职务,只得将此事汇报给了国民中央政府,并表示:“如果我能重新当摄政王,一定为增进中央与地方关系做贡献”。然而国民中央政府外忧内患，根本无力顾及五世热振活佛，并没有及时地施以援助之手，而是持观望态度。与此同时，五世热振活佛与达扎活佛的矛盾也越来越大。这时以达扎活佛为首的亲英分子趁机给热振活佛戴上莫须有的罪名，将热振活佛逮捕。热振活佛被捕的消息传出后，引起了许多人的愤怒和不满。色拉寺僧人于第二天便对准扎什兵营开火，于是噶厦调动了三千名地方兵与其交战，遂将色拉寺攻陷。当时国民党蒙藏委员会得知该消息后便要求西藏地方政府将详情具报，西藏地方政府电覆中央政府的言辞也都是不实之词。国民政府便又要求噶厦保护五世热振活佛的周全。但达扎活佛及亲英分子想铲除五世热振活佛的心极其迫切，加上畏惧大规模的武装暴动。根本不听从国民中央政府的劝诫，于1947年5月7日将五世热振活佛秘密毒死在布达拉宫夏钦角的索达巴·细巴拉的一间牢房里。

五世热振活佛一生致力于团结西藏地方爱国力量，一心一意忠于中央政府，加强了汉藏民族之间的交往交流交融。五世热振活佛虽被亲英分子毒害，但他积极维护祖国统一，加强汉藏民族交往，增进中华民族团结，坚决反帝爱国的光辉事迹将永载史册。

（廖承英）

参考文献

[1]皮明勇. 九世班禅返藏受阻与国民政府的治藏策略[J]. 近代史研究, 2004(04):213-241.

[2]邱熠华. 论西藏近代史上的拉萨三大寺[D]. 中央民族大学, 2012.

[3]张永攀. 热振活佛的短暂摄政生涯[J]. 世界知识, 2011(08): 64-65.

[4]才旺贡布. 从五世热振看民国时期西藏的摄政制度[D]. 中

央民族大学,2012.

[5]陈谦平. “热振事件”与战后国民政府的西藏政策[J]. 民国档案, 2006(01): 90-98.

[6]熊季. 热振七年摄政生涯琐议[J]. 西藏研究, 1987(04): 88-93.

[7]边巴琼达. 国民政府颁热振“辅国普化禅师”之册文[J]. 中国西藏, 2012(02): 62-65.

[8]张云. 热振活佛:耸立在爱国爱教高僧之林的一座丰碑[N]. 光明日报, 2009-04-03(012).

[9] 严瑛. 热振活佛爱国传奇的一生 [N]. 中国国防报, 2008-04-15(016).

佛门大师，爱国老人——喜饶嘉措

喜饶嘉措，一代佛门宗师。他一生学问贯通汉藏两种文化，佛法精深，是汉藏佛教界都高度认可的高僧大德，建国后担任过全国佛教协会会长和中国佛学院院长；他的学生弟子遍布西藏地区，西藏政坛和宗教界诸多人士如：阿沛·阿旺晋美、索康·旺钦格勒都曾受教于他座前；他对祖国、对人民满腔热血，坚定维护祖国统一和民族团结，在西藏和平解放中贡献巨大。虽然大师离开我们已经近50年，但佛门圣骨音容犹在，高僧大德梵音永存。

出身贫寒，苦学二十余年终有大成

1884年，喜饶嘉措生于青海循化县一户贫苦农民家中，自幼入寺习经，曾先后受教于家乡的古雷寺、甘肃的拉卜楞寺和西藏的哲蚌寺。他从小聪明颖悟、勤奋好学，哪怕遭到一些僧人的斥责和打骂，多次被撵出扎仓和辩经场，也不以为意不改初心。21岁时，他已经学完了三藏、三学及四大要义，进入了其他僧侣要到40岁才能进入的戒律部。因为学业超群、应辩能力出众，他被推荐到格鲁派最高学府——西藏哲蚌寺进一步深造以取得格西学位。

21岁的喜饶嘉措初到哲蚌寺，衣食无着，只能经常到藏族民众家里化缘和念经做法来获取基本的生活保障。幸好，有一次在他外出念经时，有一位当地的富贵人家被他精深的佛法所折服，主动向他布施，此后，他的求学之路就不再有后顾之忧。他加入哲蚌寺郭莽扎仓精研经典，系统学习了大小五明，贯通五部大论和历辈高僧的注疏。经过十多年修习，喜饶嘉措在33岁时终于获得了格西学位，在罗布林卡答辩时获得了第一名。此后，他又系统修习了密宗，对密乘七支皆精通无误，各方学者无不为之折服赞叹。

奉命校对刻印佛教经典，授学三大寺桃李遍布西藏

1917年开始，喜饶嘉措用了六年时间，完成了十三世达赖喇嘛安排给他的《布顿全集》的校对任务。尔后他又奉命担任大藏经《甘珠尔》的总校编，负责对各版本中的错误和疏漏进行校对，当时因为内容错误很多，因此校勘难度非常大。校稿期间，他常常足不出户，有时几十天不见太阳，经过八年的辛苦努力，终于圆满完成了《甘珠尔》的校对任务，达赖为奖其功德，特意赐给他“嘉华坚贝罗追·喜饶嘉措”的尊号。

在校勘刻印经典的同时，喜饶嘉措还在哲蚌、色拉、甘丹三大寺轮回讲授5部大论。他的讲授颇受僧俗学者的欢迎，慕名而来座前受教者络绎不绝。其中哲蚌和甘丹两寺的僧侣有近200人，甚至连后来担任十四世达赖经师的赤江活佛都特意来请教佛法，政府官员如阿沛·阿旺晋美、藏族史学家如更敦群培等皆拜在他门下。由此可见当时喜饶嘉措大师的影响力之盛。

为汉藏交流内地讲学，抗日救国四处演讲

1933年，十三世达赖喇嘛圆寂，西藏地区的政治局势晦暗难明。藏地僧俗贵族中掌握实权的亲英派上蹿下跳，妄想分裂祖国而自立，喜饶嘉措大师对此极为反感，坚决反对，但也因此被分裂分

子所记恨，对他进行各种打击报复，甚至攻击他是“亲汉派”。

为增进汉藏文化交流，让内地民众进一步了解藏族文化。1936年，喜饶嘉措欣然接受了国民政府教育部和蒙藏委员会的邀请，担任国立中央大学等5所大学的西藏文化讲座讲师，讲授西藏文化、历史和佛学理论等课。

1939年5月，正是全面抗战、国难当头之时，喜饶嘉措跟随国民政府来到重庆。他亲自到甘肃、青海等地，利用他的影响力宣传抗日思想，号召当地蒙藏民众共赴国难。1940年，国民政府鉴于大师的爱国情怀和辛苦努力，特意授予他“辅教宣济禅师”的称号。

抗战后期，针对西藏内部亲英分子的分裂活动，以喜饶嘉措为首的十余人打算赴藏劝说。后因西藏地方政府阻挠未能入藏，不得已只能先回到重庆。1949年，中国人民解放军正在取得全面胜利，国民政府节节败退，国民党的军政人员仓皇出逃，喜饶嘉措也返回了原籍青海。青海军阀马步芳逃走时，妄图让十世班禅和喜饶嘉措大师跟他一起去台湾，两位大师毅然决然地拒绝了，他们劫波历尽，终于和新中国站在了一起。

1949年9月，青海省军政委员会派人到循化寻访喜饶嘉措，请他到西宁参加政府工作。大师欣然前往。自此，大师开启了与共产党合作，为人民工作的新历史。

就任青海省人民政府副主席，为青海稳定与建设鞠躬尽瘁

喜饶嘉措参加新政权建设后，感触颇深：“国民党对老百姓不好。共产党对老百姓好……所以我拥护。”1949年10月，新中国成立了青海省人民政府，喜饶嘉措担任第一届省政府副主席、文教委

员会主任及西北军政委员会委员、西北民族事务委员会副主任等职，坚决拥护党的领导，积极投入到恢复国民经济的工作中。

首先是化解地方矛盾。因历史上的汉藏隔阂，加上反动势力的挑拨离间，青海尖扎县的千户项谦藏族部落和驻军不断发生冲突，为促进民族团结，尽量减少不必要的斗争，青海省人民政府决定委派十世班禅和喜饶嘉措大师为代表，劝降项谦，大师先后 17 次前往说服，终使项谦认清形势，放下武器。

其次是稳定民心。1952 年，原西康白马格地区一些人以经书的形式散布谣言，一时人心浮动。针对此种情况，喜饶嘉措先后发表了《驳白马格预言记》《驳假预言、扫除黑迷雾的智慧太阳之光》及《先行的书信——甘露珠》等文章，从佛教经论角度批驳反革命谣言，稳定了民心，安定了社会秩序。大师此举受到了刘少奇的当面称赞："喜老，你的文章写得好。"

再者，协助中共落实各项改革举措。比如在青海推行农业合作化期间，有很多藏传佛教僧侣担心将寺院的土地并入合作社之后，寺院的收入会大幅减少，寺院生活的物质保障也会减少，进而会影响僧侣们的宗教生活。喜饶嘉措指出："共产党和人民政府的一切措施都以人民的利益为准绳，没有任何怀疑和顾虑的必要。在土地所有制改变之后，共产党和人民政府将有新的安排，解决喇嘛的生活问题。"他的讲话对消除宗教界人士的顾虑起到了很大的作用。

为西藏和平解放奔走呼号，与分裂分子坚决斗争

1950 年，中共中央决定和平解放西藏，喜饶嘉措大师马上表示坚决拥护中央决定。他不断给西藏的朋友、弟子学生等写信，并通过广播用藏语向西藏地区进行宣传讲话，不断向西藏地方政府僧

俗官员解释国内外的局势变化，向他们宣传新中国的民族宗教政策，希望他们能早日认清形势，派代表与中央政府谈判，争取西藏的和平解放。他的种种努力对西藏各界产生了非常大的震动，对消除西藏地方政府的种种疑虑，争取西藏上层的人心非常重要。也正因为如此，大师的讲话稿出版后，西藏上层统治集团将其视为洪水猛兽，严禁在西藏地区传播。

1951年，经过多方努力派出阿沛·阿旺晋美率领的代表团到北京参加与中央政府就和平解放西藏问题的和谈。代表团北上途中路过西安时，喜饶嘉措特意安排了与阿沛·阿旺晋美的深入交谈："据我一年多来的观察，毛主席、共产党是伟大的，他们制定的各项政策是好的，尤其是对待少数民族的政策是正确的，你们完全可以信赖，由衷地希望谈判成功。"大师的种种努力，对"十七条协议"的顺利签订无疑有着非常积极的影响。

1959年，西藏反动集团违反"十七条协议"，发动武装叛乱，帝国主义也乘机干涉中国内政。面对此种局面，喜饶嘉措旗帜鲜明地坚决反对所谓"西藏独立"，坚决拥护中央政府平叛的决策。他在多个正式场合严肃发言说："西藏地方政府和上层反动集团，勾结帝国主义，纠集叛匪，进行武装叛乱，是一件最可恶的事情。他们违反了西藏人民的意志，背叛了祖国，也背叛了佛教教规，为国法教规所不能容"。

西藏叛乱一度波及青海部分涉藏地区，习仲勋、李维汉、汪锋等同志告诉大师说："青海叛乱了，你家乡也叛乱了，班禅家乡也叛乱了，可是你还跟我们在一起，说明你对共产党是忠诚的。"喜饶当即表示要回青海去做工作。这年他在青海省人代会上曾做了长篇讲话，详细地阐述了党和政府对反革命叛乱的政策，随后他又四处奔波，为平叛和教育藏区群众做了大量工作。后来在全国最高国务会议上,毛泽东专门找大师谈话,称赞他对平息叛乱所做的努力。

主持中国佛教协会,促进佛学研究,加强国际交流

喜饶嘉措不仅忠诚爱国,而且实心为教。建国后,他时刻不忘促进佛教发展,传播佛教文化。

1950年,他联合赵朴初、陈铭枢等汉藏佛教界的高僧大德、佛学名宿,共同成立了现代佛学社,并出版发行了《现代佛学》月刊。1953年他与全国佛教界著名人士虚云和尚等人共同发起成立了中国佛教协会。1955年8月,大师被选为协会会长。1956年9月,中国佛学院在北京法源寺成立,喜饶嘉措大师担任了首任院长,他亲自开设了《藏文语法》和《音势论》等课程,为学生们讲授精深佛法,以培养新一代爱国爱教爱和平的佛教人才为己任。同时他还积极响应祖国的社会主义现代化建设事业,号召佛教徒"为创造现实的人间极乐世界而奋斗"。

大师还多次率领我国佛教代表团出国访问,增强与国外宗教界的交流。如1955年应缅甸吴努总理的邀请,对缅甸进行了友好访问;1956年参加在尼泊尔举行的第四届世界佛教徒大会;会后又应尼赫鲁总理的邀请到印度参加纪念释迦牟尼圆寂2500年纪念大会;1958年,参加在柬埔寨召开的第六届世界佛教徒大会;1958年,去苏联参加世界宗教理事会和在瑞典召开的世界和平理事会……。

通过上述友好访问,大师积极宣传我国的民族和宗教信仰自由政策,澄清和批驳国民党和帝国主义对我国宗教政策所作反动宣传的不实之词,受到了有关国家各界人士的尊重和好评。

为民族团结和发展，对“左”的政策直言不讳地批评

喜饶嘉措胸怀坦荡，对成绩他热情赞扬，对缺点或错误，他敢于提意见。

1959年开始，针对甘肃、青海涉藏地区民族工作中存在的问题，大师直言不讳地指出：“在少数民族地区进行社会改革是非常必要的，不改革，就不能进步，也不能发展。现在，改革已经取得了很大成绩，这确是进步、发展的开始，我是非常赞同的。但也发生了一些偏向：(1)在少数民族地区进行社会改革时，一定要注意历史特点、民族特点和地区特点，要切实尊重少数民族的风俗习惯和宗教信仰，这对促进民族团结很有好处。(2)在宗教改革过程中，消灭了封建特权，这对宗教本身确有很大好处。但是有些干部把宗教一律当作封建迷信来取缔，毁坏寺院佛像，不准僧侣念经等等，伤了信教群众的感情。(3)在青海牧业区盲目开荒，破坏草原，对发展畜牧业很不利。(4)为了充分发挥民族区域自治政权效能，应该大力培养和提高民族干部的工作能力，这样才能真正当家作主。”

这些意见和建议，都受到了党和政府的重视。

晚年受到党和国家领导人高度评价

大师于1968年11月1日离开人世，终年85岁。改革开放后，冤案终得昭雪，大师的毕生功绩得到了中共中央的高度任何和赞许。1979年10月7日，青海省人民政府隆重举行追悼大会，纪念大师为党和国家作出的贡献，中共中央、国务院、中央统战部、国家民委等领导同志都为他送了花圈。

1980 年 12 月 19 日，习仲勋、阿沛·阿旺晋美等人在《人民日报》上联名刊发了《爱国老人喜饶嘉措》，高度赞扬大师的一生说："喜饶嘉措是受到人民尊敬的爱国老人，是永远值得我们怀念的诤友，是宗教界朋友学习的好榜样。"

（娄红乐）

参考文献

[1]尕藏加. 弘扬藏传佛教爱国爱教优良传统[N]. 中国民族报, 2020-7-14.

[2]蒋国栋. 习仲勋统一战线理论与实践研究[D]. 中共中央党校, 2019.

[3]阿墨. 喜饶嘉措:功垂汉藏的爱国老人[J]. 新西部, 2014-10-25.

[4]蒲文成. 青海是藏传佛教文化传播发展的重要源头[J]. 青海民族大学学报:社会科学版, 1998(2):1-7.

[5]仁庆扎西. 爱国的佛学大师喜饶嘉措[J]. 法音, 1984-05-30.

西藏和平解放的使者——张经武

张经武，这位曾经军戎一身，家喻户晓的名字，在这个物欲横流的年代，各种文化不断博弈、交融的环境条件下，恐怕许多人对他已经有所淡忘。翻开泛黄的扉页，追寻那雪域高原上历史的足迹，这位在上个世纪中叶，担任过“封疆大使”的张书记，有谁会想到他在对和平解放西藏、加强藏汉民族团结的伟大事业中，维护祖国统一作出了重要贡献呢！

戎马一生，功勋卓著

张经武，1906 年 7 月出生于湖南省炎陵县一个农民家庭。少年时期曾在湖南省国立第三师范学校学习。1926 年，自幼聪明好学的张经武在 20 岁的时候因成绩优异，被在北京招生的黄埔军校和河南的一所军校同时录取。军校毕业后，他在国民革命军担任排长一职，不久，被调任担任师部任参谋长。在军阀混战期间，张经武逐渐认识到旧军阀的种种混乱与黑暗，深为国家和民族前途忧虑。

正当张经武思想苦闷之时，1936 年 6 月，受同在红军大学学习期间的同学张沛清的影响，渐渐对新生的革命星宿——共产党和马列主义理论产生浓厚的兴趣。随即决心投身革命事业。在土地革命战争时期，张经武经组织介绍到河南一所新开办的军校担任学生大队队长，从事宣传革命，壮大革命力量的工作。由于工作出色，张经武很快被发展为正式党员。抗日战争期间，张经武先后担任八路军高级参谋和山东纵队的总指挥，陕甘宁晋绥联防司令部参谋长、晋绥军区参谋长等职务；解放战争时期，张经武曾任晋绥军区、中共驻北平"军事调处执行部"、西北军区参谋长，西安市警备司令部司令员等职务。新中国成立后，张经武在陕西担任过西安警备区司令员、西南军区第二参谋长，中央军委办公厅主任兼人民武装部部长，中央人民政府派驻西藏代表，中共西藏工委书记，中华人民共和国主席办公厅主任，西藏军区第一政委，中央统战部第一副部长等职务。

为和平，奔走于雪域高原

张经武人生最出彩的要数在西藏主持工作的那段辉煌时期。从 1951 年 5 月至 1965 年 9 月，相较于漫长的历史长河而言，犹白驹过隙，但对西藏的发展史来说，这短暂的 15 年却是藏族人民翻身作主，摆脱旧西藏黑暗统治的关键时期，同时也是张经武肩负党和国家历史使命，驰骋雪域疆场、精忠报国的峥嵘岁月。这 15 年，是张经武执行极为艰巨的统战任务，力保祖国边疆领土完整的重要之年，他统揽西藏军政全局、治理涉藏大事，又率兵打仗、筑路生产。很快在困难重重、矛盾交织的特殊环境下扭转了藏区混乱的局面，实现了藏汉人民的团结统一，使藏汉民族关系重回正轨。

昌都战役后，经党中央多方努力，1951 年 5 月 23 日，中央政府与西藏地方政府签订了《中央人民政府和西藏地方政府关于和平解放西藏办法的协议》，简称"十七条协议"。但是该"协议"的道路显得格外坎坷，前后共经历七次谈判，党中央的目的是想把社会震荡降至最低，争取以和平的方式解放西藏。由于旧西藏统治集团长期与帝国主义相互勾结，在协议签订之前西藏统计集团采取"两面派”的做法，一边表面接受谈判，一边里应外和，串通国外扶持力量，企图以达赖出国来破坏西藏和平解放，但旧藏分裂势力始终做了一场“春秋大梦”，在得知以美、英等帝国主义及周边国家的军事援助难以实现后，最终妥协同意来京接受和平谈判，整个谈判过程持续七次，协议内容由原来的十条增加至十七条，最终在党中央领导人的关怀与指导下，西藏地方政府代表团在平等协商的基础上，于 1951 年 5 月 23 日在北京正式签字。

虽然“十七条协议”已签订，但远在亚东的达赖能否回到拉萨按照协议内容履行规定职责确保西藏如期和平解放是摆在中央政府面前急需解决的主要问题。在这关键时刻，党中央总揽全局、运筹帷幄，决定任命经验丰富、身经百战的张经武为中央人民政府驻藏代表，开始他艰苦卓绝的赴藏之旅。

1951 年 8 月 8 日，按照毛泽东的指示，张经武等人乘飞机绕道香港、新加坡、印度，到西藏边陲的亚东，最后抵达拉萨。出发前，党和国家领导人向张经武强调了对藏的民族方针政策及坚持政治立场。在丰泽园，毛泽东与张经武秉烛夜谈，临走时再三叮嘱：“赴藏任务重大，要注意方式方法，统战上层，爱国一家，当前最要紧的一定要说服达赖回到拉萨。”并将亲笔信交给张经武，要求他务必将此件亲手送给达赖。这一举动高度体现了中央人民政府谋求西藏人民的根本利益的大局，努力争取和平方式解放西藏的强烈愿望。

1951 年 7 月 14 日，张经武与随行共 14 人带着随后寄来的许多珍贵礼品，辗转多地终于来到西南边藏的亚东小镇，这是一个旧西藏统治集团与境外分裂势力长期盘踞密谋分裂祖国领土的小镇。张经武深知这个小镇所处地理位置的重要性，积极稳妥地采取了许多民族缓和政策，在坚持原则的基础上加强沟通与交流，如针对中央政府特使采用“升座”相见的古老做法被张经武等人驳回，向旧西藏统治者理清中央政府与西藏地方政府的关系是领导与被领导的关系,这深得藏族人民的及当地官员的认可。7 月 16 日,张经武在东噶寺与达赖见了面,并亲手将毛泽东的亲笔信和“协议”副本及两份很重要的协议附件交给了达赖, 看了信的达赖显得格外高兴。张经武就协议签署过程以及持有的民族态度、民族宗教政策多次向达赖作了详细全面的解释和宣传, 介绍了达赖派代表至京签订协议一事,深得全国人民的拥护,也得到中央政府领导人毛泽东同志高度赞赏。之后,张经武代表中央政府传达了领导人的意见,希望西藏地方政府官员尽快赶回拉萨恢复对藏区社会治理。

张经武不负中央领导的重托, 终于说服以达赖为首的西藏上层流亡政府统治集团回到拉萨。按双方的约定,达赖于藏历 6 月 18 日(公历 7 月 21 日)从亚东启程,于 8 月 17 日回到拉萨。两天后,张经武也从这个小镇出发,由于达赖沿途都要接受各界膜拜,所以张经武先到达拉萨。至此,张经武才如释重负,成功说服达赖回到拉萨的历史意义重大,稳定了当时的局势,为更好地执行“十七条协议”创造了条件。

10 月 1 日,拉萨的天空显得格外晴朗,6000 多人聚集于此,载歌载舞,热闹非凡,数千人的欢歌笑语像尖锐的利剑划破了黎明前的黑暗,一张张火红的脸蛋上洋溢着幸福的笑容,中华人民共和国五星红旗首次在拉萨的上空伴随雄壮的军乐声冉冉升起, 在阳光的照耀下显得那样的庄严, 数百条标记 “和平统一”“和平解放西藏”“驱除帝国主义”字样的横幅在阳光的照耀下那样光彩夺目,张经武发表了催人奋进的讲话, 成功召开了第一次庆祝新中国成立的国庆群众大会。

10 月 24 日,十八军到达孕育拉萨人民的幸福河“拉萨河”,通过张经武坚持不懈的努力, 达赖终于以西藏地方政府和他个人的名义，致电毛泽东主席表示拥护“十七条协议”“并在毛主席及中央人民政府领导下，积极协助人民解放军进藏部队，巩固国防，驱逐帝国主义势力出西藏，保卫祖国领土主权的统一”。

临危不惧，独闯布达拉宫

1951 年，根据“十七条协议”中国人民解放军进驻西藏，开始筹建西藏军区。1952 年 2 月 10 日，西藏军区正式成立，张国华任司令员，谭冠三任政委；3 月 7 日，中央来电，委任张经武为共产党在西藏工作的第一书记。进藏不久，西藏复杂局势再次对张经武提出重大挑战。1952 年 1 月 3 日，以司曹鲁康娃、洛桑扎西为主的少数反动分裂分子仗着人民解放军后勤粮食供给不足的困难局面，伺机煽动敌对分子密谋聚集，四处捣乱，制造帝国主义在我国西藏所谓的伪“人民会议”向中共西藏工委提出请愿，企图采取武装暴力方式赶走驻藏人民解放军，主要目的反对“十七条协议”，根本目的是分裂西藏之心不死。面临这一危急关头，张经武没有被退缩，不顾自身生命安危单刀赴会布达拉宫，他立场坚定，态度鲜明，处理方法沉着、果断，各方面做到有理、有利、有节，将斗争的原则性与灵活性相统一，争取多数，孤立少数，团结一切可以团结的力量，打击妄图分裂西藏的反动分子。

1952 年 3 月 31 日，以鲁康娃·才旺饶登为主的少数反动上层分子利用外国分裂势力在藏炮制的伪“人民会议”，借“祈祷大法会”之机，纠集数一千余人藏军荷枪实弹包围张经武的驻所桑都仓，以武力方式向驻藏部队施压、请愿，狂妄至极，宣称要保持旧西藏的统治社会的制度，要求“汉人的军队滚出去”即中国人民解放军驻藏部队离开西藏。

在这紧要关头，张经武临危不乱，把握形势，迅速作出积极稳妥的安排部署。一是命令警卫班加强警戒,一定避免冲突和流血事件;二是答应让伪“人民会议”分子前来表达意见;三是请来噶厦全体官员，说明拉萨市区严重的混乱状况以及中共工委当前面临的严重威胁;四是至信给达赖,针对严重的反动事件,立即下达命令有效制止。战略上,张经武采取有理、有利、有节的原则,从思想上对伪人民会议代表进行说理斗争与说服教育,让他留下请愿书,回去等待答复;政治原则上旗帜鲜明地指出发生这次动乱的原因是中外反动分裂势力联合谋划的有组织、有计划的一场损害全体藏族人民的根本利益的武装动乱,其性质是牺牲国家整体利益,以分裂祖国西藏为目的一场反社会、反人类、反人民的社会动荡,张经武义正言辞的要求西藏地方政府必须采取有效措施立即制止。随后,达赖书面回复说找两个司官员处理动乱一事。

尽管如此，但形势并未像张经武所要求的那样得到控制,相反,事态进一步恶化。

反动分子企图分裂西藏的阴谋被当众拆穿后,他们仍不死心,对所谓的“请愿书”抱有幻想。4 月 1 日,噶厦几个官员再次来到张经武驻处表达他们的请愿,故伎重演。同样武装包围张经武驻地和解放军办事机构,两千多名僧人冲入拉萨市区,密谋抢劫布达拉宫武器武装自己。在这危急时刻,张经武再次紧急致信给西藏地方政府,分析当前面临的严峻形势所带来的严重后果,要求达赖命令所有噶伦采取有效措施责令所有西藏地方部队、真假僧侣、“人民代表”各自回营,不得随意外出挑拨是非,任意制造民族矛盾。但反动分子们对此不以为意，随即准备对中共西藏工委和军区悍然发动武装暴乱,因张经武等人有所预防而未能得逞。当天,中央来致电张经武作出关于认真谨慎处理好西藏问题的系列重要指示，为下一步处理西藏问题指明了方向。

4月4日，为了从根本制止武装骚乱再次发生，张经武电令西藏地方政府全体官员共商有效制乱事宜，以维护民族团结和巩固社会治安。当晚，达赖即派人前往共议商讨取缔所谓的“人民会议”。同时，党中央肯定西藏工委针对反动分子所采取的措施，并指示张经武等人要支持和爱护达赖，帮助其有效解决好武装骚乱问题，通过张经武同志与达赖共商处理办法以获得更深层次的信任，争取多数，尽量避免武装冲突。

4月6日，毛泽东对西藏工作方针作出指示：认真分析当前骚乱的局势，作出一定程度的让步后在为民谋利方面争取主动，以获得广大的群众基础，同时要责备无理的示威和请愿。中央的系列指示为张经武以后的对藏工作策略指明了方向。

4月7日，根据中央的指示，张经武参加了噶厦会议，会上，张经武公开列举了以少数司曹为主要组织者，幕后有部分西藏地方政府官员支持的伪“人民会议”的四条不可推翻的事实依据，令会场所有人员无可辩驳，这一切做法为以后正确处理好西藏问题赢得了主动。

4月8日，张经武代表中央带上3名人员应邀前往戒备森严的布达拉宫。对此，西藏工委、军区的领导同志都为他的此行的安全担忧。经过深思熟虑的张经武深知这次接触会见的重要性，他说：“不论出现任何情况，去布达拉宫向达赖当面讲明中央的态度和我们的立场，既可以争取团结达赖和教育西藏上层人士，也有利益于广大藏族群众的觉醒。我这次进布达拉宫，有牺牲的可能，但牺牲是为了西藏人民的解放，值得。”展现出了“藐视吴臣若小儿，单刀赴会敢平欺”的英雄气魄。

经过数十日的较量，张经武全面分析工作的形势，制定应对伪“人民会议”可能发生各种问题的措施，并上报中央，得到国家领导人毛泽东的认可，积极妥善地采取有理、有利、有节的斗争原则，揭露了反动分子破坏“协议”、发动骚乱的罪行，撤销了鲁康娃·才旺饶登、洛桑扎西的职务，宣布取缔伪“人民会议”。张经武临危不惧的大无畏精神，沉重地打击了分裂主义者的嚣张气焰，巩固了爱国力量，使西藏的整个形势由动荡转为安定，为后来开展西藏工作奠定了一个良好的基础。在这场斗争中，张经武不避艰险、不顾个人安危，表现出沉着、坚定、果断的胆略和斗争艺术。

平息叛乱，民主改革

1952年那场骚乱被平息后，给西藏人民带来了长时间的安宁。但是西藏上层反动集团死灰复燃。1959年3月10日，公然撕毁1951年5月签订的“十七条”协议，悍然发动了震惊全国的武装叛乱。在党中央的正确坚强领导和西藏人民的大力支持下，人民解放军经过两年多时间，彻底平息了叛乱，并乘势实现了西藏的民主改革。

1956年4月底，西藏自治区筹备委员会宣告成立。会上，没有对西藏各阶层关心的民主改革问题规定具体的实施时间，所持的态度是根据西藏的具体情况，由西藏地方领导人和西藏人民政府协商而定。西藏上层统治集团抓住这一可乘之机，开始了他们的预谋行动，私自密谋将5000多种枪支发给哲蚌、色拉、甘丹三大寺僧侣，密示要维护西藏的地位，反对改革。7月20日，昌都江达地区头人发动叛乱，在川藏公路沿线进行抢劫破坏。西藏地区局部叛乱由此开始。三年后发展为全面的武装叛乱，并将藏历二月一日（3月10日）作为“西藏独立”日；3月20日凌晨，叛乱分子向驻拉萨部队的机关和单位发起猛烈进攻，当时，正在内地开会的张经武和张国华，接到情况通报后立即电告在西藏主持党政军工作的谭冠三，要坚定地依靠西藏百万农奴和广大干部,团结广大爱国进步人士,断然下令反击平叛,并极力争取达赖回头。至此,人民解放军驻藏部队发起反击,仅用两天时间就彻底粉碎了拉萨市区的叛乱,到1961年全部肃清西藏境内的残余叛乱武装,取得了西藏平叛的胜利。

叛乱得到平息，为随后的西藏民主改革创造了良好的政治环境。开展推翻封建农奴主阶级黑暗残暴统治,变革原有的封建领主的土地所有制和政教合一的制度成为历史的必然选择,势不可挡。早期签订"十七条协议"中就明确规定西藏地方政策要顺应人民要求进行自身改革。

1959年3月，在北京的张经武向西藏工委传达了《中共中央〈关于西藏平息叛乱中实现民主改革的若干政策问题〉的指示》,表明过去六年不改的政策不符时宜,要坚决放手发动群众,实行民主改革。5月,张经武回到西藏,开始领导民主改革。按照党中央对西藏工委《关于当前平叛工作中几个政策问题的决定》,张经武根据指示精神,采取边打边改的方法,开始全区的民主改革。首先是他带领工作团队上山下乡,深入牧区,对困难干部和群众嘘寒问暖,开展大量深入仔细的调查研究,科学寻找改革试点,总结经验,制定决策。经过艰苦的努力,从1959年到1961年,西藏的农村、牧区和寺院的民主改革顺利完成,取得了伟大胜利。西藏民主改革彻底摧毁了腐朽、黑暗、残酷、没落的封建农奴制度,实现了西藏社会制度的历史性跨越。民主改革使百万农奴和奴隶翻身作了自己的主人,他们有着充分的民主权利,西藏从此焕发出前所未有的生机与活力。刘少奇曾经一语双关地评价过张经武说:"张经武同志是经过'武',当然是经武之才;可是他在西藏搞过'文',更是经文之才啊!"西藏民主改革的成功,用当时《人民日报》的评论说,这真是人类历史上的人间奇迹。张经武把全部心血和精力倾注在了西藏这片高天厚土15年,他的大爱无疆、为民情怀赢得了西藏人民的热爱。1971年10月27日张经武去世,1979年9月27日,中共中央在政协礼堂为张经武举行了追悼大会,胡耀邦代表中共中央、中央军委致悼词,高度评价了张经武的一生。

(刘培勇)

参考文献

[1]尹家敏. 西藏平叛中的三位中将[J]. 党史博览,2015(12).

[2]徐明. 持节西藏的特使将军张经武[J]. 党史博览,2015(12).

[3]周燕. 中央驻藏代表张经武与西藏和平解放[N]. 光明日报,2011-07-17(07).

[4]切军太. 西藏"人民会议"述评[D]. 西藏大学,2009.

[5]十七条协议形成的前前后后——访中国藏学研究中心当代研究所副研究员王小彬[J]. 黄铺,2013(5).

[6]王业飞. 张经武倾心西藏解放事业[J]. 铁军,2012(4).

[7]王锡堂. 张经武西藏平乱[J]. 湖南党史月刊,1990(4).

开国中将——张国华

张国华，生于1914年，江西省永新县怀忠镇官山村人。15岁参加中国工农红军，1930年加入中国共产主义青年团，1931年加入中国共产党。在他44年的革命生涯中，有17年是在西藏度过的。他为西藏的解放和建设作出了巨大贡献，人称“佛光将军”。

“高高兴兴去西藏”

1950年1月，中央开始着手西藏和平解放战略，决定派出一支部队向西藏进军。这是新中国实现祖国大陆领土主权统一的关键一步。正在苏联出访的毛泽东主席特地指示：“西藏人口虽不多，但国际地位极重要，我们必须解放，并改造为人民民主的西藏。……由青海及新疆向西藏进军，现有很大困难，则向西藏进军及经营西藏的任务应确定由西南局担负。”执行如此艰巨的任务，该派哪支队伍，由谁领军，事关重大。经过慎重考虑，西南局决定将此重任交给由张国华率领的第十八军。

张国华是刘伯承、邓小平麾下的一名虎将。他自井冈山投身革命后，参加过中央苏区的历次反“围剿”作战和二万五千里长征。抗日战争中，历任115师独立旅第二团政委、115师第434旅黄河支队政委、115师教导第四旅政委兼鲁西军区湖西军分区政委、冀鲁豫军区第四军分区政委兼地委书记。日本投降后，调任晋鲁豫野战军（司令员刘伯承，政委邓小平）第一纵队副政委、第七纵队副政委、豫皖苏军区司令员、第二野战军第五兵团第十八军军长。从林聂身边到刘邓手下，张国华始终能征善战，是军政兼优的干才，有“不战而屈人之兵”的本领。

接到进藏任务以后，十八军召开了誓师大会，司令员张国华发表了激情洋溢的讲话。他说：“过去我们能协同兄弟部队解放一个省会，消灭几万敌人，就兴高采烈，觉得很了不起。而现在进军西藏是以我们十八军为主，不只是解放一个省会，而是解放全西藏，把帝国主义势力赶出西藏，完成统一祖国大业。还要由我们到那里去建党，开创党的工作，这还不值得我们自豪吗？进军西藏确实很苦，以解除人民痛苦为己任的解放军能眼看人民苦难而不管吗？”张国华的讲话让全体官兵充满力量，大家都“高高兴兴地去西藏”。

正当张国华准备进藏时，他不满 3 岁的大女儿难难感染肺炎，他无暇照顾。等他开完会赶回家时，女儿已经离开人世。十八军政治部主任刘振国对张国华说：“难难是我们十八军进军路上的第一个牺牲，我们会永远记住她，永远怀念她！”张国华没有说一句话，他强压悲痛，依旧为准备进藏日夜奔忙。

张国华的妻子樊近真是当时稀缺的财经人才，组织决定让她也随军进藏参加组建银行的工作。但是，女儿的离世对她打击很大，而她当时又怀孕了，对此事很犹豫。张国华对她说：“共产党员不能计较个人利益。到西藏那样艰苦的地方去，困难肯定很多。但党的事业需要你，你是共产党员就应该去。”听了他的话，樊近真决定服从组织决定，把一岁多的儿子留在了川西，带着身孕加入到进军西藏的行列。

全面做好入藏准备

十八军是一支有着光荣历史和优良作风的队伍，出了名的不怕苦不怕累不怕死。然而，接到进藏任务后，还是有部分官兵产生了顾虑和紧张心理。张国华知道，这是因为大家对西藏不了解引起的。根据西南局的指示，张国华迅速领导成立了政策研究室，着手对藏族的政治、经济、军事、文化、社会情况和宗教信仰、风俗习惯、政教问题等进行调查研究，作为制定政策的依据。政策研究室以第十八军副政委王其梅为主任，聚集了40多名熟悉西藏情况的人才。经过争分夺秒的工作，短短两个月之内，政策研究室就写出了《西藏各阶层对我们进军态度之分析》《对西藏各种政策的初步意见》《进军康藏应该注意和准备的事项》《英美帝国主义干涉西藏问题之趋向和我之对策》《进军守则》《藏人的风俗和禁忌》等文件，供军部制定进藏政策参考。为加强民族宗教政策和纪律教育，保护群众利益，张国华还亲自领导制定了《进军西藏守则》。

除了思想政治教育和军事体能训练，部队对藏语学习也十分重视。邓小平曾叮嘱张国华："各级都要动员起来学会几句藏话。要沟通和藏民的语言，便于接近他们，了解他们，便于开展工作。不懂藏话，一到西藏你就成了聋子，就要吃亏。"然而，掌握一门新的语言谈何容易，更何况当时十八军的不少官兵连学都没上几天。为了提高战士们的学习热情，张国华带头学起了藏语，他在随身携带的笔记本上，记录着藏文字母、韵母、简单拼音法以及藏汉文对照的各种词汇、日常用语等，一有空就翻出来读一读，一遇到会藏语的同志就学上几句。在他的感召下，全军上下克服身体疲惫、文化基础差、学习材料匮乏等种种困难，靠手抄教材字典、相互问答测验、编快板和顺口溜等土办法，用了不到两年时间，就基本攻克了藏语关。直接的语言交流，让藏族人民对这群“嘉萨巴”（藏语，意为“新汉人”）好感倍增，进军西藏、经营西藏的任务也完成得更为顺利。在十八军进藏的准备工作中，张国华广泛网罗人才，为进军西藏打下了坚实的人才基础。为充实政策研究室人才队伍，张国华招揽了著名的四川华西医科大学社会系主任兼边疆研究所所长李安宅教授及其夫人于式玉，著名的蒙古族藏语文学者谢国安和他的女婿刘立千等人。他推荐自愿申请进藏的原二野司令部作战处处长李觉为第十八军第二参谋长，邀请原第十七军宣传部部长夏川到第十八军担任宣传部部长，将精通英语的宣传干部乐于泓调回部队，让他负责入藏后的外事工作。对于藏族干部，张国华更是视若珍宝。长征时期参加红军的藏族同志天宝从内蒙古调到了第十八军。国家民族事务委员会藏族研究班的30多位学员也调过来了。张国华亲自迎接他们，举办座谈会，仔仔细细记录下他们的名字和籍贯，谁是党员，谁是团员等，还亲自过问他们的生活安排。各方面人才的加入，使得出征前的准备工作做得更加充分。

政治重于军事，补给重于战斗。

从人数和装备上说，人民解放军的军事实力远在藏军之上。但是中央从一开始就定下了和平解放西藏的总基调，这就决定了，在十八军的进藏过程中政治任务比军事斗争更重。

因此，张国华特别重视统战工作。1950年6月，为做好西康夏克刀登、降央白姆、邦达多吉3位上层人士的统战工作，张国华专门举行了一次上层人士座谈会，热情地招待了夏克刀登等人。张国华高度肯定了夏克刀登等人在红军长征时同朱德、刘伯承在甘孜密切合作的历史功绩，真诚地表示要和他们结成好朋友，令他们十分感动，当即表示尽全力支援十八军进藏。

部队纪律作风也是十八军的建设重点。在以往的战争中，都是靠根据地人民的自愿支前解决部队给养问题。但是这一次,中央考虑到西藏特殊的民族关系和落后的生产力,规定十八军“进军西藏,不吃地方。”因此行军途中的所有给养都只能靠后方运输和自己驮运,但是山高路远,断粮成为常事。在这种情况下,张国华下达命令,哪怕忍饥挨饿,也必须秋毫不犯,而且还要想方设法给群众做好事。他将部队“满缸运动”的传统延续到了行军途中,即部队要给住的房东家把水缸天天挑满,打坏一个瓦罐也要用银元赔偿。共产党领导的人民解放军与以往各路军队完全不一样的优良作风,消除了长期以来当地藏族百姓对汉人的恐惧和排斥心理,赢得了人民群众发自内心的欢迎和支持。

当时解放军面临的最大敌人并不是藏军,而是西藏特殊的地理环境。战士们要在高原缺氧环境下行军,西藏水系发达,趟冰河是常事,战士们脚底的肉都被打湿的鞋袜粘连上了,却依然要跟上队伍的行军速度,负重翻越四五千米的高山时更是有不少战士长眠在雪山之上。面对各种困难,张国华、谭冠三等高级干部丝毫不搞特殊,坚持与普通士兵一样行军走路,不仅赢得了将士们的爱戴,更有效鼓舞了士气。

就这样,十八军在张国华军长和谭冠三政委率领下,以惊人的毅力,顽强的意志,战胜了各种难以想象的困难,迅速向西藏推进。

交战金沙江,以打促和谈

按照毛主席定下的方针,西藏最好不打,优先考虑和平解决。但是,西藏上层集团无意与中央政府和谈,他们在西方帝国主义势力的授意下,一方面要求各地方官员抗拒解放军进藏,另一方面在金沙江沿线加紧部署兵力,在西藏东大门昌都陈兵8000余名,几乎赌上了藏军全部主力。

1950 年 9 月初，张国华到达甘孜，组成第十八军前方指挥部。他与著名高僧格达活佛进行了亲切的会谈，格达活佛当即决定奔赴拉萨，试图利用自己的影响力劝说噶厦地方政府放弃抵抗，参与和谈。没有想到的是，格达活佛刚到昌都就被英国特务和反动分子毒死了。事已至此，昌都是不打不行了。张国华主持召开了西藏工委扩大会议，告诉大家：毛泽东主席对 10 月解放昌都寄予很大希望，认为此举可能有助于和平解放西藏问题。会上他对昌都战役做了部署，会后又赴玉隆、邓柯等地，确认了藏族土司、头人对解放军进军昌都的诚意之后，才彻底定下了昌都作战的最后决心。

1950 年 10 月 7 日，张国华下令发起昌都战役。经过 12 天的战斗，十八军副政委王其梅率领先头部队胜利西渡金沙江，随后进驻昌都。这次战役打开了进藏大门，加速了西藏上层统治集团的分化。在共产党的民族政策感召下，西藏地方政府终于接受了中央人民政府的建议，派出以阿沛·阿旺晋美为首的和谈代表团到北京谈判。昌都战役是解放战争大陆最后一战，被刘少奇称作"解放西藏的淮海战役"。

1951 年 5 月，张国华以奉命回京，以中央人民政府全权代表的身份参加和平谈判，经过艰苦的努力，终于达成《关于和平解放西藏办法的协议》。协议签订当天，毛泽东主席听取完张国华的汇报，高兴地说："好哇，办了一件大事，这是一个胜利。但这只是第一步，下一步要实现协议，要靠我们的努力。"毛泽东详细询问了部队的思想生活情况，要求部队尽快进军拉萨。

进驻拉萨，建设西藏

张国华遵照毛泽东主席的指示，率领部队经过长途跋涉，终于在 1951 年 10 月 26 日进入西藏首府拉萨，受到两万多僧俗官员及各界群众的隆重欢迎。1952 年 2 月 10 日,经中央军委批准,成立了西藏军区。张国华任司令员、军区党委第一书记。

西藏得到了和平解放，但是西藏上层分裂主义分子和帝国主义势力祸心不死,竭力破坏民族和军民之间的关系。

他们的第一个手段就是控制粮食,抬高物价,对驻藏部队实行困饿政策,妄图迫使我军不战而退。对此,张国华早有心理准备,他在进到拉萨的第二天,就主持召开了西藏工委、军党委会议,发出"向荒野进军,向土地要粮,向沙滩要菜"的号召。驻拉萨部队投入兵力 2100 余人,在拉萨西郊沙柳地上开荒种粮。当年冬天,仅仅用 17 天就开垦荒地 2300 多亩,几个月就创下了当时西藏蔬菜产量的历史最高水平,第二年秋天,收获青稞等粮食超过 10 万公斤,蔬菜达到自给自足。

"饿走"人民解放军的办法无效,反动集团同时使出了政治手段。他们纠结了一批无业流氓,炮制了所谓的"人民会议"。1952 年 3 月,煽动组织 2000 多人进行武装骚乱,公然要求"西藏独立"和"解放军撤回内地"。西藏军区要求达赖明确表态,妥善处理此事。起初达赖摇摆不定,只答应禁止武装骚乱,却对是否保留伪人民会议一再回避。张国华、张经武等人与达赖多次会面,反复申明十七条协议精神，终于使达赖下令取缔伪人民会议，并将为首的鲁康娃·泽旺绕登、洛桑扎西两人撤职,取得了进藏后第一次政治大较量的胜利。

由于清政府和北洋政府的错误民族政策，西藏两大宗教领袖达赖和班禅之间长期以来存在很深的矛盾，九世班禅被迫流亡他乡,他去世后,达赖方面更是不承认十世班禅的合法地位。为弥合裂痕,张国华等西藏工委主要领导同志根据"十七条协议"精神,对达赖和噶厦以及班禅和堪厅主要官员反复耐心地做工作。达赖终于在1951年9月19日致电班禅，正式承认其十世班禅地位；11月4日又致电欢迎班禅返藏。班禅在中央周密安排下于1952年4月12日返回西藏，同达赖进行了历史性的会见。班禅的顺利返藏，不仅是藏民族内部恢复团结和谐的一件大事，而且在后来维护西藏和平稳定的历次政治军事斗争中，都起到了重要的积极作用。

西藏工委和西藏军区一手着力打击分裂势力，一手努力发展爱国进步力量。张国华亲自到布达拉宫和三大寺看望达赖、僧人和信教群众，按照藏传佛教的仪轨散布施，献哈达。刚到拉萨时，他入乡随俗吃部队磨的粗糌粑，甚至是白水煮青稞、豌豆，而把经过千山万水带来没舍得吃的大米、饼干和罐头送给藏族同胞。张国华还要求官兵把融入藏族百姓作为一项重要的政治任务，想方设法替他们治病、干活、提供农具和种苗，还给他们发放贷款，传授农耕技能。藏族群众把解放军称为“金珠玛米”，意思是“拯救苦难的菩萨兵”。

1956年4月，西藏自治区筹备委员会成立，达赖和班禅分别担任正副主任，张国华任第二副主任。9月，张国华出席党的第八次全国代表大会，介绍了西藏和平解放以来各方面的发展情况。对西藏社会改革的敏感问题，他认为，改革所必需的若干必要条件“显然还不是完全具备”，提出“改革的开始还需要在一个较长时间之后”。1957年春，中共中央经过慎重研究，决定采纳张国华等人的意见，西藏在第二个五年计划期间不进行社会改革（即六年不改）。

“六年不改”是对西藏上层作出的又一次重大让步，却让少数上层分裂分子错误地认为中央软弱可欺，妄图进一步阻挠改革，达到永久保留西藏政教合一农奴制的目的。1959年3月，反动势力在拉萨发动武装叛乱，还蔓延到西藏其他一些地方。张国华根据中共中央和毛泽东主席的指示，立即指挥平叛作战，叛乱很快被平息，达赖等分裂分子窜逃至印度，至此，阻碍西藏社会改革的顽固势力基本被清除。

很快，在中共西藏工委的领导下，西藏各地实行了轰轰烈烈的民主改革。张国华和工委其他领导同志一道深入发动群众，宣传民主改革。个别地方存在不顾条件急于创办合作社的做法，张国华从维护团结稳定的大局出发，从西藏当时的生产力和人民需求出发，严肃检查纠正偏差，保证了民主改革的顺利进行。

反击印度，守卫边境

从 1952 年至 1962 年，印度不断蚕食我国领土，中国政府一再克制忍让，向印度政府提出交涉，力争通过和平谈判解决两国间“悬而未决”的事情。然而，1962 年 6 月，印军公然围攻我军哨所，党中央果断决定开展对印自卫反击战。张国华被任命为前线总指挥。此时，张国华刚参加完中央七千人大会，留在北京治病。接到命令，他立即动身返藏，当天就召开了军区常委扩大会议，传达了中央军委紧急会议精神。第二天，张国华翻越五千多米的高山，穿越山高林密的悬崖，率领部队奔赴前线。病本就没好的张国华在行军途中发生高原反应，头痛欲裂，警卫员提出要用担架把他抬过冰峰山口，他拒绝了：“这是在打仗，让战士看到了会有什么影响！”坚持和战士一样徒步。将士们闻言，士气大振。

张国华指挥部队在东西长达 21 公里的战线上发起对印反击。他制定了缜密的作战计划，兵分多路，用迂回后方突袭和正面猛火进攻结合的方式，打得印军落花流水。短短一个多月，就歼敌 3 个旅，生擒王牌旅准将旅长达尔维，击毙准将旅长辛格，毙俘敌军 7000 余人，取得了战役的绝对胜利，张国华也因此役获得“战神”之美誉。

张国华在西藏孜孜不倦地工作了17年，对西藏的革命和建设事业做出了不可磨灭的贡献。由于常年劳累，1972年2月20日，他因心脏病突发，与世长辞，年仅58岁。周恩来总理等党和国家领导人亲自到北京西郊机场迎接他的英灵。毛泽东主席很赞赏张国华，曾多次在公开场合诙谐而亲切地称他为“井冈山”。对于张国华的早逝，毛主席也非常痛惜。在中央召开解决四川问题会议期间，来京参会的四川同志要求毛主席接见，由于张国华逝世不久，毛主席感叹地说：“不见了，再见也见不到张国华了。”

（刘培勇）

参考文献

[1] 王贵, 张小康. 张国华与和平解放西藏 [J]. 中国西藏, 2014(6):36-40.

[2] 金一南. 当我们讲党性时, 是在讲什么--张国华进军西藏 [J]. 上海支部生活, 2016(5):38-39.

[3] 阴法唐. 张国华: 西藏三大战役的主要指挥者 [J]. 百年潮, 2015.

[4] 黄惠运. 解放西藏的将军张国华 [J]. 党史天地, 2003(09):20-21.

[5]车淑芳. 西藏区委第一书记——张国华[J]. 中国故事:纪实版, 2014, 000(002):87-101.

[6] 吴肇贵. 保卫西藏边防的英雄战将张国华 [J]. 党史文苑, 2011(17):34-36.

献身雪域树丰碑——谭冠三

谭冠三，中国共产党优秀党员、中国人民解放军卓越的政治工作者。1908 年生于湖南省耒阳县，1985 年去世。十几岁就跟随兄长参加地方农民运动和武装斗争；二十多岁率领农民自卫军上井冈山参加毛泽东、朱德领导的工农红军。他参加了开辟赣南闽西中央根据地斗争、第一至五次反“围剿”战争及二万五千里长征，在解放战争中征战南北。1949 年谭冠三调任十八军政委，后来与张国华一起率领十八军进藏，他是第一批在党的领导下为西藏的解放、发展事业作出卓越贡献的奠基人物之一，是“老西藏精神”的倡导者、实践者和杰出代表。

临危受命进西藏，二次长征勇担当

新中国成立了，屡立战功、征战南北的十八军终于可以安定下来了，军政治委员谭冠三将任四川自贡市委书记。1950 年 1 月 7 日夜，谭冠三在赴任途中突然接到刘伯承、邓小平、贺龙三人签署的电报，要求十八军师以上领导干部速到重庆接受新任务。1 月 15 日，在重庆曾家岩西南局会议室，谭冠三坚定地接受了党中央、毛泽东的命令——十八军进军西藏(刘伯承司令员称其为“第二次长征”)。

当时在整个十八军中，谭冠三年龄最大，资历最老，有严重高血压，体内还残存着日本鬼子的弹片，大脑严重受损，妻儿分别三年没有音讯……于己于家，他都有不进藏的充足理由，但他抛开了这一切。

1951 年初，谭冠三率领部队启程。为了使同志们尽快适应藏区生活，消除与藏族百姓的隔阂，到达甘孜后，他积极贯彻军委“思想革命化、生活高原化”的决定，带头吃藏式羊肉，喝酥油茶，抓糌粑，学藏语。下部队检查工作时，不吃米饭馒头，一定要吃糌粑，喝酥油茶。学藏语时，他总是第一个到、第一排坐，克服年龄、身体、口音方言等障碍，真学真做，他的学习态度与精神，感动了藏语授课教师。1951 年 8 月 28 日，谭冠三与张国华率第一梯队离开昌都向拉萨进军，“第二次长征”开始了。过了怒江，进入无人区，海拔高，含氧量只有内地的一半甚至更少，这是“生命禁区”，是“死亡线”！走路难、吃饭难、睡觉难，谭冠三更是难上加难。由于身体残留弹片，时时头痛欲裂、胸口憋闷、全身浮肿……气压低，米饭煮不熟；沸点低，水烧不开；燃料缺乏，恶劣的自然气候条件严重威胁着战士们的生命安全。是糌粑和酥油茶救了同志们，“生活高原化”训练真是英明之举！

昌都到拉萨的一千多公里行程中，战士们横穿藏东北草原，翻过 19 座终年积雪的大山，越过无数个山岗丘陵，涉过几十条冰冷刺骨的冰河，56 个日日夜夜，战士们跋山涉水，忍饥挨饿，1951 年 10 月 24 日，十八军终于到达拉萨河畔，10 月 26 日，在拉萨各界僧俗人民的热烈欢迎下，举行了庄严隆重的入城仪式。

自力更生稳脚跟，西藏旧貌换新颜

到达拉萨当晚，谭冠三满怀激情赋诗一首：“汉将班超斗敌顽，拯民水火戍边关。卅载忠心护西域，定远侯名万古传。茫茫雪山疆域宽，祖国版图岂容奸。驱逐英帝和匪叛，进军宜早不宜晚。大军西进一挥间，二次长征不畏难。数月艰辛卧冰凌，世界屋脊红旗展。男儿壮志当报国，藏汉团结重如山。高原有幸埋忠骨，何须马革裹尸还。”表现其戍边卫国的雄心壮志和长期建藏的决心，他是这样说的，也是这样做的。

解放军进藏之初，由于公路未通，部队供给十分困难。由于缺粮少衣、蔬菜匮乏，战士们“每天以大米、干菜、代食粉、压缩饼干维持生活”，很多同志开始出现厌食、嘴唇干裂、指甲凹陷、身体浮肿等症状。西藏上层少数反动分子背信弃义，伺机封锁粮食，扬言“要把解放军饿跑”。遵照党中央、毛泽东“进军西藏，不吃地方”和邓小平“补给重于战斗”的指示精神，张国华、谭冠三提出了“开荒生产，自力更生，站住脚跟，建设西藏，保卫边防”等战略方针。军区党委决定“开荒生产、自力更生”。1951 年 11 月 25 日，谭冠三亲自扛着铁锹，率领军直机关全体同志开荒。经过一个多月的奋战，终于在高价买下的拉萨西郊河畔荒滩上，开垦出 2300 多亩土地。这就是“八一农场”，谭冠三任农场第一党委书记兼场长。

1953 年秋收时节，谭冠三特意邀请了西藏爱国上层人士及妇联、青年联谊会的同志们去农场参观。其中有阿沛·阿旺晋美夫妇，还有达赖的母亲等，八一农场周边的藏族群众闻讯后也赶去参观，大家都为十八军创造的“奇迹”所震撼。正如谭冠三所说，“咱们在世界屋脊、风雪高原搞生产，撒下的不仅是萝卜种子，白菜种子，而且是希望的种子，团结的种子，富裕繁荣的种子啊！”在谭冠三同志的带领下，西藏高原成功种出了番茄、辣椒、黄瓜、芹菜、菠菜等十几种蔬菜。军区部队蔬菜绝大部分实现了自给。蔬菜成功了，八一农场又开始试种苹果，谭冠三托人到内地买果苗，请专家指导，他还在住地旁开垦了一个小果园。在他的精心照料下，小苹果园成功了，有一棵苹果树竟然结了两百多斤苹果。

谭冠三说："农场不但要种出好庄稼，还要大力培养建设新西藏的人才。"旧西藏很多贫苦人民的孩子无家可归，流浪街头，他们蓬头垢面、衣不蔽体，虽体格健全却乞讨度日。谭冠三决定把他们招到农场，当做自己的战士来培养，农场第一批就招了 100 多人。白天，谭冠三与他们一起劳动，早晚派专人教他们学习文化知识（根据年龄分组教学）。有时谭冠三亲自给他们上课，讲革命战争故事，讲文成公主进藏，讲汉藏民族团结的历史。我国第一个从北坡登上珠穆朗玛峰的女登山运动员潘多，曾经就是农场的一名工人。上世纪 60 年代初在拉萨附近兴办的澎波农场和林周农场，也学习了八一农场的经验，把农场办成培养藏族农业和科技人员的学校。

旧西藏的拉萨人畜粪便随处可见，苍蝇病菌随风飞舞。谭冠三看在眼里，急在心里。他挑着箩筐，带着警卫员、通讯员和秘书开始了拉萨大扫除活动。他们先搬掉了布达拉宫堆满的垃圾山，然后走街串巷，一条街一条街，一幢楼一幢楼依次打扫，把清扫的垃圾运到西郊农场做肥料，拉萨古城焕然一新。一些熟知拉萨历史的藏民感慨地说，自松赞干布从雅砻河谷迁都拉萨，在 1300 多年的历史里还没有人对拉萨进行如此大规模地清扫，亲人解放军为藏族人民做了一件大好事。为彻底改变拉萨卫生面貌，拉萨公共厕所建造当务之急。谭冠三从文化部、文工团等下属单位抽调一些翻译，再从各部队抽调一些优秀干部组成工作组，在征得噶厦和"郎子辖"（即拉萨市旧政府）的同意后，着手修建公共厕所。这样，在拉萨历史上才开始有了第一批公共卫生间。

部队进藏初期，毛主席即指示，"一面进军，一面修路"，"背着公路前进"。1952 年底，谭冠三任康藏公路西线筑路工程总指挥，统一领导筑路工程。他们与康藏公路东线及青藏公路的全体同志们，以“让高山低头，叫河水让路”的大无畏英雄主义气概，在世界屋脊开辟出万里坦途，在人类筑路史上创造了奇迹，共同构筑起连接汉藏之“幸福金桥”。1954 年 11 月，康藏公路基本完工，11 月 27 日，两路大军在巴河桥胜利会师。康藏公路全长 2416 公里，整个公路的平均海拔在 4000 米以上，途中要翻越 14 座 5000 米以上的雪山，跨越金沙江、澜沧江、怒江等十几条奔腾不息的河流。要通过排山倒海的泥石流地带，越过蜿蜒数十里的巨大冰川，穿过不见天日的原始森林，还有举步维艰的泥沼……据不完全统计，康藏公路上架设了 230 多座桥梁，修筑涵洞 3600 多个，挖掘土方石方 2900 多万立方米，如果把这些土石方垒成 1 米高 1 米宽的墙，长达 29000 多公里，超过了万里长城。

当机立断平叛军，第二故乡西藏情

西藏地方政府和上层反动势力背信弃义，置西藏百姓于不顾，1959 年 3 月 10 日撕毁签订还不到 8 年的和平解放西藏的“十七条协议”，妄图以武装叛乱来解决问题。他们自以为那是叛乱的好时机，因为当时只有谭冠三在西藏全面主持工作，张经武、张国华都在内地开会。叛乱分子判错了形势，轻估了谭冠三的工作魄力和领导才能。在千钧一发之际，谭冠三以大无畏的牺牲精神与担当意识，冒着生命危险保护了阿沛·阿旺晋美一家的安全，同时严格遵照党中央、毛主席的指示精神，站在祖国统一、民族团结的高度，有礼有节先后给达赖写了四封信（第四封信还没有发出，情况就发生了变化。），晓之以理、动之以情，希望他认清形势，迷途知返，不要被人利用。

嚣张的叛乱分子把我军的忍让当作软弱可欺，3 月 20 日凌晨 3 时 45 分，我党政机关受到拉萨叛乱分子的全面攻击，凌晨 4 时，叛乱分子变本加厉，又将我军区大院层层包围。形势万分危急。凌晨5时，谭冠三组织工委、军区负责人召开紧急会议。“打，一切后果由我负责！”谭冠三当机立断作出决定。3月20日上午10时零5分，在叛乱分子10倍于我军人数的情况下，经过52小时的激战，我军取得了拉萨平叛斗争的决定性胜利。谭冠三的担当与智慧，受到毛泽东主席、邓小平总书记、陈毅元帅的高度赞扬。为了祖国和人民的利益，他临危不惧、大智大勇、无私无畏，陈毅元帅说，谭冠三“是西藏的功臣啊”！后来，谭冠三到北京向中央汇报西藏工作情况时，邓小平再次对谭冠三给予高度肯定，“站在青藏高原上搞政治工作，你是名副其实的高屋建瓴啊！”

1959年3底至4月下旬，在谭冠三的组织带领下，西藏工委、军区干部，分别到墨竹工卡县农业区、当雄县牧业区、哲蚌寺等地进行调研，并主持草拟了“西藏工委关于当前平叛中解散西藏地方政府、接手旧政权、做好农牧区工作等方面的政策决定”。其主要内容是：一是根据农区、牧区、寺庙、城镇等不同情况，采取不同的方法步骤；二是对参加叛乱与未参加叛乱的三大领主采取不同的政策；三是团结爱国僧尼。5月31日，中央书记处召开会议审议西藏工委拟定的《关于当前在平叛工作中几个政策问题的决定》（以下简称《决定》），并作出批示，“目前西藏地区的任务是，结合平息叛乱的斗争，采取边打边改的方法，完成全区的民主改革”，后来很长一段时间，《决定》成为推进西藏工作的纲领性文件。

1962年对印度自卫反击战中，张国华任前线指挥所司令员，谭冠三任基本指挥所政委，负责后勤工作，在他们的带领下，战士们发扬“一不怕苦，二不怕死”的精神，击溃了敌人的入侵。对印自卫反击战结束后，谭冠三因过度操劳，严重的高血压引起眼底出血，健康受到严重威胁，他再也不能继续在西藏待下去了。中央要求他必须回内地治病，可他人回去了，心却始终在西藏。在一次党小组会上，他和蔼而又严肃地对身边的工作人员和医生说："中央决定我在内地继续养病，你们已照顾我很长时间，西藏比我更需要你们，你们还是回西藏吧。希望同志们继续发扬吃大苦、耐大劳的精神，牢固树立长期建藏、边疆为家的思想，努力做好各自岗位上的工作。待我病情好转后，仍要回西藏工作，因为那是我的第二故乡啊！"

1977 年 7 月，近 70 岁的谭冠三同志应邀回藏。进藏后，他激动万分，一刻也不停留，作报告，慰问战士，看望朋友及拉萨民众。他重返农场，抚摸着曾经亲手栽种的果树……过度的兴奋与劳累，他病倒了，回川后便卧床不起。1985 年 12 月 6 日，谭冠三将军与世长辞，终年 78 岁。谭冠三弥留之际唯一的心愿是将骨灰送回他的第二故乡西藏。按照他的遗愿，1986 年 8 月 1 日，谭冠三同志的骨灰安放于拉萨西郊八一农场。原军委副主席、国家主席杨尚昆同志在其墓碑正面题词，"优秀的共产党员、忠诚的共产主义战士、中国人民解放军卓越的政治工作者"。

（王明莲）

参考文献

[1] 降边嘉措. 雪域名将谭冠三 [M]. 北京: 中国藏学出版社, 1996.

[2]李光明. 跟随谭冠三将军进军西藏的回顾[J]. 四川党史,2000(02):51-55.

[3]宋佳. 雪山名将谭冠三：谭戎生讲述父亲与西藏的生死约定[J]. 祖国, 2013, (14).

[4] 罗林远. 半个世纪的风雨情缘——记谭冠三和李光明夫妇[J]. 湘潮,2004(05):14-18+1.

[5] 文锋. 谭冠三将军指挥拉萨平叛始末 [J]. 文史精华,2009(05):4-12+1.

[6]罗林远. 雪山名将之歌——西藏平叛中的谭冠三[J]. 党史纵横,2000(06):24-26.

[7]黄禹康. 谭冠三将军的西藏情结[J]. 文史春秋,2008(07):38-41.

[8]谈志兴. 十八军进藏的艰苦辉煌[J]. 文史春秋,2018(05):8-14.

[9]任志伊. 谭冠三:把我埋在拉萨农场的果园里[J]. 文史博览,2017(08):34-35.

[10]孙加夫. 谭冠三带领我们开荒生产[J]. 红岩春秋,2015(07):79.

[11]王锡堂. 开国中将谭冠三的西藏情[J]. 党史纵览,2011(05):18-21.

[12]黄海. 苹果园里埋忠骨——记魂系雪域高原的谭冠三将军[J]. 档案时空,2010(05):15-18.

天路将军——慕生忠

青藏公路，横贯"世界屋脊"青藏高原，被世人称为"天路""神路"，曾经担负着90%的进藏物资运输任务，至今仍然在发挥着重要作用。然而，几人能知这条神奇的天路是由被誉为"青藏公路之父"的慕生忠将军指挥所建。今天这条神路镌刻着慕生忠将军的崇高荣誉，凝聚着将军对高原的无限眷念；这条公路不断给西藏输送着强大的发展动力，永远萦绕着西藏各族人民对将军最深切的怀念。

投身革命，进军西藏

1910年，慕生忠生于陕西省吴堡县寇家塬镇慕家塬村。1930年，上中学时，他受到革命进步人士刘志丹的影响，最终选择投入到波涛汹涌的革命洪流中。1933年，一心向往党组织的慕生忠光荣加入中国共产党，为陕北革命根据地的创建作出了重要贡献。在战争年代，慕生忠浴血奋战，九死一生，身上留下22处伤。

新中国成立后，为完成统一祖国的伟业，党中央领导人作出了迅速从"川、青、滇、新"进军西藏的重大战略决策和部署。1951年5月，党中央和西藏有关方面在北京签订"十七条协议"，西藏得以和平解放。此后，按照"十七条协议"规定，各路人民解放军开始进驻西藏。

以范明为司令员、慕生忠为政治委员的第十八军独立支队官兵、班禅行辕人员1300人，赶着两万多头背驮物资的牲畜，从青海的香日德于8月22日出发踏上了进藏征程。进军途中，慕生忠与战士们同甘共苦，带领战士们严格执行党的民族政策，遵守进军西藏纪律，宣传“十七条协议”精神，积极开展为群众服务活动，赢得了沿途群众的赞扬和支持，为解放军在藏北地区站稳脚跟奠定了群众基础。

十八军抵达拉萨后，西藏上层少数反政府武装分子在国外反敌对势力的教唆下，对党中央委派的进驻西藏的军队实行全方位封锁，企图消灭所有藏部队。进藏部队共约3万人，每天仅粮食就要消耗四、五万公斤。很快，部队补给面临极度困难，每一个战士每天不到4两面的供给都很难保证，当地高昂的粮食和燃料价格让所有进藏部队犯难。

1953年西北局按党中央指示重新组建了西藏运输总队，慕生忠时任运输总队政治委员，全面负责对进藏部队运输上的各种补给事务。运输总队从宁夏、青海、甘肃、内蒙古等地，先后买了两万多峰骆驼，长途跋涉从青海向西藏运粮。由于高寒缺氧和路途艰险，运粮途中，人畜死亡成为常态，一路下来两万多峰骆驼死得就剩下几千头。虽然损失惨重，但从青海、四川两路长途运输的粮食极大缓解了缺粮的困难。

毛泽东主席指示进藏部队，要在西藏站稳脚跟，就要自力更生，开荒生产，这也是驻藏部队和工作人员要解决的重大问题。慕生忠积极响应毛泽东主席的号召，发扬艰苦奋斗的南泥湾精神，带领指战员们到哲蚌寺下的荒滩上安营扎寨，掀起了一场生产自救的热潮。数九寒天，大地尚未解冻，辽阔的荒滩上，遍地是荆棘、石头和树根，一镐挖下去，震得虎口发麻，地上却只溅起一个白点点，冻土下面的石头丝毫不动。慕生忠身先士卒，带领大家克服种种困难，终于征服这千年沉睡的荒滩，开辟出大面积的良田，建起了著名的“七一”农场。

修筑天路，为祖国干一件大好事

慕生忠看着眼前的部队，回想之前经历的种种痛苦与磨难，心想：“再这样下去，部队的牺牲势必很大，进驻西藏的重任肯定完不成”。于此，修筑一条通往西藏的康庄大道势在必行，必须在“世界屋脊”上修筑一条现代公路。此想法一出，就获党中央批准，慕生忠担任了青藏公路筑路总指挥，青藏公路修筑揭开帷幕。

青藏公路平均海拔在4000米以上，河网密布，沼泽绵延不绝，年平均气温只有零下5摄氏度，永冻土层深达120米，空气中的含氧量也不足海平面的一半。试想，在当时生存物资严重匮、人力技术资源极度有限，加上自然环境极端恶劣的情况下要完成这样史无前例的筑路工程，与其说是向自然作艰难困苦的斗争，不如说是向地狱的恶魔发起最后的死亡挑战。

当时修筑青藏公路，没有一个正规测量队、工程队，只有一个工程师。开工前，慕生忠召集全体筑路人员开了动员大会。他在大会上说：“不平常的事业，就是我们平常人干出来的。我们要修一条青藏公路，这是历史上没人干过的一项伟大事业。青藏高原，咱拉骆驼走过，骆驼死了，可人都好好回来了，这里可以生活，可以劳动，我和大家一起，同甘共苦，咱把路修成，也算为祖国干了一件好事。”正如慕生忠将军回忆说的那样：“筑路一家人，不分你我他，一锤十八磅，每人八十下，手上没有泡，不配来当家”。

在修路过程中，慕生忠认为，在困难的情况下要想打开局面，还需要有不怕死的精神，要“置之死地而后生”。慕生忠将“死”的伟大意义镌刻在每个战士的心中，并就地在一把铁镐上烙上了“慕生忠之墓”五个字，视死同归，鼓舞士气。他说，如果我死在这条路上了，这就是我的墓碑，路修到哪里，就把我埋在哪里，头冲着拉萨的方向。

在整个修路过程中，慕生忠与全体战士情同手足、官兵一家，同甘共苦。每每回想当时情景，潸然泪下。

从进藏途中，到进驻西藏后，慕生忠与老一辈进藏部队干部战士、工作人员共同铸造了至今仍然在发挥巨大作用的“特别能吃苦、特别能战斗、特别能忍耐、特别能团结、特别能奉献”的“老西藏精神”，西藏各族群众也从进藏部队的模范行动中认识了解放军，认识了共产党，他们亲切地称呼解放军是“新汉人”，是毛主席派来的“菩萨兵”。

巍巍昆仑驻忠魂

青藏公路的修成得到党中央的高度认可，“天路”的筑成，弥补了青藏高原空白的交通史，无论是对促进边疆地区民族经济的发展，还是政治上的稳藏安心、强基固本，军事上的国家安全屏障，其战略地位非常重要。慕生忠去北京开会时，受到彭德怀的热情款待，彭总司令激动地问青藏公路修筑的情况，慕生忠满怀信心地给出了令人兴奋的答案，不光青藏公路修通了，也连同敦煌到格尔木的公路也被圆满修筑成功。

中央领导人毛泽东出于对西藏安全问题的考虑，也在家亲自接见了慕生忠，并听取了关于青藏公路修筑情况的详细汇报。之后，党中央针对青藏公路提级升档问题开了专题会议，会议由时任中共中央秘书长的邓小平同志主持召开，决定调拨巨资对青藏公路进行提质改造。1955 年，慕生忠再次受命，担任在格尔木成立的青藏公路管理局局长兼党委第一书记，他的老搭档任启明任副局长。

被授予少将军衔的慕生忠刚上任后，立即调兵遣将。把曾经奋战在青藏公路的老将领们，如齐天然、邓郁清、张兆祥、吴葆琨等人集中起来，根据各自能力特长，安排在不同的岗位；又在公路沿线分设了养路段、道班及运输站等。在这青藏公路改造时，慕生忠带领干将们对当初筑路时的一些诸如天涯桥、沱沱河水下桥均再次进行了加固或重新修建。

生当青藏人，死亦青藏雄。1959 年冬，少将慕生忠被造反派以“黑干将”的罪名带走，离开了这条富有传奇色彩的神奇“天路”——青藏公路。1994 年 10 月 18 日，慕生忠在兰州走完他人生的最后一程。弥留之际，他仍眷恋昆仑山上的不朽之路，并嘱咐家人他死后别忘记将他的骨灰撒在青藏一线上。

（叶宏宁）

参考文献

[1]中共海西州委组织部、海西州委党校课题组. 青藏公路之父慕生忠将军开路精神(上/下)[J]. 柴达木开发研究, 2019.

[2]窦孝鹏. 青藏公路之父慕生忠(上/下)[J]. 柴达木开发研究, 2017, (001-002).

[3]何立波. “青藏公路之父”慕生忠将军[J]. 党史纵览, 2007, 000(001):47-52.

[4]戴燕 民族团结视域下的青藏公路建设[J]. 青海师范大学学报(哲学社会科学版), 2018, 040(004):87-92.

[5]苗国厚, 陈璨. “两路”精神在新时代民族团结工作中的作用发挥[J]. 文化软实力, 2019, 004(004):90-96.

[6]李燕燕. 青藏线六十年(纪实)[J]. 神剑, 2015(4 期):65-76.

生命不息，笔耕不辍——任乃强

任乃强，1894 年农历 3 月生于四川南充，字筱庄，我国著名民族史学家、近代藏学研究先驱者之一，1989 年 3 月 30 日逝世。任先生是一位经世致用的学者，也是一位践行实业教育的师者。在近 70 余年的学术生涯中，研究范围广泛、成就卓著。

实业教育谋发展，省立三中换新颜

中国近代知识分子有两类，一类不问政事，埋头读书，欲通过学术建树凸显其价值。一类将自身与国家、社会、民族大业联系起来，经世致用。任先生无疑属于后者。在北平农业专门学校（今北京农业大学）求学时，先生就曾到上海、南通等实地考察过，对实业救国深有感触。1921 年，在张澜先生的邀请下，任乃强回到南充老家，协助张澜办地方自治，任南充县实业局长，同时与张澜先生一起创办了四川省第一所新型中学——南充县立中学，任乃强兼教务主任。为改变家乡贫穷落后的面貌，找到一条适合南充实业发展之路，任乃强再次踏上上海、南通、无锡考察之路。考察归来，先生提出了两个自治计划：一是抓丝织业，二是发展桐油业。在张澜先生的大力支持下，一批专业技术培训班如雨后春笋般在南充中学诞生了。在这些班级中，涉及桑蚕养殖、工艺制作、教育教学等，起初丝蚕班很冷淡，人数极少，为了改变这一现状，先生辞去教务主任之职，深入教学一线。不久，丝蚕班成为南充中学最出色的班级，礼聘毕业生的单位络绎不绝。任先生的实业教育思想及实践，一定程度改变了南充的面貌，使多数青年得以谋生的知识与技能。

一个人的爱国从爱家乡开始的，爱家乡又是从“知家乡”“懂家乡”开始的。任先生为增强学生爱家乡的情感和建家乡的意念，提倡“乡土”教育。在南充中学，任先生首开四川《乡土建设》课程，自编教材，自任讲习。体察脚踏之地、眼见之物、口食之粮、身穿之帛、习守之俗、古今之变等都是先生教材的第一手材料。为不断丰富教材内容，先生日夜劳顿、博览群书，边撰边印边讲，1928 年出版的《四川史地》，就是先生当时教授学生自编的四川《乡土史讲义》，此书从四川盆地地质说起，到四川军阀混战及历史演变，是我国近代第一部系统阐述巴蜀历史及地理沿革的专著，颇具乡土史地研究价值。为此，先生获得“一方名士”之雅号。但他从未因此炫耀过什么，以致于四川乡村建设学院虽长期将此作教材，却不知作者姓甚名谁，直到 1933 年先生任重庆大学教授时，乡建学院负责人方知此书真主人，深感惭愧，遂邀其补讲以示谢罪。随后，其他一些大学也将此书选为正式教材。

1935 年 6 月，受郑献征之荐，先生到四川省立三中（现四川省宜宾市江安中学）任校长。当时此校风气极坏，老师打牌赌钱，学生打架斗殴，连校长都被学生打跑了。任先生一生提倡实业教育，尤其重视学风建设。成功扭转四川省立三中学风，是其教育生涯的一大成就，一生谦逊低调的任先生，也觉得“比较成功”，颇“值得一叙”。首先严整校风，先生从两个关键入手，一是整顿教师“教风”。先生以身作则，树学校廉洁榜样，断然拒收开明书店二百多元“回扣”。与教师约法三章：教书育人做好本职工作；为人师表做学生表率；传道授业师德高尚；二是循序渐进整顿校风校纪，张弛结合，丰富师生课余生活。每周日选取周边一个名胜风景区,老师集体开游山会,可以游山、聊天、唱歌、垂钓、猜谜语、讨论等。学生则琴棋书画、益智类、民俗类活动一应俱全,陶冶情操,激发学生学习热情。省立三中蒸蒸日上之际,情况有变,任先生调离了省立三中,前去成都任四川大学农学院院长。先生本以为事毕可返,继任三中校长,结果事与愿违,未能重返三中。

步测手绘呈地图,川康考察定终身

1927 年,军阀罗泽州占领南充,南充自治事业毁于一尽,先生愤然离去,抵达成都,后被刘文辉委为川康边区视察员。1929 年 5 月至 1930 年 4 月,先生深入川康地区实地考察。

一年间,走遍泸定、康定、甘孜、瞻化等 9 县的边边角角。他结合每个县的地形地貌、气候特点、民风民俗、政治经济状况等撰写考察报告并及时呈报边务处,同时附地图一份。所呈之地图,全是先生亲手测绘。一支粗测高度的气压表(后来测高压表也坏了)、一枚指南针,便是他绘制地图的全部"现代器具"。器具虽原始,地图精确度却极高,与其后陆地测量局之实测相吻合。此次考察,为后来西康省的筹建奠定了坚实基础:一是提供了可靠的设县区划依据;二是科学评估了各县的发展态势及交通问题;三是提出了科学可行的意见建议。同时激发起先生对藏区社会历史、宗教文化、生活习俗等的浓厚兴趣。从此,他将一生的精力投注于康藏史地研究与川边经济开发工作之中。罗哲情措,一个精通藏语,瞻化县上瞻甲日土司夺吉郎加的三女儿(任新建在论文《格萨尔》中言,其应为收养的外甥女)后来成了先生的妻子。

罗哲情措美丽聪慧、好学上进。婚前对汉语汉俗一窍不通,1935 年,任先生做西康建省委员时,她不但能流畅自如地说汉语,而且能用汉语写短文。她管理家务、迎接宾客、接洽事务，协助先生办康藏研究班，筹资、管账，一切应对自如。在她悉心照料下，先生全身心投入学术研究。罗哲深明大义，是非分明，曾冒着生命危险协助刘文辉成功招抚了几家土司，刘甚为感激，授予她宣化员之名，1948 年刘又提名推荐其为国大代表，这可是对罗哲最大的肯定与赞扬。不幸的是，1949 年 7 月，罗哲患病医治无效离世（从小患有钩蜂虫寄生病）。妻子的离世使任先生极度悲痛，从此关闭了康藏研究班以寄哀思。

筹建牧站废“乌拉”，藏学研究树典范

西康蒋特势力对久负盛名的任乃强爱恨交加，先欲拉其加入国民党，被拒后又以《边政公报》高额稿费为诱饵，以每字 20 元的特优稿酬向其约稿，未果。拉拢不成，这帮家伙怀恨在心。

乌拉差役使川藏边区人畜劳顿，百姓苦不堪言，虽然赵尔丰早令废除之，但收效甚微。两次西康之行，任先生深感“乌拉制度”之残酷。1930 年起，他多次向刘文辉建议取消乌拉制度，在南北通道开办联运公司。直到 1935 年先生任西康建省委员时，此项建议才予施行。刘文辉拨款 10 万元，推举先生以建省委员兼经理身份承办此事。建牧站，设牧场，实行联战替运，一程一站，每程不过 60 里，人畜不乏而交通便利。开办牧运训练班培训专业人员，然后派至各县推行牧政、筹备牧站。先生事无巨细，亲力亲为，选站点、购牧畜、建牧站……康定至道孚路段牧运总算开通了。让人痛心的是，刚有起色的牧站联运，后被西康省建设厅厅长叶秀峰侵吞，残酷的乌拉制度又死灰复燃。

1939 年，先生谋得西康省通志馆筹备委员会主任委员一职，正好与先生的川康民族文化研究相吻合，自此，先生终于可以“名正

言顺"地对川藏进行深入考察研究了。他搜集资料的范围更广，还对《格萨尔》版本进行了考证。随着研究的深入，先生越发认识到"地方志"的重要性。1940 年先生担任西康省通志馆筹集主任时，完成了《西康通志纲要》(一卷)的编撰工作。1941 年春，先生以"纲要"为蓝本，编授了"康藏史地讲义"，后整理成《康藏史地大纲》。大纲于 1942 年雅安健康日报社出版，社会好评如潮。

从某个角度来说，任先生开启了我国康区研究的序幕。之后，人类学家李安宅、中央博物院专员马长寿、康藏研究专家谢国安等深入康藏边区考察研究，进一步为我国康藏研究奠定了基础，建构起研究的基本框架。1943 年，先生受华西大学之聘，兼任学校边疆研究所研究员，随校考察团第三次赴康北考察。先生着重对当地寺院及土司进行研究，撰成《德格土司世谱》。又从宗教与政治的关系，完成《喇嘛教与西康政治》等文，对康区土司制度演变及藏传佛教的发展提出了诸多真知灼见。

1946 年，先生转任四川大学教授，其间，先生创办了我国第一个藏学民间社团，康藏研究社，自任理事长，同时，创办了《康藏研究月刊》，自任主编，为我国藏学研究工作做出了巨大贡献。岁月艰辛、物资匮乏，刊物运行极度困难。1949 年 9 月，创刊 29 期的《康藏研究月刊》停办。人们不会忘记，《康藏研究月刊》开创了藏汉学者联合研究藏学的范例。

献策献力显真情，笔耕不辍为哪般

1950 年 1 月上旬的一天下午，先生正在四川大学农经系上课，解放军西南军区副参谋长李克夫将军突然到访，任乃强先生十分诧异。课后二人相见，李说："第一野战军肩负着解放西藏的任务。听说任先生写了不少关于西藏的书，故专程求教。"先生闻之甚喜，即刻将李将军引至藩署街家中。先生考察川藏时,源于纠谬、匡正之使命,决定重新绘制康藏地图。经过 15 年漫长岁月,先生经过步测手绘,查阅大量图籍资料,从古至今、汉藏结合,中外参照,1943 年大功告成,当时国内最精确、最具权威性的康藏地图诞生了!康藏地图比例为百万分之一,内容详实,包括康藏标准全图和西康各县分图。李克夫看了地图,带走了几本《康藏月刊》和其它一些书籍。又速返,曰:“贺龙司令员请您去面商,已经派专车来接您了。”原来,贺龙主要是来向任先生请教进军西藏的有关问题。任先生根据多年进藏经验,推心置腹谈了自己的想法,提出了 4 条进军西藏参考路线:一是巴塘,二是德格,三是邓柯,四是青海玉树;建议齐头并进,主力放在德格;主张和平解决问题,武力攻城乃为下策等一系列极具参考价值的意见建议。先生以“刘文辉未用一兵一卒,就把康藏局面稳定而使蒋介石无可奈何”为例,强调在西藏立下脚跟,保护寺庙、团结爱国僧尼至关重要。贺龙司令员听后深受启发,道:“我们一定要保护寺庙,宣布信仰自由,这绝不是权宜之计,而是我们党的一贯政策。”

为了赶制地图,贺龙将他从胡宗南处接收的测量队和四川测量局 40 多名工程技术人员全部交给任先生,让他第二天马上开始绘制地图,越快越好。任先生一边组织少量人员继续绘制顾颉刚先生交代的五十万分之一的康藏地图,同时组织大量人员翻绘旧图。经过 20 多个昼夜劳作,成功缩绘出巴塘到拉萨、日喀则的二十万分之一的地形图。清朝末年测绘的模糊不清的十万分之一路线图可以退出历史舞台了!由于以前西藏地名叫法各异,名字不统一,为了便于使用,任先生对每幅地图附上详细说明,然后呈交上去。任先生虽然没随军进藏,但他为解放西藏做出了特殊贡献,贺龙元帅、张国华军长对此高度赞扬。1981 年西藏庆祝和平解放 30 周年之际,87 岁高龄的任先生饱含深情写了《回忆贺老总谈解放西藏》,《西藏文艺》将其特列为首篇发表。

十一届三中全会后，先生的冤案得到彻底纠正，压在头上的"右派""学阀"帽子被搬掉了。85 岁高龄的先生以超人的精力,自晨至昏,笔耕不辍,再次开启新的研究征程。他将清末督办川滇边务大臣赵尔丰的奏稿,和在西康工作多年,心系家国情怀的刘赞廷之《三十年游藏记》，及清末代理川滇边务大臣傅嵩林的关于西康的纪实性著作《西康建省记》,三稿合纂成书,并加以详细注释说明。同时独辟蹊径，创造性地把历史地理学和地质勘探学结合起来研究,完成《采金刍议》《四川的黄金》两册论著。当时国务院副总理王震对《采金刍议》极为赞赏,将此事上报中央,1978 年 5 月 5 日,我国组建了一支黄金部队,四川建了一个师,后来,部队按照先生著作指引,真的发现了金矿。任乃强先生历经晚清、民国和新中国三个时代,命运多舛,然挫而弥坚,笔耕不辍,直到 1989 年 1 月入院前,仍伏案工作,可谓壮士暮年,雄心不已!

（王明莲）

参考文献

[1]任乃强. 回忆贺老总召谈解放西藏[J]. 中国藏学,2001(04):138−144.

[2]任新建,杜永彬. 传奇坎坷 博大精湛 经世致用——任乃强的生平、学术和思想[C]. 四川大学中国藏学研究所、四川省社会科学院四川省康藏研究中心、中国藏学研究中心历史所、西南民族大学民族研究院.任乃强与康藏研究学术研讨会论文摘要.四川大学中国藏学研究所、四川省社会科学院四川省康藏研究中心、中国藏学研究中心历史所、西南民族大学民族研究院:四川大学中国藏学研究所,2009:26.

[3]任新建. 任乃强先生对西康建省的贡献[J]. 西南民族大学学报(人文社科版),2010,31(10):51-57.

[4]何洁,任新建. 在重庆、江安的教育生涯及教改意见——任乃强《筱庄笔记·身世录》录注(四)[J]. 中国藏学,2018(02):91-102.

[5]徐振燕. 任乃强的西南图景[D]. 中央民族大学,2011.

[6]任新建. 任乃强与《格萨尔》[J]. 康定民族师范高等专科学校学报,2005(05):7-10.

[7]邹立波. "任乃强与康藏研究学术研讨会"综述[J]. 西南民族大学学报(人文社科版),2009,30(11):301-302.

[8]杨嘉铭.现代康藏研究的奠基人——任乃强[C]. 四川大学中国藏学研究所、四川省社会科学院四川省康藏研究中心、中国藏学研究中心历史所、西南民族大学民族研究院.任乃强与康藏研究学术研讨会论文摘要.四川大学中国藏学研究所、四川省社会科学院四川省康藏研究中心、中国藏学研究中心历史所、西南民族大学民族研究院:四川大学中国藏学研究所,2009:12-20.

[9] 杨鸿儒. 辛勤耕耘一生的任乃强教授 [J]. 西藏研究,1991(01):133-144+132.

雪域边陲，父子尽瘁——谢国梁

自清末以来至新中国成立的数十年间，诸多仁人志士为捍卫西藏主权，维护国家统一而不懈努力，其中不少人慷慨捐躯，尽瘁边陲，其奋斗之艰卓，牺牲之壮烈，值得后人永远景仰。其中，谢国梁一生两次赴藏，可谓穷尽心力，矢志藏事，并最终与他儿子相继牺牲于挽救西藏危局的万里征程中，事虽不功，但他一片赤诚的爱国精神，感人至深。

戍守高原，抗击侵略

谢国梁，(1868–1930年)字庭树，湘乡莲花六都丰冲(今湘乡市栗山镇新丰村)人，清同治七年生，父明焕公。国梁生性聪颖好学，幼时过继给叔父(湘军提督谢汉南)为子，因目睹甲午战争、甲申战争时势，痛心疾首，渴望觅求富国强兵之道，以挽救国家厄运，于是毅然舍弃制艺科举，于光绪二十四年(1898年)离妻别子入浙江武备学堂。光绪二十七年以最优等毕业，历任新军哨官、升旗官、督队官，三十年奉调入闽(今福建省)任电光山炮召督召官，迁炮科学堂提调及教习。

1904年，英军发动了第二次侵略西藏的战争，一直打到“圣城”拉萨。侵略者气焰嚣张，在布达拉宫逼签《拉萨条约》，而后得意地鸣炮庆贺。为保卫西藏、应对边疆危机，朝野上下都呼吁训练新式陆军。谢国梁被驻藏大臣联豫调往拉萨,1908 年创办了武备学堂,1909 年招募藏族青年组建了一个营的新军,并亲自出任管带。第二年,十三世达赖喇嘛逃往印度,波密又出现变乱,西藏形势严峻。谢国梁带领新军营,统率着洛隆、硕般多、边坝等地的藏军参加战斗。他和汉藏官兵们浴血奋战,共同维护了西藏领土完整。1911 年,中国军队进驻中印边境地区,在边界地区树起龙旗,立上“清帝国边界”的界标,英国的远征队只得悻悻离去。在征战西藏的戎马生涯中,谢国梁与藏族官员、士兵相处得非常融洽,还娶了一位藏族姑娘。

辛亥革命爆发和中华民国成立的消息传到西藏,一部分新军首先起事响应,但新军内部派系林立,相互仇杀,一些士兵还借机大肆抢掠。在这种情况下,一些西藏贵族官员组织起武装,与清廷驻藏官兵进行对抗,英国入侵者则乘机挑拨,西藏地方的局势更加混乱。

在拉萨的谢国梁不愿意看着同胞们自相残杀,便辞去军职,带着家眷到当雄避难,途中行李物品也被乱兵洗劫一空。拉萨的藏军觉得他与藏族官兵关系良好,希望他带兵对抗清军,于是得知他的去向后便包围了他的住处,逼着他回到拉萨,出任“总司令”。他不愿再看到骨肉相残的局面,坚决不答应。而藏军也不想伤害这位劫来的“总司令”,反而给予优待。

1913 年初,清朝驻藏官员、军队撤离西藏,十三世达赖喇嘛也回到拉萨。他非常敬重谢国梁,为他摩顶,希望他留下来,帮着训练藏军。谢国梁为十三世达赖喇嘛翻译中华民国中央政府的公函,劝他拥护中央,同时也一再明确表示不愿留下任职。十三世达赖喇嘛不好再勉强,谢国梁便告别了他的藏族妻子,踏上了归途,经印度返回内地。

1913年10月，谢国梁回到北京，报告了在西藏的经历，澄清了担任藏军“总司令”的事实，随后被派到陆军部任职。此后，他很希望西藏与祖国内地关系能日益亲密，也希望早点回到自己戍守五年的土地，与拉萨的家人团聚。但是，英国密谋召开西姆拉会议，企图把西藏变成“缓冲国”。1918年前后又发生川边、西藏军队之间的冲突，使西藏地方与中央政府的关系一度疏远。对此，谢国梁一再向北京民国政府提交报告，多次参加过政府召开的“藏事会议”，努力促使中央政府加强与西藏地方的政治、经济联系。他还一再呼吁加强与十三世达赖、西藏地方政府的沟通与联系，反对外国侵略，维护国家统一和领土主权。

主动请缨，再赴西藏

1920年，北洋政府国务院派谢国梁赴甘肃襄办西藏专案，因劳绩卓著，被擢为国务院顾问及外交部藏案讨论会官员。

1924年，广州革命政府经国务会议决议，对西藏地方实行辖治，委派谢国梁赴西藏宣慰，因故未成行。1925年广州革命政府任命谢国梁为善后会议专门委员、国政商榷会会员。

1926年国民政府任命谢国梁为研究蒙藏事宜专员；1929年任蒙藏委员会专门委员，5月，擢升为国民政府行政院参议。当年下半年，达赖派驻北京雍和宫的堪布贡觉仲尼前往南京政府觐谒蒋介石，解释“达赖无联英之事，不过境域相连，不得不与周旋”等三个问题。12月，蒋介石给达赖去信慰勉，国民政府加委贡觉仲尼为赴西藏宣慰专员，带着国府蒙藏委员会拟具的“对于西藏问题如何解决”的八项条款，于1930年2月抵达拉萨，取得噶厦圆满答复。达赖委任贡觉仲尼为西藏总代表常驻南京，表示服从中央。

英帝国主义并不愿意看到西藏地方与中央政府加强联系，

1930 年初利用尼泊尔商人在拉萨的税务纠纷，怂恿尼泊尔提出抗议，扬言全国总动员，派军队进攻西藏。得知这一消息后，谢国梁不顾年老体弱，主动要求调解尼泊尔、西藏纠纷，并回到西藏加强联络。

1930 年 4 月，国民政府批准巴文峻与谢国梁分别到尼泊尔、西藏调解纠纷。谢国梁之子谢瑞清，此次亦随同父亲进藏，得委任为秘书。谢国梁及随从秘书等人，携带行李、礼物等，自 6 月初从南京出发，19 日到达印度。8 月 15 日，谢国梁由印度转道缅甸仰光，准备由滇、康入藏。不料谢瑞清由于长途跋涉，加上水土不服，感染恶疾，不幸于 9 月 22 日在曼德里医院病逝（谢伏波，一名瑞清，单字舒，1907 年生于拉萨，7 岁随父在北京读书，22 岁供职于国府外交部，死时年仅 23 岁）。料理好儿子后事后谢国梁也病倒了，但他进藏的决心仍然非常坚定。在中国驻仰光、加尔各答领事的积极协调下，谢国梁及其助手谭云山在噶伦堡化装后悄悄加入商队，历尽艰险，终于到达西藏。

到了亚东，谢国梁万分感慨："17 年后，我回来了！"让他心感不安的是，到亚东后他就觉得自己身体不适，随后他病情加重，便向谭云山交待了这次进藏的任务、计划、所带礼物、经费等全部情况，要求他一定要代他完成使命。谭云山一边安慰谢国梁，一边尽力照顾，还雇人用轿子抬着他，在冰天雪地中艰难前行。一行人到了曲水，谢国梁病情加剧。

1930 年 12 月 17 日，他们前往拉萨，在路上遇到了十三世达赖喇嘛派来的使者，谢国梁在西藏的妻子也派人迎接，并献上哈达。谢国梁见到他们面带微笑，微微点头，随后便永远离开人世，把自己永远地留在了曾经守卫过的土地上。

谢国梁以武事兼文官而勤于著述，有《征波密始末记》《藏事略述》《藏事条陈》等存世。

不辱使命，逝后哀荣

谢国梁去世后，谭云山不负使命，向十三世达赖喇嘛转交了中央政府的公函、礼物等，达赖则明确表示“倾向中央”，从而彻底粉碎了英国等外国侵略势力的阴谋。

谢国梁去世后，十三世达赖喇嘛立即报告中央政府，并准备举办汉藏合璧的隆重葬礼，以最高礼仪吊唁、祭奠；12 月 18 日，派卫队 50 人把灵柩运到拉萨，安放在罗布林卡外的守卫营中，小昭寺喇嘛为他诵经；23 日，十三世达赖喇嘛亲自到守卫营诵经，追悼这位汉族老友，出殡时守卫营的士兵全体举枪致礼，派马队 40 人，围绕罗布林卡，沿大路至大昭寺门前排队祈祷，而后安葬在拉萨东山的汉族墓园。

1931 年 5 月 31 日，国民政府为谢国梁举行公祭会。蒋介石、邵力子、马福祥、王之觉、张我华、刘峙、于右胜、王正廷、何应钦等政界要员闻人以及西藏驻京办事处同仁等均躬临致祭。蒋介石除献《像赞》《诔词》外，复献挽幛三幅致悼。

为纪念谢氏父子的卓越功勋，著名诗人邵力子撰诔词曰：

“西羌边远，实我藩屏。强邻虎视，所系匪轻。谢公健者，留意边情，卅年奔走，竭虑殚精。尼兵肆虐，内患顿生，毅然受命，匹马西行。跣足投荒，自强不息，排解纷争，唯公之力。胡天不吊，淹忽云亡，黄沙白竹，归骨殊方。呜呼哀哉！我公不作，国难方张，感时叹逝，如何弗伤！”

（刘培勇）

参考文献

[1]孙宏年. 守护雪域:谢国梁、谭云山的爱国"接力"[J]. 世界知

识, 2010, 000(014):66−67.

[2]邱熠华. 1930 年尼泊尔与西藏地方关系危机探析[J]. 中国藏学, 2012, 000(002):135−147119

“五十书生出边关”——李安宅、于式玉

1950 年，中国人民解放军第十八军一路西进，开启了解放西藏的艰苦征程。在进军的队伍中，有两位特殊的战士，他们是成都华西大学的教授李安宅和于式玉夫妇。

老教授成了新战士

李安宅，出生于光绪年间，属河北省迁安县人，世代以读书为名。因家庭拥有深厚的传统文化底蕴，其自幼表现出非凡的才华，对四书五经做到熟读自如。天资聪慧的他在中学时期就接受了西式教育，读于洋人举办的教会学校，对西方的人文科学知识表现出极大的兴趣，学习十分刻苦、勤奋，一部英汉字典他能在很短的时间内背下来，堪称奇才。1923 年，李安宅考入当时由美国、英国、加拿大等多个基督教教会联合开办的齐鲁大学，翌年转入北平燕京大学社会系研究班，毕业后留校从事国学研究所编译员。1926 年，受共产国际进步思潮的影响，经进步人士成之桐的介绍，李安宅加入共产党组织，在中国共产党创始人李大钊直接领导下从事张家口苏联领事馆英文秘书工作。1927 年，因国民党的“清党”政策，导致国共关系破裂，在华的许多领事馆纷纷关闭，李安宅返回母校燕京大学，任社会学、哲学系助教，重点从事民族学的研究，发表了《礼仪与礼记之社会学研究》《以中国为例评孟子论心》《美学》《意

义学》等很有价值的学术著作，为当时学术界所瞩目。

于式玉，山东省临淄县葛家庄人，父亲是山东知名教育界前辈，于式玉自幼熟读四书五经，1924两度赴日求学，1930年从日本奈良女子高等师范本科毕业回国，经哥哥介绍和李安宅结为夫妻。1949年底，成都宣告解放后，贺龙元帅来西华大学鼓励广大师生参军入藏。李安宅夫妇积极响应党中央号召踊跃报名，后贺龙元帅多方了解，知道李安宅、于式玉是著名社会学、藏学专家，专门从事边疆研究，对藏区人文地理、经济和历史有过深入仔细地实地考察和研究，并精通藏语文且操有一口流利英、日，经元帅的举荐，先在成都集中学习，后与当时国内著名的藏语言专家谢国安等40余人，成立了西藏工委研究室，属十八军直接领导。

当时进军西藏急需这样有专长、有真才实学的人才，十八军首长非常高兴，军长张国华和政委谭冠三亲自接收他们入伍，亲手发给他们军装。两位脱去西装洋服、花裙旗袍，换上草绿色的军装，神采奕奕，威风凛凛，成了两名光荣的人民解放军。

时任十八军军长张国华与政委谭冠三对李安宅夫妇的参军入藏如获至宝，欣喜不已。张军长兴奋地尊称这两位专家为自己的好老师，在进军西藏，解放西藏的过程中，我们的“吃”和“行”都要依靠先进的民族政策，实施政教分离，团结包括达赖、班禅在内的一切可以团结的民族力量，开展许多重大问题研究，为经营西藏，发展西藏贡献力量。后经张军长推荐，李安宅夫妇即到王其梅副政委指挥下的政策研究室任研究员。

李安宅打趣地说：“我俩还是一对新兵”。

于式玉幽默地接过李伴的话说：“哪是新兵，是一对老兵”，（意指年龄大啦）大家欢笑着。

随后，张军长关切地问道李安宅夫妇家务安排的情况。

于式玉诙谐大方地回道:“该卖的卖,该丢的丢,她拍拍桌上的军用挎包,我们这是千里风雪西藏去,万贯家财一袋装”。这时的大伙儿忍俊不禁哈哈大笑。

记得有一次,十八军第二参谋长李觉来政策研究室,正碰李安宅教授和主任王其梅站在军事指挥图前讨论着进藏的有关事宜,王其梅高兴地向他介绍起李安宅教授来,并说在这对夫妇的介绍下,我们这个小小的研究所汇集了包括谢安国、祖维翰在内的10多名从事民族学、藏学研究的专家,可谓都是群英荟萃,对藏区人民未来的建设与发展充满希望、充满信心。

此时的李参谋长半信半疑地向李安宅追问道:“李教授也准备进藏吗?”

李安宅昂胸抬头并用豪迈语气回答道:“当然要进”!并向参谋长李觉介绍自己参军的缘由是经司令员贺龙亲批,身上的军装是由张国华军长、谭冠三政委亲手发的事实。现场,王其梅还特意向李觉深情地朗诵了李教授亲自撰写的七言律诗:

五十书生出边关,
何惧征鞍路三千。
伴同红旗浑忘老,
尝尽江山不费钱。
半生蹉跎喜梦醒,
万岁事业齐心干。
愿将余生献华夏,
同庆百族共骈阗。

颂完,李参谋不禁赞叹:这是一首了不起的好诗呀!好诗!驰骋疆场,情真意切!

提供政策依据,创办昌都小学

李、于教授入伍后,被分配到政策研究室任研究员。经过短期训练,1950年初研究室全体人员就迈上了进藏之路。在这座被称为世界第一脊梁的雪域高原上,常年伴随着极度的寒冷、缺氧,气候条件极端复杂多变。即便如此,李、于夫妇和同事们不畏艰辛、克服万难,在当时各方面物资配给不足的条件下,以忘我的革命精神夜以继日地工作着,没有一丝抱怨、悔恨,不留余力充分展示自身本领,用尽毕生所学,认真查阅资料,深入实地扎实调研,对西藏的人文地理、政治环境、宗教文化、风俗人情及历史沿革作了详实的报告,并对今后的进藏计划提出科学的建议。军首长充分发挥民主集中制原则,虚心听取专家们提出的各种意见,结合实际情况,在不到两个月的时间内,总结完成了20多条《关于西藏问题的基本政策》的研究报告,经军党委反复讨论、研究、修改后报西南局,为西南局、党中央提供了制定《进军西藏十大政策》的重要依据。对以后和平谈判、签订"十七条协议"都有重要的参考使用价值。李安宅、于式玉和其他专家对此均付出积极的劳动,做出重要的贡献。

1950年10月19日,昌都战役结束后,李安宅,于式玉即随军进抵昌都,受命筹办昌都小学。经过紧张筹备,在十八军的大力支持和昌都各族群众的积极参与下,昌都小学终于在1951年1月中旬便开学了,结束了西藏地区自古以来没有小学教育的历史,创办了藏区人民的第一所小学,开启了藏区全民教育的里程碑。1955年2月23日,毛主席和班禅额尔德尼谈话时说:"我们人民解放军进了西藏,给西藏人民做的事情不多,修通两条公路,办了两个小学……"。这两所小学指拉萨第一小学和日喀则小学,但西藏高原办得最早的还应该数昌都小学。这高度评价了在西藏创办小学与修筑公路的具有同等位置的重要意义。

学校办起来,学生远比预想的多,也比预想的要复杂,有几十岁的成年人,也有小孩子,有大活佛,也有农奴。学生的构成五花八门,人员素质参差不齐,学生结构十分复杂,这对当时的所有教员来说要做好这个教育充满巨大挑战,就是师范大学毕业生难以保证能顺利完成此项教育重任,更不用说中、高师毕业的学生。为了发展藏族人民的教育事业,李安宅、于式玉夫妇克服困难,没有一点大学教授的架子,他们在昌都小学当起了老师。既做学校的领导者,又做学生的教导者。他们根据学生的素质结构,编写教学内容和教材。二人教学分工有序:于教授负责藏文教学,对象是学藏文的成年和儿童,教学方法是先从 30 个藏文字母学起;李教授负责汉语教学,对象如罗登协统、谢拉瓦·格桑旺堆、帕巴拉·格列朗杰、甲本慈诚等几位特殊的学生,教学方法是先从汉语拼音学起,从简单的常用汉字学起,如这些:中国、西藏、学生、共产党、毛主席、解放军等汉字。经过李安宅夫妇的不断探索,对藏区学生的教学效果显著,学生们不但认识了许多汉字,加深了对共产党的认识,还把自己学到的新东西、新知识传播给亲朋好友,增强了藏汉民族的情感。

在昌都办学,面临困难是非常多的,远不止是教学方面。物质生活的极端艰难,也无时无刻地考验着两位年近半百的老教授。当时运输条件极为落后,因为没有公路,所有的物质补给全靠人挑牛驮,进藏部队的基本粮食配给严重不足,战士们经常忍饥挨饿,更不说其它副食品的供给了。记得 1951 年初的时候,副政委王其梅从甘孜出发去昌都,饱受恶劣天气的折磨,在高寒缺氧,行走不便,高原环境极端复杂的情况下,冒着生命危险把从四川乐山出发时买的两斤白糖一粒不落地亲自送到昌都。这两斤白糖在当时的内地与现在的西藏各地根本算不了什么。但在距今48年前的西藏昌都小镇,可称得上是补充身体能量的高级营养品了。王其梅深知这两斤白糖的重要性,所以连他自己都舍不得吃,硬是从云南坝步行两里多路到昌都小学,把白糖送给两位教授。

当王其梅将包裹得严严实实的两斤白糖小心翼翼地放到李教授的床上(寝室连个桌子也没有),并详细说明糖的来历,李、于二人万分感激,推脱着要求王其梅政委一定带去回自己留用,整个过程持续很久。后来,于教授实在没有办法推辞,既郑重风趣邀请王其梅共享自制的"咖啡"和一点白糖。王其每和他的警务员感到非常惊奇,怀着疑问笑着问道:"在此种万分困难的情况下,居然能会有咖啡存货?"李教授笑着回答道:"这不是你想像的那种真咖啡,而是式玉将晒干的蚕豆用小火炒成糊状,再把它捣碎成粉末状,虽然这喝起来有些苦味,但是每当夜晚我们编写教材精神不佳时冲上一杯,却是提振精神气儿的好东西!"回想起那艰难困苦的岁月,李、于二老鞠躬尽瘁、无私奉献,为建设和发展藏族人民的教育事业的高贵品质,无不令人敬佩。

学校既是传授科学文化知识的场所,也是传播健康卫生教育的阵地。1951年春天,学校为提高藏区人民身体免疫能力,召集学生家长开会,组织培训防病治病的方法及重要意义。培训会结束后,学校组织在校生种了牛痘。在学生的广泛宣传和动员下,校外的两百多名儿童也种了牛痘,有效防止传染疾病的发生。据当地藏族老人回忆,1925年昌都镇到处流行天花,闹得四处人心惶惶,光是十四岁以下的儿童就死了近五百人,这种惨痛景象时至今日都让人无法忘怀。记得有个叫格隆的学生家长怀着万分感激的心情说道:"这种能让娃儿们免于疾病折磨的吉祥痘以前只有有钱的主人才能种上,我们大多数农奴的孩子是万万没有办法接受这个福分的，今天‘金珠玛米’（解放军）给俺们的孩子种了这种吉祥痘，给我们藏区百姓带来了福音”。另外，还有一位名叫益西芝玛的学生家长也满怀激动的心情说：“这在过去呀，我们穷人要是得了各种怪病是无法得到医治的，现在，我们还没有生病‘金珠玛米’就先给大伙儿种了能带来福音的痘，从此以后大家再也不用担心孩子生天花了，穷娃子们这回能有好日子过了”。在昌都镇上创办这样的小学，在教育宣传上启迪了民智，给当地百姓带来了新的希望，点燃了追求幸福生活的梦想，对增进藏汉民族间的认同感，对促进民族团结、友善交往起到了极其良好的作用。

李安宅、于式玉教授在学校一边当传道解惑的老师，一边当学生们的父母。可以说对每个学生做到了无微不至的关怀，小到学生们穿衣戴帽、不良行为举止，大到学生的人生价值取向，做到有教无类。于教授对待藏区的女孩子都像对待自己的女儿一样，关怀备至，时常看到于教授给孩子们梳洗发辫，捆扎各种好看小花结，就像孩子们的亲妈妈一样，给孩子们讲有趣小故事，很快收到良好效果，普遍反映是：孩子们比在家时聪明、伶俐、漂亮、懂事多了，家长们看到孩子们的可喜变化，都非常高兴。在学校里，学生的家长们看自己的孩子学习了许多先进的文化知识，同时也学会了唱歌跳舞，这个过去无比荒凉冷清之地，在李安宅、于式玉两人的培育下如今变成了昌都镇上最富有生气的健康文化服务中心，昌都小学迅速发展成为这个地区各种社会活动不可或缺的新生力量。

架起民族团结的语言桥梁

语言，是交流的重要工具，是民族团结的重要基础。1951 年，十八军军部进驻拉萨不久，因为语言交流不顺畅的问题，部队的各项工作难以有效开展。于是，根据西藏工委和军队党委的指示，急需在藏区中心拉萨城开办藏语文干部培训班，教学地点选择在旧西藏供官员游玩的“仲吉林卡”。培训班的教学内容主要是学习藏语文,增设有尼泊尔文班和印度乌尔都文班,首期学员有800余人,军区党委聘请了如擦珠·阿旺洛桑、雪康·土登尼玛、索朗班觉等著名的藏学家和高僧大德来执教;之后,随着工作形势的不断发展变化,干校又开设了汉语文班和英语文班,共收学员1250多人,编5个队,为满足教学内容的需要,又从内地请来金鹏、谢国安、李安宅、于式玉等著名民族学家、藏学家来干校授课,教授的对象大多数是文化程度为中学生的部队连排干部和地方机关一般年轻干部,也有少量部、处级干部,也有一部分大专生和极个别小学生。可谓群英荟萃藏训班，这座隐藏在高原之上的仲吉林卡干部培训学校,曾被誉为“西藏当代的高级学府”。

在仲吉林卡这座林子里，举办藏语文训练班的教育教学条件资源非常有限。偌大的林子里只有唯一的一座旧藏式楼房,作为校部供老师们办公和休息的场所。在谭冠三政委的指示下,大家纷纷发扬中国人民抗日军政大学的精神,老师带领学员半天学习、半天劳动,自己动手搭建军帐。生活条件十分艰苦,因为没有教室,教具很是简陋,老师们以树干为支撑,挂上一个小木板作为上课用的小黑板,在露天坝上课,学员们以膝盖当课桌,每天早上从这座林子里传来朗朗的读书声。所有的队员,为开展西藏工作,为西藏人民服务而学本事,忍饥受冻,毫无怨言。边学习,边备战(反动分裂分子的破坏),边修建校舍。李安宅教务长带领于式玉、谢国安等老师,为了能尽快满足教学的需要,经常通宵达旦编写教材。虽然执教的这些老师有的已年过半百,有的年近古稀,但是他们个个精神抖擞,不怕苦、不怕累。十八军领导许爱民同志当时曾写诗一首:“杨柳丛中数盏灯,深夜仍闻读书声;藏训班里几尊翁,编译教材到鸡鸣”。这体现了以李安宅、于式玉教授等老一辈教育者高尚的职业情操与为民情怀。

1952 年“五·四”青年节后，因为受进步思想的影响，十余名贵族青年对先进的科学文化知识十分感兴趣，为了想要更深入的了解中华文化的精髓，这些藏族青年纷纷要求入学，先从学习汉语开始，于是为满足当地藏族青年的学习需要，军区又成立了汉语文班，又称“社教班”，学生人数很快发展到七十人左右。旧西藏的反动武装分子对这一做法感到恐惧与不满，为阻止进步青年的学习，他们企图通过威胁、恐吓、污蔑进行蓄意破坏。历史早已证明，任何阻挠社会发展进步的做法都是错误的，与人民利益是背道而驰的，其结果都会被人民所抛弃，社会所淘汰。相反，藏族进步青年的做法得到广大藏区人民的认可，反动集团分子越是设法破坏，参与的进步学生也就越多，这些青年大多数有过接受国外教育的经历，思想和眼界较开阔，看到藏长期处于落后的状态，他们都想要革新藏区社会进步的强烈愿望，他们尊重知识，对在美国讲过学、任过教的李安宅、于式玉教授非常敬重，在贵族阶层和学员中享有很高的威望。

1952 年 10 月，藏训班改为藏语文干部学校，谭冠三政委兼校长、党委书记，幕生忠兼第二校长，于式玉任副教育长兼教育办公室主任。工作中，于式玉教授对编教材、刻蜡版、推油印机等事宜，可谓事必躬亲，既是教育的倡导者，也是教学的组织者和参与者，为加快推进西藏教育事业的步伐，她经常不辞劳苦，以顽强的毅力坚持工作。在教学方法上，她善于总结经验，一反过去寺院教藏文逐个字母教学和先讲繁琐语法的老式教学方法，改用规范化拼音教学法，很快被广大学生所接受，并取得较好的教学效果，这可以说是教育方法上一种成功的改革，汉族学员在三个月内就学会讲藏语，并能登台用藏语宣讲。

李安宅于同年八月调出，参与创办拉萨第一小学，并任第一副校长，实际负责学校教学工作。这所小学就是毛主席说的“办了两所学校”的其中一个。

李、于两教授在藏工作五年，为发展西藏民族的教育事业，他们亲自任教，矢志茹苦，耕耘拓荒，深受藏族各阶层人民的爱戴，是学生的好老师。“李教授、于教授”在藏族和汉族干部中是个响当当的“尊称”。经过将六十多年的发展，西藏的教育事业也完全是一派欣欣向荣的繁荣景象。两位教授作为西藏教育的拓荒者，他们的艰苦卓绝的努力和卓越奉献，应当为后人永久铭记。

为了将李安宅、于式玉二人对党的革命教育所做的贡献更好地传承下来，1987 年国务院和民委决定出版李安宅、于式玉俩教授的全集，并拨款 20 万元，同年 9 月 4 日，四川省社会科学院成立了两位教授的遗著编辑委员会，1990 年底文集已全部出齐。

如今，在成都郊区昭觉寺附近的一座公墓，两位老人静静地长眠在那里，墓志上镌刻着：

两位学者，矢志茹苦耕耘拓荒，已是香飘海外，有著述传世。

一本故事，书尽含辛爱国奉献，未逢催化春雨，可激奋后人！

（刘晓梅）

参考文献

[1]杨奎松. 国民党的“联共”与“反共”[M]. 北京:社会科学文献出版社,2008.

[2]王先梅. 五十书行出边关,何惧征鞍路三千——忆李安宅、于式玉夫妇[J]. 党史博览,2012-02-01.

[3]刘立千自述[OL]. 中国西藏网,2020-04-08.

[4]喜饶尼玛.他是十八军进藏队伍中年龄最大者[OL]. 中国西藏网,2020-07-01.

长期建藏，边疆为家——王其梅

王其梅，1913 年 12 月 27 日出生于湖南省桃源县三阳乡王家坪。1932 年，年仅 19 岁的王其梅投身革命，从一名积极抗日的爱国学生逐渐成长为一名革命战士和优秀的党的军队指挥员。新中国成立后，为捍卫国家领土完整，巩固西藏边防，王其梅与十八军指战员积极响应党中央作出的迅速进军西藏的重大战略决策和部署，投身于进军西藏、解放西藏、保卫西藏、建设西藏的伟大斗争中，为西藏的稳定、繁荣，民族的团结作出了卓越的贡献。

进军西藏——胸有韬略兵自雄

兵法有曰：知己知彼，百战不殆。出兵之前必先了解对方的详情，战争才会得利，胜利才会有把握。西藏在解放前是一个十分封闭、落后的地方。想要打好打赢这场没有硝烟的战斗，事前了解西藏各方面具体详情是摆在王其梅等人面前的第一要务。在当时，军事指挥技术非常落后的情况下，甚至连张像样的作战图都匮乏的情况下，调查研究进军西藏的作战方案十分困难。

条件尽管如此艰苦，使命面前责无旁贷。就在准备进军西藏的前夕，王其梅被委任为西藏工委政策研究室主任，具体负责十八军进驻西藏的一切调查研究。王其梅与进军部队一道克服进藏时的恶劣自然环境，同川西一带悍匪周旋，以滴水石穿的毅力点滴收集藏区人民生活的社会环境和自然环境情况，对所有第一手材料事必做到躬亲自省，认真分析研究，并提出科学的决策建议。

功夫不负有心人。在王其梅率领下，西藏党工委政策研究室所有干将前后向中央提交了关于藏区各阶层、国外敌对干涉内政势力对我军的态度和进军西藏前应该注意的事项和准备工作。提供的这些具体情况为进军西藏提供极为重要的价值，为当时的西南局制定应对西藏各种敌对分子和认真处理好民族关系作了重要的思想准备。在这支研究队伍里，汇集了众多藏区学者和专家，他们在王其梅的带领下学有所用，用有所成，为进兵西藏、解放西藏、建设西藏作出重要贡献。西藏和平解放后，聚焦的这些学者、专家和教授成为西藏哲学社会科学和宣传门部的骨干力量，为西藏文化事业、科学教育等方面的工作开创了史无前例的先河，而王其梅可以说是党工作在西藏从事社会各方面研究的先驱。

开路先锋——身先士卒立奇功

心系群众，为解放西藏创造条件。1950 年 10 月 25 日，王其梅作为十八军首位入驻昌都的高级将领，被任命为该地区军管会主任。在民族和宗教政策方面，他非常注重民族进步与团结，从僧尼到一般老百姓，王其梅都广泛宣传中国共产党的民族宗教政策，号召藏区人民百姓消除歧视，主张平等，为民族团结、民族平等、民族发展政策方面作出应有的贡献。方法上，以身作则，对待藏区人民生活上处处关心，思想政治上通过教育启发达到感化归同的目的。当时，昌都作为藏区东部的一个重镇，但当时镇里百姓住房条件最好的只不过是屈指可数的小平房。为了获得当地百姓的信任，委管会主任王其梅把镇上最好的住房让给藏族僧俗住，而自己要求住简陋的帐篷。例如，帮助阿沛·阿旺晋美找回在昌都战役中丢失的金鞍银蹬；筹集经费发放给当时不愿留在昌都，很想回家、愿意回拉萨的人士。这些具体的措施和行动，使藏族人民深受感动，许多人对中国人民解放军有了新的认识。在民族关系得到融洽时，王其梅组织其他干将们便有条不紊地大力开展和平解放西藏的“十条政策”与统战工作，昌都地区的紧张局面被打破，藏族人民向往和平的决心越来越明显，这为之后的解放西藏打下良好的群众基础。

克服万难，彰显仁义之师。从昌都到拉萨道路险阻，气候恶劣、昼夜温差大，要翻越南北纵列的横断山脉，跨过山高谷深、水流急湍的怒江和澜沧江，走完全程有 1100 多公里。进军途中，战士们随时面临狂风骤雨和洪水冰雹的突然袭击，加上严重的高原反应，其身体体能和意志受到极大挑战，不少战士因此长期患上了高原疾病。一路行军，路上荒无人烟，所有战士粮食补给只能自带，加上枪支弹药，每人负重至少有 70 余斤。长期的长途跋涉，很多战士可谓是遍体鳞伤、血肉模糊，森林里的树叶上到处沾满了战士们的鲜血。在海拔 6000 多米的雪域高原上行军，士兵们万分痛苦，有的患急性高原反应，时常伴有头痛、头晕、胸闷胸痛、呼吸困难的现象产生，有的脸部水肿、血压升高，有的手足麻木、心律失常，让人为之胆怯，尤其对已患多重疾病的王其梅来说，他的进军过程更显得异常艰难，常人难以想象。无论是十余座高耸入云的雪山，还是百余条寒冷刺骨的冰河和人烟稀少的亘古荒原，十八军入藏先遣队在万般困苦的条件下没有落下一个战士，于 1950 年 9 月 6 日胜利到达拉萨河畔。

9 月 9 日，十八军先遣支队进驻拉萨并举行了隆重的入城欢迎仪式，得到拉萨各界人士和人民群众的拥护与爱戴，鲜红的国旗首次在拉萨古城墙上空迎风飘扬，藏族同胞与入藏队伍载歌载舞，共同欢庆，拥政爱民的人民解放军以共命运、同呼吸、心连心的崭新姿态出现在藏族各界人士面前，深受广大百姓爱戴的仁义之师、文明之师以良好的形象出现在拉萨人民面前，让藏区人民对共产党领导下的人民军队有更深刻的了解，从而对党有新的认识，将党的人民军队尊称为“金珠玛米”菩萨兵。

说到做到——民族团结称典范

进藏途中，王其梅按照党中央的指示，思想上对藏区各阶层人士耐心宣传和细致讲解党的宗教政策和民族政策，行动上认真履行《中央人民政府和西藏地方政府关于和平解放西藏办法的协议》，纪律上要求驻藏部队发扬革命军队光荣传统，不拿群众一针一线，冰山雪地宁可自己住冰冷的帐篷，也不踏入民房半步；宁可自己挨饿，也不索要藏民一粒一稞。正是以王其梅为代表的军队干部率先垂范、以身作则，成为共产党工作在藏区部队的典范。

在民族宗教问题上，王其梅率领的十八军先遣支队按照群众工作纪律要求，恪守自律，尊重当地百姓民风民俗和宗教礼仪。记得有一次部队在嘎贡拉山进军时在山顶的垭口处就遇到一个“玛尼堆”，有 2 米多高，王主任熟知当地风俗：经过这个小山堆时一定要从左边走，决不允许从右边走，并需要往小土堆上添上几块石头，也决不允许将“玛尼堆”上的石块随意捡走。当时部队中有位战士认为在这荒寂无人的高山上哪有人会在意这个规矩。此话一出，便被王其梅主任狠狠地批评。他教育所有的将士，入乡要随俗，不能妄议民族的风俗礼仪，大家也要虔诚相待，不管是在荒无人烟的草原，还是寒风凛冽的雪山，都要遵守，不能有半点虚假。之后，所有途经“玛尼堆”的队伍无不恪守当地信条。

抵达拉萨不久，十八军先遣队面临严峻挑战。西藏分裂主义势力趁入藏军队还未所稳脚跟之机，内外勾结、上蹿下跳，暗地里掀起民族分裂的浪潮，刻意制造民族事端，到处造谣生事，残杀进步人士。1959年3月10日，西藏上层反动势力单方面公然撕毁“十七条协议”。王其梅得知此事后，根据党中央的要求和部署，不是正面给予反动势力强力打击，而是奋不顾身，只身一人深入虎穴，亲装从简独自拜访当时西藏的中高层领导人采取晓之以理、动之以情的方式给藏族地方官员、僧侣、贵族及各界人士宣传共产党的民族政策和反分裂主张，耐心细致讲解“十七条协议”对发展人民生活、发展西藏经济，尤其对维护国家领土安全、巩固国防力量的重要意义。

王其梅与西藏各方谈判中始终坚持党的原则，争取主动，团结一切可以团结的力量，紧密联系藏族群众，畅通群众表达对敌对分子的渠道，带头模范履行民族政策和宗教政策，力所能及帮助藏族同胞解决生产生活中的实际困难，不断增强民族认同感，逐渐消除民族隔阂。这些做法，得到藏族人民的认可，很大程度上粉碎了国内外分裂势力的阴谋，藏汉民族关系得到进一步缓和，藏汉一家亲的归属感得到增强。

雪山埋骨——将军热血沃高原

王其梅同志曾不无自豪地说：“我们祖国历史悠久，辽阔壮丽，地大物博，人口众多，在我们的祖国，我有三个故乡：一是生我养我的湖南老家；二是坚持武装斗争、三进三出13年的河南；三是工作了17年、与我后半生的事业紧密相连的人民的新西藏。”

为加快推进西藏建设和尽快解决部队的补给运输，中央决定修筑雅安西康至西藏拉萨段公路。1953年1月，王其梅按照中央指示再次接受重任，任西藏军区后方第二部队政委。这条被称为建国初期的1号工程——康藏公路，全长2255公里，东起雅安的金鸡坡，要翻越海拔为3000多米以上的14座大山，须跨越世界上绝无仅有的“三江并流”原始地区。在当时技术条件较为落后的情况下，要在这个素有“生命禁区”之称的世界屋脊修建公路，其难度和代价是非常沉重的。

王其梅为贯彻好中央“为了帮助各兄弟民族，不怕困难，努力筑路”的指示精神，组织精干力量，从地勘选址、路线走向、测量设计到工程施工，每个环节都充满了血与泪。就以勘探设计来说，由于当时国家财力有限，王其梅等指战员为节省大量开支，经常与技术员徒步进入深沟险壑、崇山峻岭，坚持多走、多看、多比原则，只为探索设计一条科学的路线来。特别是在修筑昌都至拉萨段时，其艰难可以说是与死神作斗争的过程。其间，在高寒地带要饱受暴风雪的威胁，在丛林深壑间经受飞禽走兽的侵袭，在荒无人际的地方要接受冷冻挨饿的生死考验，在悬崖绝壁处面临坠落深渊的危险。无论严寒和酷暑，王其梅等人发扬长征精神，冷时天当被，地当铺；热时树当伞，叶当扇，千方百计克服困难，以气壮山河的豪迈气势，谱写“让高山低头，让河水让路”的英雄赞歌，生命铸造“老西藏精神”。1954年12月25日，被称为建国1号工程，用战士们的鲜血和生命铸就的这条生命之路——康藏公路全线贯通（1955年史名为川藏公路），在千里冰峰雪岭间、万里江河激流上，架起了一条通向美好生活的康庄大道，改变千百年来人挑马驮的历史，开辟了西藏交通史上的新纪元。

1955年，王其梅再次授命全面负责昌都的各项工作。当时，步入中年的他因长期的过度劳累身体健康大不如前，每天需要吃药打针才能维持身体正常运转，本来早患高血压的王其梅经常忍受多重疾病的折磨，时常在病态的世界里煎熬、困苦。尽管如此，每每想到昌都的人民，身体里的病魔立马消失，以正常的状态带头涌现在建设昌都的洪流中，与广大基层的同志们同甘共苦，不分身份，一起开荒造田、盖营房、植树造林、办商店、建电站，广大干部和群众深受鼓舞。

王其梅在工作上是严肃谨慎的人。有一次组织大家栽树时，就有人个别同志非常抱怨，认为这是前人种树，后人乘凉的事，苦了前人，乐了后人。事后，王其梅对这位小同志提出严厉的批评教育，表面上他说的这些话是说者无意，但听者有意，会严重影响个人思想进步，这是不可忽视的思想觉悟问题。这就是王其梅同志，不管在何时何地，始终保持着严谨细致的工作态度，言必出，行必果，用求真务实的作风践行“老西藏精神”。

1959 年 3 月 10 日，西藏上层反动集团在敌视中国的外国势力支持和唆使下，公然撕毁 1951 年 5 月签订的“十七条协议”，悍然发动全面武装叛乱。远在北京生病住院的王其梅得知此事后心急如焚，不顾个人生命安危，向院方提出立即出院的要求，说无论如何都要马上赶回西藏平定叛乱，做好民主改革工作。负责王其梅的主治医生及护士们都对他的身体健康状况感到非常担忧，纷纷表示不允许他带病出院。然而，所有的医生都被王其梅决定回藏工作的态度给打动，说：“我是最早进藏的干部，现在仍然在那里工作，西藏发生叛乱，我能心安理得地在这住下去吗？”结果院方无奈，要求王其梅答应每天坚持打完针的前提下才能出院。回到昌都，因风湿、高血压、糖尿病等多重疾病的长期折磨，王其梅每天的饮食量只能维持在 4 两，以致时常饱受饥饿的致命威胁，几次与死神擦肩而过，但他仍然以坚韧不拔的革命者毅力，将生死置之度外，几度昏倒在办公地点，经医务人员及时抢救过来后又继续投入到紧张的工作中。凡是跟在王其梅身边的工作员，无论是主治医生，还是上下级关系的同事，看到被数次病魔折磨的他，从不叫苦，兢兢业业为党、为百姓努力工作，所有人无不为之震撼。

1962年，境外反动势力亡我之心不死，屡屡进犯中国领土，于此发生对印度自卫反击战，当时王其梅同志被调到西藏军区和西藏工委工作，具体负责军队后勤保障和地方支援前线工作。在战期间，他仍带病投入激烈的战争中，给抗战在一线战士的各项补给做到亲自动员，亲自安排和部署，在较短时间内组织了大批包括工作人员和民工在内的人员前往战区支援第一线配给枪支弹药、抬送受伤战士、运送补给物资、押送战败俘虏，调派工作组深入战区工作，这些措施对对印自卫反击战的胜利起了重大作用。

战后，为了稳定战区和边境地区生活生产，王其梅经常深入当地开展仔细的调研，详细了解群众生活生产情况和部队各方面情况。对待叛匪和外逃边民，他亲自做政治思想教育工作，争取使他们早日回归祖国，针对生活困难的回归群众，都作了合理安排。记得在海拔5000多米的扎东时，王其梅因为当地空气极度稀薄，呼吸困难，高原反应强烈，经常夜不能寐，饭不能吃，举步维艰，整个人显得十分消瘦。身边的同事见状担心他生命安危，劝他先回拉萨进行医疗养护，他持之以恒，以顽强的工作精神状态在扎东地区开展长达1个月之久的问题调研才勉强答应回拉萨。在西藏工委工作期间，时任党工委书记的张经武因公前往北京，王其梅服从党组织安排，认真负责主持西藏党工委的工作。西藏上层反动集团发动武装叛乱后，他根据党中央《关于在西藏平息叛乱中实现民主改革的若干政策问题》和《关于当前平叛工作几个政策问题的决定》的指示和批示精神，放手发动群众，采取边打边改的方法，有计划、有步骤地开展“三反双减”运动和土地分配，他组织和带领藏区群众，为建立基层人民政权呕心沥血，打破了千百年封建农奴身上的枷锁，使人民重获新生，终于在1959年到1961年完成了西藏在政治上民主改革。之后的几年时间里，王其梅用尽余生的所有精力为组织筹备西藏自治区做了大量细致的工作，为西藏民族的团结，政治、经济、文化的发展作出了重大贡献。

1967 年，由于受极左思想的影响和“四人帮”反革命集团祸国殃民的罪恶活动，党和国家的大批领导干部被打倒。这其中就包括王其梅在内的党的好干部。

时任国务院总理的周恩来为保护王其梅，将他接到北京。但此时的他已是重病缠身，病情每况愈下，最后连基本的生活都难以自理。即使在这种艰困的条件下，仍挂念他魂牵梦绕的雪域高原，最终于 1967 年 8 月 15 日辞世，享年 53 岁。临终前，他向党提出唯一的要求：“请求党把我的骨灰送回西藏。”这体现了以王其梅同志为代表的老一辈无产阶级革命家对党的事业忠诚，对建设、守卫西藏无私奉献的高尚情怀。

1979 年 1 月 26 日，党中央在北京全国政协礼堂为王其梅同志举行了隆重的平反昭雪追悼大会，邓小平同志送了花圈，李先念同志主持追悼会，胡耀邦同志致悼词说：“王其梅同志是中国共产党的优秀党员，是我军优秀军事指挥员和政治工作者，在解放西藏、建设西藏、保卫边疆的事业中做出了特殊贡献。”王其梅同志把一生献给了党，献给了革命事业，献给了他心中始终挂记的西藏人民。

（叶宏宁）

参考文献

[1] 王昌为. 回忆父亲王其梅与昌都的解放和建设 [J]. 党史博览, 2011(007):38-41.

[2] 党岩石. 功在西藏 风范长存——纪念王其梅同志诞辰 100 周年[J]. 西藏统一战线, 2014.

[3] 王昌为. 无尽的思念——写在父亲王其梅诞辰100周年的日子[C]. 铁流,(27). 2014.

[4] 李春光. 第一位进藏的开国将军王其梅 [J]. 中华魂, 2014(011):48-52.

[5]刘继荣. 缅怀老首长王其梅将军[J]. 新西藏, 2016(10):62-62.

[6]李春光. 王其梅四下水东[J]. 中华魂, 2019(004):53-57.

人民功臣，进藏先锋——李狄三

李狄三（1914–1951年）1950年担任“进藏先遣连”总指挥兼党代表，艰苦行军600多公里，挺进阿里。1951年5月28日，牺牲在藏北扎麻芒堡，西北军区追授他“人民功臣”荣誉称号。

农家娃练得一身好本领

李狄三1914年3月出生于河北省无极县成道村一户普通的农民家庭，1938年参加八路军并光荣加入中国共产党。

李狄三虽然只有小学文化，但是勤奋好学，不仅军事本领高强，而且还写得一手好字，吹拉弹唱样样精通，多才多艺，可谓文武全才。由于他作战顽强勇敢，能文能武，成为部队一名能干活跃的宣传员。

后来他被送到延安抗日军政大学学习，毕业后曾先后担任过359旅排长和连指导员，团民运股长及联络股长等职务。他先后参加过著名的南泥湾大生产运动、延安保卫战和进军新疆等重大战役战斗。在南泥湾大生产运动中，因为他表现突出，荣获“纺织能手”和“劳动模范”等荣誉称号，时任旅长的王振同志奖励了他一支钢笔。

1947年，李狄三随西北野战军西征，进军新疆。在解放西北的数次战斗中，他先后三次荣立战功，九次负伤，为我国的抗日战争、解放战争的最终胜利做出了突出的贡献。

战天斗地挺进阿里

新中国成立后，帝国主义加紧策划“西藏独立”。面对这种严峻形势，1949 年 12 月，毛泽东主席作出了“进军西藏宜早不宜迟”的指示。

1950 年 1 月，中央批准了刘伯承、邓小平同志提出“自川、滇、青、新四省对西藏多路进军”的建议。西北军区司令员彭德怀建议“不宜大量出兵，应先派出一连左右的兵力先行进藏，担负侦察、设站等任务”。

1950 年 5 月，新疆军区组建独立骑兵师，进驻于阗。独立骑兵师第一团一连作为“进藏先遣连”进军阿里。这是一支由汉、回、藏、蒙古、锡伯、维吾尔、哈萨克等 7 个民族，138 名指战员组成的进藏先遣连，少数民族占 40%，李狄三担任先遣连总指挥兼党代表。

1950 年 8 月 1 日上午，“进藏先遣连” 在于阗县普鲁村宣誓出征。“挺进！挺进！挺进！向西藏，向阿里，向祖国的边疆进军……”这是李狄三在先遣连誓师出征前，填写的《挺进歌》。

先遣连出发的时候，只有一个指南针和一张陈毅元帅托人在香港买的 1:400 万的英文版西藏地图。在地图上，30 多万平方公里的广袤土地上，只有几个湖泊和一个地名噶大克——这也是他们此次进军阿里的终点。

那个时候从新疆到阿里的路途，冰峰林立，荒无人烟，关山重重，困难无数。严重的高原反应让指战员们心慌气短，头痛欲裂。长时间的雪地行军，让很多人患上了高山雪盲症，视觉模糊，红肿刺痛，泪流不止，行军困难。大家群策群力，最后想出了战胜雪盲的办法。大家用雪球擦眼止痛，用马尾编成土雪镜遮挡雪光，效果很好，才使部队能继续前进。

李狄三深知此次行军必定历经千难万险，为了鼓舞战士们的斗志，他根据实际情况，编写歌曲，不断用歌声来鼓舞战友们。他先后填写了《挺进歌》《光荣小唱》《战胜困难》《顽强歌》等歌曲，在行军途中激励大家战胜悲观情绪，树立必胜信心。

最后，李狄三以部队总指挥的身份和阿里噶本政府代表才旦彭加、扎西才让，经过三天三夜的谈判，签订了人民解放军进藏史上与西藏地方政府达成的第一个和平协议，即《五项协议》。

协议签订后，毛主席亲自给阿里噶本写了一封信，表达了他的赞赏之情。阿里噶本读信后非常激动，他给拉萨噶厦做工作，对中央人民政府和拉萨噶厦最终签订“和平协定”产生了积极的促进作用。西藏和平解放，李狄三和先遣连的战士们功不可没，值得我们永远景仰。

军民鱼水情深

1950 年 8 月 15 日，先遣连翻越新疆和西藏的界山达坂，胜利进入西藏阿里境内。先遣连挺进阿里后，其中一项重要工作是在藏族群众中积极宣传党的民族政策，增进民族交流民族团结。连队组织开展了党的民族政策教育活动，号召大家人人争做“党的政策的宣传员”，做好当前最主要的任务是团结、发动藏族群众。

李狄三把战士们分成几个小分队，在人烟稀少的藏北大地寻找藏族群众。可是他们连续 15 天都没找到一个藏族群众。后来，一个小分队终于发现了一户牧民人家，以及他们的一顶帐篷和羊群。谁知藏族群众一见到解放军，以为是土匪来抢羊群，吓得连羊群也不要了，使劲往山上跑。

李狄三找来连队里的藏族战士，详细地了解阿里地区的民族风俗习惯。然后他带着藏族战士当翻译，按照当地风俗手捧着洁白的哈达，赶着藏民丢掉的羊群，带着砖茶、糖块、花布和面粉等生活用品，口里喊着“夏保”（藏语“朋友”的意思）去拜访牧民。李狄三让藏族战士告诉群众，解放军就是当年的红军，不是来抢劫羊群的，是来帮助他们的。李狄三用自己的诚意换来了藏族群众的真心，他成了藏族群众的好朋友。

在他的带领下，先遣连的战士们有的给藏族群众打柴背水，有的给藏族群众看病，有的给藏族群众放牧捡牛粪。他们利用一切机会，主动积极地向藏族群众宣传党和国家的民族政策。他们用实际行动表明了中国解放军是一支纪律严明，秋毫不犯的部队，彻底粉碎了阿里一小撮反动分子四处散布的“有一批穷汉人来藏北抢东西，杀生灭教”的谣言。“共产党、金珠玛米呀咕嘟”的评价像风一样传遍藏北大地，先遣连每到一地都受到了当地藏族群众的热情欢迎，军民关系像鱼水一样和谐融洽。在后续部队进藏时，藏族群众不但主动带路，还为解放军送情报。

坚守扎麻芒堡

先遣连在挺进阿里的途中，有一个地方被光荣地载入了史册，现在成为人们凭吊英烈们的地方，那就是扎麻芒堡。这个地方正是先遣连在人烟稀少、高寒缺氧中独自坚守达270多天的地方。1950年8月29日，先遣连进驻扎麻芒堡。当时由于大雪封路，后方补给运不进去，李狄三带领战士们就地取材，成功地解决了吃穿住行的几大难题，在极地寒冬中顽强地坚持了270多天，成为高寒地区野战生存的典范。

扎麻芒堡在藏语中是“柴草多”的意思。但是那些柴草主要是骆驼刺、滨草等，他们贴着地面长，还浑身带刺，又尖又硬，采集起来非常困难。可是为了连队过冬,必须储备足够的柴草,虽然战士们打柴的时候经常被刺伤,但还是坚持上山打柴。李狄三专门编写了《打柴小调》来鼓舞大家。

拿起毛绳去打柴,众位战友跟我来,心中好愉快!心中好愉快!咱打柴比赛看谁的手快,不怕冷来不怕刺,打柴为战备!打柴为战备!解放西藏守边疆,帝国主义势力一扫光,红旗插藏北!红旗插藏北!待到明年四、五月,欢迎大军开进来,共同向前进!共同向前进!

虽然英雄已经远去,但是我们今天似乎还能听到这慷慨激昂的歌声,久久回荡在藏北高原上空。

扎麻芒堡驻地气候恶劣,加之部队补给不足,战士们伙食很差,营养不良,先遣连的指战员们最后都得了高原病。高原病让一个又一个战士死亡,最多的一天死了 11 个人,驻地周围的坟茔一天天增多起来,连队里弥漫着恐惧和悲伤的情绪。他对连队的干部说:“我们现在责任就是鼓励战士树立同疾病作斗争的勇气,消除恐惧情绪,希望我们把眼光放远点,精神要愉快点,就是断了这口气,也要笑一笑!”

在他的影响带动下,连队官兵不但没有被眼前的困难所吓倒,反而更加坚定了解放西藏、解放阿里的信心和勇气。先遣连的战士们一直坚守到 1951 年 5 月 28 日,才与后续部队胜利会师。在扎麻芒堡坚守的 270 多天里,因为严重缺氧和营养不良等原因,许多人都患上了高原病,63 人因病牺牲,几乎占全连人数的一半。

最后一支盘尼西林

李狄三为了不影响连队指战员们的士气,强令他的通信员隐瞒自己的病情。每天他都以顽强的毅力忍受着病痛的折磨,他用绑腿紧紧地扎着已经肿得发亮的小腿,精神焕发地和战友们一起工作。但是到了后来，病情日渐加重，连续好几天他滴水未进。在生命的最后几天，他深知自己的病情也许活不到阿里解放的那一天了。因此，他在给骑兵师党委的信中写道："连队到达扎麻芒堡不久，我就病倒了，工作没有做好。请党宽恕……"。

李狄三的病情日益严重，但他仍然天天为连队辛苦操劳。1951年3月，他的腰部浮肿，已经卧床不起了。党支部经过集体研究决定，把连队最后一支盘尼西林给他使用。李狄三坚决不同意，他恳请大家："同志们不要这样逼我，大家的心意我领了。我的病自己清楚，别浪费药了，就这一支盘尼西林了，留下，留给最需要的同志。"大家告诉他这是党的决议，必须执行。他回答道："正因为如此，我才恳求同志们不要形成决议，临死了就别让我李狄三背着个不执行党的决议的名声了。"这是他唯一一次违抗党支部的决议。他把生的希望留给战友，自己勇敢地迎接死神的降临。

1951年5月28日，独立骑兵师第二团团长安志明率领后续部队终于到达了扎麻芒堡，与先遣连胜利会师。一直苦苦盼望着的李狄三，在床上艰难地睁开了眼睛，欣喜地望着来探望他的老领导安志明，挣扎着想坐起来。安志明立即阻止了他，俯下身亲切地对他说："你已经光荣地完成党交给的任务！和平解放西藏的协议已经签字了！首长向你问好！"李狄三听完，挣扎着拿出枕头边的日记本后，安详地闭上了眼睛，年仅38岁。

那天晚上，当安志明、曹海林、彭清云等人在为李狄三守灵的时候，他们一边读着李狄三的日记，一边泪流满面。在日记的最后一页，李狄三写着他的遗书：

曹海林、彭清云同志：

我可能很快就要不行了，有几件事请你们帮助处理。

1.两本日记是我们进藏后积累的全部资料，万望你们交给党组织。

2.几本书和笛子留给陈干事。

3.皮大衣留给拉五瓜同志,他的大衣打猎时丢了;茶缸一只留给郝文清;几件衣服留给炊事班的同志,他们的衣服烂得很厉害。

4.金星钢笔一支,是南泥湾开荒时王震旅长发给的奖品,如有可能请组织上转交给我的儿子五斗。还有一条狐狸尾巴是日加木马送的,请转给我的母亲。

这就是一名共产党员的最后遗书，一位人民功臣留下的所有财产,一个儿子留给母亲的全部孝心,一名父亲留下的全部遗产。李狄三的遗书闪耀着一位真正的共产党员党性的光辉。今天我们读着这份遗书,依然潸然泪下、心灵震撼。

李狄三的日记记录了先遣连挺进阿里,艰苦行军详细信息。他把沿途了解到的社情民意、地方官员的情况,以及他对进军阿里途中开展群众工作、连队管理等方面的工作经验和想法都详尽记录下来。他的日记为后续进藏的大部队解放西藏留下了非常珍贵的资料。

李狄三牺牲后,6 月 18 日,先遣连的指战员们在副连长彭清云的率领下,继续朝着噶大克前进。8 月 3 日,他们用英勇顽强的毅力,挑战生命的极限,攻克了一个又一个困难,最终完成了党和国家交给先遣连的艰巨任务。阿里噶大克插上了鲜艳的五星红旗,实现了李狄三等 63 名烈士的遗愿——解放阿里。

2009 年,总政治部在全国范围内组织有关部门评选 100 位“新中国成立后为国防和军队建设做出重大贡献，具有重大影响的先进模范人物”。李狄三和钱学森、杨利伟等人一起光荣入选。2011 年,为纪念西藏和平解放 60 周年,西藏自治区宣传部组织开展评选“60 位感动西藏人物”,李狄三和张国华、谭冠三、张经武等人一起入选西藏和平解放时期感动西藏人物。

2011年10月20日，西藏自治区独立拍摄的第一部电影《先遣连》在人民大会堂首映，10月28日在全国公映。2012年，同名电视剧《先遣连》在中央电视台综合频道播出，收视率一路上升，在全国激烈的收视竞争市场中取得了第三的排名，市场占有额最高的时候达到4%。该剧超高的人气显示了它受观众喜爱欢迎的程度。剧中的英雄，特别是先遣连的总指挥、党代表李狄三，一举一动流露出来的革命乐观主义精神和为了和平解放西藏一不怕苦二不怕死的英雄情怀，更是深深地感动了所有观众，无数次地震撼了他们，让他们的心灵接受到一次次的洗礼。英雄李狄三现在长眠在西藏阿里狮泉河向阳坡上的烈士陵园中，静静地看着阿里旧貌换新颜。

李狄三等英雄虽然已经长眠地下，但先遣连英雄们的精神将永远鼓舞激励着一代又一代在西藏工作的党员干部。以李狄三为代表的"先遣连精神"永放光芒！

（廖承英）

参考文献

[1]郭冠忠. 关于西藏和平解放的历史研究(上)[J]. 西藏研究，1997(01):33-45.

[2]阴法唐. 西藏和平解放的历史回顾[J]. 中共党史研究，2001(3):59-65.

[3]沈克尼. 高原寒区野战生存范例[J]. 轻兵器,2009(04):44-45.

[4] 彭清云. 由新疆进军西藏阿里的"英雄先遣连"[J]. 西藏研究,1997(01):46-47.

[5]王国民,郭瑞民. 进藏先遣连独闯"世界屋脊"[J]. 档案春秋，2009(10):24-27.

“将解放福音洒遍雪域高原”——天宝

天宝老人92年的人生，是极不平凡的一生，是将“解放福音洒遍雪域高原”的一生。从一个小僧人到红军中的第一批藏族战士和藏族共产党员，到成为中国人民政治协商会议第一次全体会议上藏族的唯一正式代表，再到出任新中国第一个藏族自治区——西康省藏族自治区政府的首任主席，他与中国共产党同呼吸共命运，一同见证了那段风云变幻的历史。

长征中的藏族红军小战士

天宝，原名桑吉悦希，1917年2月生于四川阿坝一个贫苦农民家庭，后成为寺庙中一个做苦力的小僧人。

1934年，中国工农红军北上抗日，到达桑吉悦希家乡。1935年底，红军在此建立了“格勒得沙革命政府”，桑吉悦希与许多贫苦出身的农牧民青年一起，参加了刚刚建立的第一个藏区的红色革命政权，先后担任共产主义少年先锋队副队长、格勒得沙革命党中央党部青年部长、革命青年团中央工作部部长等职。之后他加入中国共产党，成为第一批加入红军中的藏族战士，也成为第一批中国共产党藏族党员。

为了配合大部队北上抗日的要求，红军组建了“番族人民自卫军”，战士全部都是少数民族革命青年，桑吉悦希被任命为这支少数民族武装的党代表。他们随主力部队再次翻越雪山、走过草地。根据上级安排,桑吉悦希挑选了一批身体素质好、思想觉悟高、懂一点汉话的藏族战士,分派到红军的各个部队中当翻译,做向导,这对红军顺利通过藏区起到了很大帮助,所以广大红军指战员都高度评价高度赞许。1936年,他跟随红二、四方面军到达陕北。

担任中央党校少数民族班班长

红军在陕北站稳脚跟后,1936年在定边县创办了中共中央党校。不久之后,中央决定专门针对培养少数民族干部,在中央党校成立一个少数民族班,桑吉悦希成为了这个班的班长。1937年,中央党校从定边县迁到延安,为了加强对少数民族干部的培养,专门成立了少数民族干部班,桑吉悦希继续担任干部班的班长。

当时中共中央对中央党校的工作十分重视,毛泽东、周恩来、朱德、刘少奇、张闻天等中央领导人经常来党校讲课。有一次,毛泽东主席到党校讲课,结束后学员们自动列队到校门口欢送。主席看到少数民族学员很高兴,亲切地询问他们的学习和生活情况。当听到桑吉悦希名字时,主席问:"桑吉悦希是什么意思?听说藏族的名字都很有讲究。"桑吉悦希回答说:"'桑吉'是佛祖的意思;'悦希'是宝贝的意思。是活佛给我取的,有点迷信色彩。"主席点头笑着说:"了不得嘛!又是佛爷,又是宝贝。……你们大家都是党和红军的宝贝。"随后主席对桑吉悦希说:"汉族有句古话,叫物华天宝,也就是和你那个"桑吉"差不多。我给你取个名字,就叫天宝吧!"从此以后,桑吉悦希在工作生活中都正式开始用"天宝"这个名字,口口相传之后,后来很多人都只知道他叫天宝,反而没怎么听说过桑吉悦希这个名字了。

人民战争的磨练

1938 年中央党校结业后，天宝被派往新疆西路军新兵营担任学生队队长,从事党的政治工作。1941 年,中共中央决定在陕北公学民族部的基础上,创办延安民族学院,这是党的第一所专门培养少数民族干部的学校。天宝被党从新疆调回延安，到民族学院深造,在学院担任过学生会主席和西南民族区的区队长。

全面抗战爆发后，天宝及其战友们也非常积极主动地申请上阵杀敌,但中共中央并没有同意他们的请求,没有安排一个少数民族的干部去抗日前线,要求他们全部留在延安学习。抗日战争打了 8 年,这些少数民族干部也就在延安学了 8 年。即便是在解放战争时期,中共中央也没有让他们上前线。中共中央认为,抗日前线不缺少这几十个战士,但在新中国成立后,在解决国内民族问题时,这批少数民族干部的作用是别人无法替代的。

抗战后期直到全国解放，中央安排天宝到内蒙古从事地下工作,先后出任过太盛喜商店副经理,阿克托旗保安队四营教官。后来又担任中共城川区委书记,蒙汉支队三大队教导员等职。

开国大典的见证者

1949 年 8 月底的一天，领导突然给了当时在延安的天宝一封介绍信,让他赶紧到北京去。他抵京后被领进中南海面见周恩来,周恩来对天宝说:“组织上决定让你作为藏族同胞的代表，参加新政协,以后你就是我国藏族的第一位政协委员啦！”周恩来看天宝一路风尘装扮狼狈,还特意派人专门给他送了一套毛呢制服,一双皮鞋。就这样,天宝作为藏族的代表,参加了国内外瞩目的中国人民政治协商会议的筹备工作。

1949 年 9 月 21 日 – 30 日，第一届中国人民政治协商会议在北京召开,会议制定的《共同纲领》,决定在少数民族地区实行民族区域自治制度，这也成为新中国在处理民族问题上的一项基本政治制度。天宝作为少数民族代表出席了会议并发言,他表示坚决拥护政协会议所制定的共同纲领，坚决执行纲领中的民族政策。同时,他强烈呼吁解放军迅速进军大西南和大西北,解放苦难深重的藏族人民。

这次大会选举了中央人民政府，天宝当选为中国人民政协第一届全国委员会委员、政务院民族事务委员会委员。10 月 1 日上午,天宝和其他各民族代表一起赴天安门广场参加开国大典,亲眼见证了新中国的成立。

跟随刘邓大军奔赴西南，参加进藏先遣部队

1949 年底,西南重镇重庆获得解放,天宝被中央政府派遣到西南局统战部,并担任西南军政委员会委员、西南军政委员会民族事务委员会副主任。1950 年初,中央命令第 18 军进军西藏,天宝被任命为先遣队的领导成员,率先进藏。为了配合部队教育,天宝向入藏部队介绍了西藏地区的详细情况，并和政治部的同志一起拟定入藏注意事项。政治部对此非常重视,专门制定了《进军注意事项》发到部队,要求干部战士严格执行。这个注意事项非常细,如:“和藏人接触,不可问哪个是哪个的老婆,更不要打藏人的狗”;“寺庙一切宗教设施不得因好奇而乱动,更不得在群众中宣传反对迷信,或对宗教不满的言论”等。进藏部队正是遵守了这些规定,才赢得了广大藏族人民的拥戴。

同时,为了团结当地的僧俗民主人士,天宝还与格达活佛、德

格土司降央伯姆和大头人夏克刀登、孔萨益多等建立了良好的关系，动员他们为解放甘孜和西藏作出有益的贡献。由此，天宝也赢得了西康藏区广大僧俗民众的尊敬和信任。

建立新中国第一个民族自治地区，就任政府主席

1950年9月，西南局将天宝调赴康定，命其参加筹建西康藏族自治区政府的工作。1950年11月24日，我国第一个省辖的专区级自治地方——西康省藏族自治区在康定成立，天宝当选为第一任自治区人民政府主席。

当时的西康藏区满目疮痍，天宝认真贯彻党的"慎重稳进"方针，为当地建设做了大量工作。首先是接管旧政权，安定社会秩序，建立统一战线团结民族宗教上层人士，广泛动员和组织各方力量支援进藏部队。其次，明令废除"乌拉"差役，实行轻税政策，帮助人民恢复和发展生产，医治疾病。第三是加紧自治地方各级人民政权建设，促进藏族干部当家作主及加强民族之间和藏族内部的团结等工作。除了地方建设外，天宝还积极参与平叛剿匪工作。经过天宝等耐心细致的工作，阿坝土官华尔功臣烈等藏族上层人士把隐藏在当地的国民党特务周迅予、何本初交给了解放军，川西北民族地区获得解放。

1955年，中央决定撤销西康省，将其并入四川省，天宝进而就被任命为四川省副省长兼四川省民族事务委员会主任，并任中共四川省委常委、省委民族工作委员会副书记。12月，四川省阿坝藏族自治州成立，天宝当选州长。1956年9月，天宝出席中共八大并被选为中共中央候补委员。

藏区民主改革，毛泽东说“咱们跟着天宝走”

尽管民主改革使劳动人民获得翻身解放，但受“左”的影响，改革过程中也出现了一些偏差和失误。针对这些问题，1956 年 7 月，李维汉邀请四川省委领导人来京共商解决对策。7 月下旬，中央政治局听取汇报。针对大家在是否没收藏区寺庙的耕地问题上分歧严重的情况，毛泽东询问了天宝的意见，天宝建议暂时不要动寺庙的耕地等财产。毛泽东说：“好，咱们跟着天宝走，寺庙的耕地不动。”这时，毛泽东转过身对四川省委的一位同志说：“我教你一个好办法，你们在藏族地区办什么事，都要征求天宝同志的意见。天宝点头，你就干，天宝不点头，就不要干。”

回川后，天宝在力所能及的范围内，克服和纠正各种左的和右的错误倾向，为彻底埋藏奴隶制和封建农奴制，做出了重要贡献。

文革中蒙冤入狱，幸有周恩来及时解救

1967 年文革爆发，天宝也蒙冤入狱，被扣上“地方民族主义”、“民族分裂主义分子”、“里通外国分子”、“搞西藏独立”等众多罪名。造反派到他家里去抄家，发现了一面旗子，就认定那是“西藏独立国的国旗”。天宝解释说：“那是 1955 年苏联和东欧的 12 个社会主义国家的外交官和新闻记者到西藏和西康参观访问时，一位外宾送给我的，说做个纪念。……绝不是什么‘西藏独立国的国旗’，我从来也没有搞过什么‘西藏独立’。”但无论天宝怎样解释都无济于事。

关键时刻又是周恩来出面保护了天宝。当年 3 月，四川省的一些主要领导到北京来向中央汇报“文化大革命”在四川的开展情

况。周总理在接见他们时没有天宝,马上就询问说:“天宝怎么没有来?”四川省委第一书记李景泉说明了天宝的情况,并向总理汇报说他还在泸定监狱。周总理非常生气,批评他们说:“真是胡闹,天宝怎么会是‘分裂主义分子’?怎么会搞什么‘西藏独立’?”总理马上派人把天宝从监狱中接出来，然后马上送到北京特殊保护起来了,他还特别强调:“要绝对保证天宝的安全,不能出任何差错。”

赴任西藏,努力促进藏区建设,“吃团结饭,念团结经”

1969年九大召开前夕,为了稳定西藏局势,毛泽东决定派遣天宝去西藏主持工作。因为“文革”中的西藏,局势同样混乱。为了重整西藏局势,稳固边疆和国防,毛泽东决定首先要加强自治区的核心领导层。天宝既是藏族人,又出身部队,是最合适的人选。1969年,天宝受命奔赴西藏,先后担任西藏自治区党委书记、革命委员会副主任、西藏军区第二政委、西藏自治区政府主席、政协西藏自治区委员会主席等职。

从1969年6月入藏开始,他全身心投入西藏社会的稳定与建设中,取得了不少成果:交通运输方面,至1976年,全区建成了以拉萨为中心的公路网,97%的县和75%的区通了公路;1977年10月，全长1080公里的格尔木至拉萨成品油输油管线正式投入使用,每年可向西藏输送成品油8万吨以上,基本上扭转了西藏靠汽车运油的局面。农业发展方面,1975年“西藏实现了粮食基本自给”,1976年全区粮食总产量达到47万多吨。

1979年8月,西藏自治区召开三届人大第二次会议,天宝当选为自治区人民政府主席。之后天宝领导西藏自治区党委、政府努力落实政策、恢复经济、发展农牧业,为西藏各族人民医治“文化大革命”创伤做了大量工作。后来,当有人问天宝“文化大革命”期间在西藏做了哪些工作时,他总是笑着说:“吃团结饭,念团结经,做团结的工作。”

退休后,备受中央领导同志关心

1983年初,天宝遵从中央安排,退居二线,并成为四川省顾委常委,从1982年至1992年担任中顾委委员。1989年1月,胡锦涛奔赴西藏担任自治区党委书记,主持大局工作,奔赴西藏之前,胡锦涛专门到成都听取了天宝等人关于西藏工作的意见和建议。

2008年2月21日21时32分,天宝在四川成都因病逝世,享年九十二岁。有人写了一副长对联纪念他:“红军战士骑奔驰骏马长征英武踏破北岳南山高擎胜利旗帜直向康边西土嘉名无愧称天宝;民族英豪看振翼雄鹰神勇奋飞扫尽愁风苦雨喜将解放福音洒遍雪域高原齐赞藏家好儿郎。”这恰是天宝一生最真实的写照。

(娄红乐)

参考文献

[1]降边加措. 十六大特邀代表中的藏族老红军天宝[J]. 中国民族, 2002-12-10.

[2] 陈冠任. 西藏自治区前主席天宝传奇 [J]. 名人传记(上半月), 2010-06-05.

[3]降边嘉措. 周恩来对我国民族工作的特殊贡献[N]. 中国民族报, 2018-01-12.

[4] 杨飞. 天宝与格达活佛同心献力西藏解放 [J]. 四川统一战线, 2010(001):36-38.

[5]中共西藏自治区委员会党史研究室. 天宝与西藏[M]. 中共党史出版社, 2006.

爱国的和平使者——阿沛·阿旺晋美

2009年12月24日,《西藏日报》在头版显著位置以加大字号刊发讣告:阿沛·阿旺晋美同志逝世。这一期的《西藏日报》一改多彩多姿的风格,以黑白两色出全版,显得格外庄严肃穆。通过这种特殊的方式,《西藏日报》向世人传达伟大的爱国主义者阿沛·阿旺晋美逝世的消息,表达着人们对阿沛·阿旺晋美先生的崇高敬意和深切怀念。

数天之后,《人民日报》刊发的《阿沛·阿旺晋同志生平》详细介绍了阿沛·阿旺晋美不平凡的百年人生:

“阿沛·阿旺晋美同志1910年2月出生于西藏拉萨市墨竹工卡县甲玛乡一个有名望的家庭……1945年任西藏地方政府孜本(审计官),1950年任增额噶伦兼昌都总管。1951年任西藏地方政府赴北京谈判的首席全权代表,同中央人民政府代表签订了关于和平解放西藏办法的协议。西藏和平解放后,任国防委员会委员、西藏军区第一副司令员,1955年获一级解放勋章并被授予中国人民解放军中将军衔。此后,历任西藏自治区筹备委员会筹备处处长、筹备委员会常务委员兼秘书长、筹备委员会副主任委员兼秘书长,1964年任筹备委员会代主任。1965年任西藏自治区人民委员会主席。1968年任西藏自治区革委会副主任。1979年任西藏自治区人大常委会主任。1981年任西藏自治区人民政府主席。1983年至 1993 年任西藏自治区人大常委会主任。”

“阿沛·阿旺晋美同志是第一、二、三、四、五、六、七届全国人大代表，第三、四、五、六、七届全国人大常委会副委员长，第五、六、七届全国人大民族委员会主任委员；是政协第一届全国委员会委员，政协第三、八、九、十、十一届全国委员会副主席。”

在百年的人生传奇中，热爱祖国、献身祖国统一的崇高事业，是阿沛·阿旺晋美先生最光辉的人格风范，也是他留给后人最宝贵的精神财富。

坚定的爱国主义信念

阿沛·阿旺晋美，原名霍康·阿旺晋美，出生于贵族庄园家庭，从小聪慧过人，勤奋好学。14 岁起师从喜饶嘉措大师，系统学习文法、诗学、历史和哲学。喜饶嘉措大师学识渊博、品德高尚，不仅向阿沛·阿旺晋美传授了丰富的知识，更在思想上给他以深刻的启迪。在他的影响下，阿沛·阿旺晋美养成了独立思考、敢于担当的性格，对西藏贵族之间争权夺利的斗争不屑一顾，对祖国和西藏之间密不可分关系有深刻的认识。

阿沛·阿旺晋美虽然家世显赫，生活优渥，但自幼年起，即与庄园里的农奴孩子结伴玩耍，不以身份差别为意。17 岁时，阿旺晋美以庄园主少爷的身份，代替母亲管理庄园，对农奴和奴隶的苦难生活有了更直观的感受，开始认识到旧西藏封建农奴制度的极端落后和黑暗。在上世纪四十年代与朋友的交谈中，阿沛·阿旺晋美曾表示：“大家均认为照老样子下去，用不了多久，农奴死光了，贵族也活不成，整个社会就将毁灭。”对底层民众苦难的同情和对残暴朽腐的旧制的厌恶，奠定了阿沛·阿旺晋美一生忠诚祖国、追求进步的精神底色。

新中国成立后，解放西藏随即成为中央人民政府完成祖国统一大业中的关键一步。1950 年初，中央人民政府一方面命令人民解放军进军西藏，一方面通知西藏地方政府派代表到北京开展和平谈判。但是，当时掌握西藏地方政权的摄政达扎等少数分裂主义分子妄图搞“西藏独立”，他们在帝国主义势力的挑唆和指使下，连续召开官员大会，胁迫、误导与会人员官员抗拒解放军进藏，也拒绝派出代表到北京谈判。

危急关头，阿沛·阿旺晋美打破以孜本身份作为会议的主持人不能发表意见的惯例，毅然挺身而出表明拥护祖国统一的立场。他利用丰富的历史知识阐述了西藏自古属于中国神圣领土一部分的历史事实，并通过国民党的溃败，以及西藏在经济、政治、军事等方面的薄弱力量，揭示了同解放军对抗只会给西藏“带来不堪设想的灾难”的道理。他明确提出两条意见：一是西藏问题只能由中央政府解决，因此，应派一个代表团去北京，同中央政府商谈；二是同解放军只能谈判不能打仗。阿沛·阿旺晋美的发言有理有据，振聋发聩，得到很多人的支持，并在社会上引起强烈反响，大家普遍认为阿沛完全为西藏着想，不顾个人安危提出意见的精神值得钦佩。

积极促成和平谈判

1950 年 4 月，阿沛·阿旺晋美被任命为增额噶伦兼任昌都总管，主持昌都地区文武事务。阿沛·阿旺晋美在赴任前，向噶厦和摄政写了报告，请求准许他到昌都后直接去找解放军谈判。但是这个请求被驳回了。

在去昌都的途中，阿沛·阿旺晋美耳闻目睹了老百姓“因时世混浊，民不堪命，乞丐成群”的惨状。到达昌都后，阿沛立即向噶厦写报告，提请停止扩军备战。在没有得到批准前，他就下令遣散了已被派往金沙江一线布防的8000多名民兵，要他们各自回家种地养畜，恢复生产。

10月中旬，由于西藏上层反动集团百般阻碍和谈，解放军被迫发动昌都战役，击溃金沙江西岸一线的藏军，向昌都挺进。阿沛·阿旺晋美率主要官员撤出昌都镇，等待解放军前来接收，同时他派出三路官员主动寻找解放军接头谈判。解放军达到昌都地方官员所在的朱贡寺后，阿沛·阿旺晋美积极协助解放军遣散溃退下来的藏军，并与解放军十八军前线指挥所王其梅将军商谈，达成了解放军暂停西进，争取同西藏地方政府进行和平谈判的临时协议。王其梅将军传达了中央政府和平解放西藏的愿望，以及同西藏地方政府进行谈判的十条基本原则，后来被称作"十大政策"。

昌都解放后两个月，1950年12月27日至1951年1月2日，召开了昌都地区第一届人民代表会议，选举产生了昌都地区人民解放委员会，阿沛当选为副主任。为促成西藏的和平解放，人民代表会议期间，选举产生了"昌都地区僧俗人民争取和平解放西藏工作委员会"，推举阿沛为主任委员。1951年元旦，昌都各界僧俗人民发出《争取和平解放西藏的签名书》，呈送达赖和噶厦政府。与此同时，阿沛与40名在昌都的西藏地方政府官员两次联名写信给噶厦地方政府，通过亲身感受，竭力破除流传在西藏上层和民间对共产党和解放军的不实传闻，据实传达中央政府和平解放西藏的方针政策，说明共产党保卫国防、发展西藏的决心和目的，敦请西藏地方政府指派代表同中央人民政府进行和平谈判。

西藏和平解放的首席谈判代表

在阿沛等人的不懈努力下，西藏地方政府的态度终于发生了改变。1951年2月，达赖和噶厦任命阿沛·阿旺晋美为西藏地方政府首席全权代表，和另外4位全权代表赴北京，同中央人民政府进行和平谈判。

1951年4月初，阿沛·阿旺晋美等5位代表抵达重庆，中共中央西南局书记邓小平接见并宴请了阿沛一行。在这次会面中，邓小平坦诚而亲切地解释了中央对西藏的方针政策，给阿沛留下了极为深刻的印象，在相当程度上消除疑虑。4月22日，阿沛和另外两位西藏代表到达北京，朱德副主席、周恩来总理亲自到火车站迎接，让阿沛深受感动。五一劳动节当天，毛主席还在天安门亲自接见了西藏地方代表团，明确表示"我们是一家人，家里的事情，大家商量着办"，更是为阿沛等人注入了巨大的信心。

然而，谈判并非易事。西藏地方政府代表团出发之前，西藏地方政府指示了五项谈判条件，不少内容与"十大政策"相违背，其中最大的分歧在于人民解放军是否进驻西藏。阿沛深知，如果以西藏地方政府提出的"五项条件"为基础，和谈将难以成功。他经过反复考虑，便以个人的名义，给达赖写了一份报告，陈述了自己的意见："在目前如此之情势下，本人不惜舍弃生命，为心中理想而献身。此次前往汉区，将运用全部智慧进行谈判。关于公开宣布'西藏是中国领土'，这句话的意思是国内五个民族没有上下高低之分，一律平等，团结和睦相处。'进军西藏边防'丝毫不意味着要强行干预西藏内部事务，是因为目前世界局势动荡不安。""如不承认上述两条，汉藏之间无事可谈。"但是，由于当时通信不便，加上西藏地方政府内部政治出现动荡，阿沛还没有接到达赖的答复就动身赴京了。

鉴于这种情况，阿沛思想负担很重。如果在谈判桌上正式提出噶厦地方政府的五项条件，肯定不会被中央代表接受；如果不提出来，他身为西藏地方政府的首席全权代表，不好向噶厦地方政府交代。况且当时代表团内部意见也不完全一致。

了解到阿沛的为难之处，中央政府谈判团首席代表李维汉及时给予他帮助和指点。他首先指出，要从大局着想，坚持爱国信念，而且要做好其他代表的思想教育，团结和带领更多人一起走爱国主义道路。李维汉还告诉阿沛，作为首席代表，当然可以在谈判中正式提出西藏地方政府的意见和要求，不提是不合适的，有不同意见可以讨论，这都是正常的。

听了李维汉的意见，阿沛如释重负，立即组织其他几名代表反复学习、研究中央“十大政策”，并在正式会谈中提出了西藏地方政府“五项条件”。果不其然，谈判桌上争论十分激烈。为缓和气氛，双方首席代表决定暂时休会。

休会期间，周恩来总理特地到西藏代表驻地看望，再次转达了毛泽东主席关于各民族之间要平等团结、协商办事的原则。周恩来还请参加过 1949 年北京和谈的张治中、邵力子等国民党代表与西藏代表见面，以自身经历，进行开导与说服。中央政府的这些努力，让西藏代表深受教育。

经过激烈的争论、艰苦的谈判、坦诚的协商和友好的交往，双方代表团终于达成了《关于和平解放西藏办法的协议》(通称《十七条协议》)。可是，虽然阿沛多次请示、说明，西藏地方政府始终都没有正式收回“五项条件”，眼看一个多月的努力就要功亏一篑。值此关键时刻，阿沛毅然决定将个人前途命运抛在一边，以西藏人民和全国各族人民最长远、最根本的利益为重，与代表团其他成员商定，要在协议上签字。

1951 年 5 月 23 日，《十七条协议》正式签署，西藏迎来崭新的历史阶段。

为西藏发展进步鞠躬尽瘁

1951 年 10 月，阿沛·阿旺晋美返回拉萨，他立即向西藏地方政府官员代表会议汇报了和平谈判的情况和协议的主要内容，并根据确凿的事实，驳斥了当时拉萨流传的一些谣言和诬蔑之词。经过认真讨论，与会官员对以阿沛为首的代表团所进行的工作表示满意，并表示拥护《十七条协议》。接着，阿沛到布达拉宫，当面向达赖汇报。10 月 24 日，达赖致电毛主席，表示完全同意并拥护《十七条协议》，10 月 26 日，毛主席复电，对西藏地方政府为西藏的和平解放所做出的努力表示赞赏和感谢。

1952 年 2 月，中国人民解放军西藏军区成立时，中央军委任命阿沛·阿旺晋美为西藏军区第一副司令员。他与军区汉族干部联系密切，时刻关心驻藏部队的生产和生活，全力参与部队建设和发展。与此同时，他以维护和贯彻执行《十七条协议》为己任，在贵族官员和各阶层人士中深入宣传协议，通过各种方式维护发展壮大爱国力量，不遗余力地推动西藏社会变革。

可是，要全面实现协议，依旧困难重重。

1952 年初，反动组织伪“人民会议”公开进行非法活动，反对《十七条协议》，提出要解放军撤出西藏。3 月 31 日，煽动 1000 多名“藏军”和流氓、无业游民，武装包围中央代表驻地，在拉萨街头游行示威，呼喊反动口号，有些武装分子还打破了阿沛家的窗户玻璃。面对危局，阿沛·阿旺晋美全力支持、配合中央代表和军区领导，按照中央指示，本着有理、有利、有节的政治原则，力争用和平方式平息这一事件。他发挥了既是西藏地方政府的噶伦，又是西藏军区第一副司令员的双重身份优势，做了大量卓有成效的工作：一方面劝说其他噶伦维护《十七条协议》，同伪“人民会议”划清界限；

另一方面深入了解掌握伪“人民会议”的活动情况，随时向中央代表和军区领导反映，采取应对措施，避免陷于被动。经过多方努力，5 月 1 日，伪“人民会议”被取缔，其非法活动以失败而告终。

1959 年 3 月，西藏上层反动集团发动武装叛乱。阿沛·阿旺晋美为争取让达赖回到爱国立场，冒着危险向达赖送去了中央驻藏代理代表谭冠三和他本人的书信。为避免一些上层爱国人士受到冲击，他及时将他们安排到机关内部保护起来。1959 年 3 月 28 日，中央政府宣布解散西藏地方政府，由西藏自治区筹备委员会行使西藏地方政府职权，阿沛·阿旺晋美受命出任筹委会副主任委员兼秘书长。他立场坚定地拥护中央领导，旗帜鲜明地平定叛乱，大刀阔斧地开展民主改革，为成立西藏自治区、实施民族区域自治呕心沥血，帮助西藏的社会制度和政治面貌发生了翻天覆地的变化。

1965 年 9 月 1 至 9 日，西藏自治区第一届人民代表大会第一次会议隆重召开。大会投票选举产生了西藏自治区人民委员会，阿沛·阿旺晋美当选为自治区人民委员会主席。自治区正式成立后，阿沛·阿旺晋美为进一步健全和完善人民代表大会制度、健全和完善民族区域制度积极开展工作。此后他历任两届自治区政府主席、三届自治区人大常委会主任，为西藏的建设发展做出了卓越贡献。退居二线以后，年事已高的阿沛·阿旺晋美人在北京，心却依然牵挂着西藏的建设和发展。每天晚上，他看完中央电视台新闻联播，必要接着看西藏新闻，经常为西藏日新月异的变化而感到高兴。青藏铁路建成通车的消息传来，阿沛·阿旺晋美更是激动，他真想马上坐上火车，回去看看翻天覆地新西藏。

（刘培勇）

参考文献

[1]游洛屏，拉巴平措. 阿沛·阿旺晋美[J]. 中国藏学，2005(02):

5-7.

[2]《阿沛·阿旺晋美》编委会. 阿沛·阿旺晋美[M]. 中国藏学出版社, 2002.

[3] 阿沛·阿旺晋美. 1959 年西藏叛乱真相 [J]. 统一论坛, 2009(01):66-68.

[4]王尧. 西藏历史进程中的两座丰碑——萨班·贡噶坚赞与阿沛·阿旺晋美合论[J]. 中国藏学, 2011, 000(003):15-17.

[5]游洛屏, 拉巴平措. 英雄虽去,英名不衰——悼念敬爱的阿沛·阿旺晋美同志[J]. 中国藏学, 2010, 000(002):3-5.

[6]胡成海. 阿沛·阿旺晋美:走过百年历史风云[J]. 纵横, 2008.

肝胆赤诚的爱国者
——十世班禅额尔德尼

中国藏传佛教的杰出领袖十世班禅大师，被邓小平赞为“我们国家最好的爱国者”。终其一生，他为国坚决反对西藏分裂势力；为党坚定拥护党的领导，与党肝胆相照，荣辱与共；为民直抒己见，直言不讳地向党陈言；为民族努力维护团结，深入基层，关心藏族民众疾苦；为教弘法济世，改革创新。他真正实现了爱党爱民和爱国爱教的完美统一。

乱世中的坎坷坐床之路

十世班禅 1938 年 2 月 3 日出生于青海省循化县，俗名宫保慈丹，6 岁时被作为九世班禅大师的转世灵童候选者送往塔尔寺，经反复辨认，宫保慈丹等 3 名灵童成为候选人。

当时西藏地方的噶厦政府要求班禅堪布厅将班禅的 3 名灵童一起送到拉萨，由达赖用占卜的方式决定哪一个是真正的班禅的转世灵童，而非按照正当程序，由中央政府派遣专门人员进藏，主持金瓶掣签选出真正的转世灵童，并参加和确认坐床典礼，这一非法要求完全不符合既定的宗教仪轨，因此爱国的班禅堪布厅对此强烈反对。国民党政府因无力掌控西藏地方政府，因此迟迟不作正式决定，班禅堪布厅遂决定宫保慈丹为九世班禅转世正身。

1949年6月2日，在各方要求下，国民政府才颁令确定说："青海灵童宫保慈丹，慧性澄圆，灵异夙著，查系第九世班禅额尔德尼转世，应即免于掣签，特准继任为第十世班禅额尔德尼。"8月10日，国民政府派遣关吉玉奔赴青海塔尔寺，主持了宫保慈丹的坐床典礼，正式确认宫保慈丹继任为第十世班禅额尔德尼。

坚决拥护共产党新中国和西藏领土主权完整

在1949年动荡的政治格局中，十世班禅坐床后，班禅堪布厅所要解决的首要问题就是争取新中国的中央人民政府的承认。十世班禅回忆当时情况说："我们何去何从，内部提出了三种主张：一是经柴达木去新疆，从那里乘飞机转重庆或广州找国民党；二是去西藏向噶厦投降；三是找解放军投靠共产党。第一种主张大多数人反对，认为国民党是泥菩萨过河，帮不了我们；第二种主张全体人员一致反对，认为这是对九世班禅大师的背叛，何况噶厦肯定会骑在我们头上拉屎；第三种主张有许多人也因为听了国民党、马步芳等的反动宣传，怕共产党杀喇嘛、灭宗教，顾虑重重。……我先派人去到西宁，暗中观察打探共产党和人民解放军的情况。派去的人回来说共产党执行宗教信仰自由政策，尊重少数民族的风俗习惯，保护清真寺和喇嘛寺庙……听了汇报，人们的疑虑小了。当时我想……现在代表祖国的是共产党，我们应该投靠共产党。于是我也按照宗教传统进行了打卦求神，决定跟共产党走。"

而在中共中央方面，"班禅是格鲁派的第二大活佛，并在康区有一大批追随者"，对接下来中央政府解决西藏问题有着非常重要的意义。1949年8月6日，毛泽东指示彭德怀要"十分注意保护并尊重班禅……以为解决西藏问题的准备"。

1949年10月1日，中华人民共和国成立后，十世班禅闻讯后，立即致电毛泽东、朱德表示拥戴："钧座以大智大勇之略，成救国救民之业，义师所至，全国腾欢。班禅世受国恩，备荷优崇，二十余年来，为了西藏领土主权之完整，呼吁奔走，未尝稍懈。第以未获结果，良用疚心。刻下羁留青海，待命返藏。兹幸在钧座领导下，西北已获解放，中央人民政府成立，凡有血气，同心鼓舞。今后人民之康乐可期，国家之复兴有望，西藏解放指日可待。班禅谨代表全藏人民。向钧座致崇高无上之敬意，并矢拥护爱戴之忱。"此电是他第一次旗帜鲜明地公开表明维护祖国统一、反对分裂的立场和态度。中共中央作了认真思考，于11月23日复电班禅："西藏人民是爱祖国而反对外国侵略的……中央人民政府和中国人民解放军必能满足西藏人民的这个愿望。希望先生和全西藏爱国人士一致努力，为西藏的解放和汉藏人民的团结而奋斗。"在共产党西北局和青海省政府的关怀下，班禅和堪布厅全体成员返回塔尔寺。

1950年1月31日，班禅又致电中共中央严厉谴责拉萨当局分裂主义分子妄图实现"西藏独立"的行径，要求迅速解放西藏。1950年2月7日，《人民日报》全文发表了这份电报。不久，中共中央就发出进军西藏的命令，班禅随即要求其行辕要全力支持中共中央解放西藏，今后一切听从共产党安排，坚决跟共产党走。

在中央政府全力支持下，班禅结束近30年流落生活，返回西藏

从坐床开始，十世班禅和堪布厅想要解决的核心问题就是自九世班禅与十三世达赖失和、1923年出走内地以来的返藏问题。随着中央对西藏的和平解放，班禅返藏的问题被提上日程。

1951年4月20日，中央人民政府和西藏地方政府开始进行和

平解放西藏办法的谈判。针对西藏地方政府不承认十世班禅合法地位的问题，中央人民政府做了大量工作，达赖和噶厦最终同意将承认十世班禅的合法性和固有地位问题纳入谈判，并明确写入5月23日最终达成的《中央人民政府和西藏地方政府关于和平解放西藏办法的协议》(简称“十七条协议”)。不久，十四世达赖派代表到西宁塔尔寺欢迎班禅大师回藏。

在中央政府的大力协助下，班禅大师和堪厅的主要成员于1952年6月23日抵达位于日喀则的札什伦布寺，此时距离九世班禅1923年离开后藏已经有近30年时间，三十年后，班禅终于得以重回驻地。1954年9月15日，第一届全国人民代表大会在京召开，班禅大师当选为全国人大代表，随后又当选为全国政协副主席。1955年3月9日，国务院通过《国务院关于成立西藏自治区筹备委员会的决定》，决定由达赖任主任委员，班禅任第一副主任委员。

坚决反对分裂势力，一心维护西藏领土主权

1956年4月，西藏自治区筹备委员会成立前夕，西藏反动组织“人民会议”公然反对成立自治区筹委会，反对进行民主改革。针对这种情况，4月22日班禅在筹委会成立大会上说：“实行民主改革是西藏民族向前发展和进步、逐步过渡到社会主义社会必须经历的过程，也是藏族广大人民切身的要求。……那些说什么改革以后，宗教信仰就不自由了，宗教要消灭了，这都是帝国主义分子和国民党特务分子的无耻造谣……”

1956年达赖和班禅大师应邀赴印参加释迦牟尼涅槃2500周年佛教大法会，由于流亡印度的西藏分裂主义分子活动猖獗，在即将进入印度时，班禅大师在亚东开会要求所有的随行官员及随从，绝对不允许勾结分裂主义分子，绝对不允许有任何有损祖国和民

族尊严的言行，绝对不允许接受任何分裂主义分子的馈赠和宴请，所有人一旦听到任何分裂主义言论，必须及时上报。

当印度接待官员在汽车上插了印度国旗和藏军雪山狮子旗时，班禅大师随即严肃抗议，要求用五星红旗换掉了雪山狮子旗。当晚欢迎宴会上，印度驻锡专员潘特公然在致祝酒词中称西藏是个国家，而十四世达赖也随声附和只讲什么藏印友好、藏锡友好，对中印友好则绝口不提，在这种情况下，班禅大师则一直坚持称中印友好，与所有有损国家礼仪的言行划分开界限。

1957 年 1 月下旬，分裂势力要求达赖去噶伦堡，达赖再三劝说班禅大师同去，班禅大师明确表示："我绝不去噶伦堡，劝你也不要去。最好的办法是我们请中央派飞机来接我们一起回北京，向中央汇报请示今后西藏工作，然后再回西藏。……既然你的决心不变，那么我的上意也不会改。我只好祝您好自为之……我先回去了。希望我能在日喀则迎接你。" 班禅大师于 1957 年 1 月 29 日乘机回国，而达赖则去了噶伦堡。

1959 年 3 月，西藏地方政府中的反动集团公然在拉萨发动全面武装判断，班禅大师闻讯后立即致电西藏工委和西藏军区，愤怒谴责反动集团的叛国叛乱罪行，坚决支持和配合人民解放军平息叛乱。3 月 28 日，周总理发布命令：由班禅额尔德尼代理自治区筹委会主任委员职务，行使西藏地方政府职权。在班禅大师的主持下，筹委会于 6 月 28 日通过《关于进行民主改革的决议》，决定"彻底平息叛乱，充分发动群众，在全区实行民主改革"。1961 年春，西藏全部完成了民主改革，完全清除了旧西藏政教合一的政治制度，封建农奴制也被彻底摧毁。

直面问题向中央递呈“七万言上书”，文革遭迫害但赤诚不改

西藏平叛、改革帮助西藏社会迈进了现代世界，让西藏人民实现了当家作主，然而政策的实际执行过程中也不可避免地出现了一些“左”的偏差，班禅大师对于这些比较偏激的政策措施有比较大的意见，他自己直接写报告向中央政府反映了西藏的情况。1961年1月5日，中央政府鉴于西藏改革中出现的一些问题，指示要防“左”防急，并确定西藏稳定发展、五年不办合作社等方针。1961年1月23日，毛泽东接见班禅大师时说：“宗教问题上你是行家里手，你提的主张很好，就按你的办。”

1962年5月，经过对涉藏省区情况的实地考察，班禅大师向国务院呈送了《关于西藏总的情况以及以西藏为主的藏族各地区的甘苦和今后希望要求》的报告（即“七万言上书”），这份报告直言不讳地批评了平叛改革中出现的问题，也针对一些政策措施提出了建议。针对大师的意见，周总理指示李维汉等起草了纠“左”防急的四个重要文件。

改革开放后，时时刻刻捍卫领土主权完整

重新参加工作以来，班禅大师时刻不忘维护领土主权。1980年5月，班禅在接见达赖派回的参观团时说：“西藏是祖国不可分割的一部分，这是一个基本原则，没有谈判的余地，西藏独立是不可能实现的。……闹分裂，闹对抗是没有前途的。……终生在外做流亡者是不光彩的，也是不符合西藏人民利益的。”

1985年4月底，人大代表团应邀访问澳大利亚，班禅任副团

长。这是他重新工作后第一次出访，期间大师经常谈起西藏与祖国说："我与达赖是教友，我尊重他，但我们走的路不一样。……从历史、现实和藏族的前途着想，我选择了祖国统一的道路，这不是一时的、被迫的，而是永久的和坚定的。"

访问期间，分裂主义激进组织西藏青年大会党鼓动班禅"趁这次访问的机会，去自由的国家美国，要求政治避难"，班禅大师对此不屑一顾。

1987 年 9 月以后，西藏的各方分裂势力相互勾结，不断在拉萨制造各种骚乱事件，每次班禅大师都会坚决地谴责分裂分子，对他们这种分裂祖国的行径深恶痛绝。

一代宗师，弘法济世，锐意宗教改革

首先，班禅大师主张并带头改革对活佛的奉献和布施。他认为为了赎罪和证明信仰而贡献布施，甚至不惜倾家荡产。这既不符合教义，又加重信教群众负担，应该予以改革。从 1982 年开始，他去藏区各地视察访问时，不断号召藏族信教群众，不要再像以前那样，对他奉献钱物和布施。

其次，班禅大师非常重视藏传佛教寺院管理和僧侣质量。1986 年他去康区视察时，针对那里的寺院情况说："喇嘛教改革，寺庙要整顿。政府对宗教寺庙该放的要放，该管的要管好、不能放任自流。民主改革中废除的封建特权不能恢复，寺庙不能搞摊派……现在寺庙已初具规模，喇嘛也不少了，但会念经的不多，有些人进寺庙不是信仰问题，而是为了生活，为了赶时髦。甚至有些人受不了寺庙的戒规戒律，而去赌博、喝酒、跳交际舞，搞得僧不像僧，寺不像寺，因此。必须进行整顿。"针对这些僧侣，他认为"要进行培养、教育，给他们办个学习训练班，要让他们学习一点经典，以满足群众的需要。”因此，他于 1986 年筹建了“中国藏语系高级佛学院”，致力于培养佛学造诣高深，政治上拥护党拥护社会主义，并有相当科学文化知识的新型僧侣。

1989 年 1 月 28 日，十世班禅因心脏病突发，在喀则市札什伦布寺逝世，终年 51 岁。班禅大师这半个世纪的生平里，其常引以自评的就是“四热爱原则”：“热爱共产党，热爱祖国，热爱本民族，热爱自己信仰的宗教”，就是他一生的光辉写照。大师的高尚品格让人永远敬仰，其巨大贡献让人永远感念！

（娄红乐）

参考文献

[1]王元慎. 记十世班禅大师[J]. 纵横, 1999-10-15.

[2]蒋国栋. 习仲勋统一战线理论与实践研究[D].中共中央党校, 2019.

[3]蒲生华. 十世班禅大师进藏前的爱国情怀与实践[J]. 青藏高原论坛, 2019, 007(004):85-90.

[4]斯塔. 深切怀念十世班禅大师[J]. 中国藏学, 2019(001):5-7.

维护统一，矢志不渝——詹东·计晋美

詹东·计晋美是西藏著名的爱国人士。他一生从事社会活动，旨在维护我国各民族大家庭的团结和统一、消弭边患，希望实现西藏的社会进步、宗教和睦、人民幸福，并为此耗尽了毕生精力。

履任要职，地位显赫

詹东·计晋美（1910－1978年），藏名晋美扎巴，后藏达纳（即今之谢通门县）人。毕业于西藏拉萨雪洛札学院。

1936年，詹东·计晋美当选中华民国国民大会代表，同年在南京出席国民大会。1942年，任“班禅堪厅”驻重庆办事处处长，并升为昂囊（五品官）。1946年以班禅驻南京办事处处长的身份被补选为制宪国大代表兼任本次国民大会宪法草案审查委员会委员，负责审查蒙藏地区的地方制度。1948年1月27日当选为立法院立法委员，同年3月当选为宪政促进会常务委员，5月出席了在南京举行的行宪国民大会。1948年，升为仁希，任“班禅堪厅”驻南京办事处处长。同年于“班禅堪布会议厅”中得最高票（912票）当选为居内地藏人的国民政府立法委员，并任行宪第一届立法院集会筹备处筹备委员，国民政府宪法促进委员会常务委员。在任“堪厅”驻南京办事处处长期间，为争取国民政府承认十世班禅的合法地作出了积极的努力。

1953年3月，班禅堪布会议厅报请中央批准，正式成立了直接受政务院领导的班禅堪布会议厅委员会，并任命詹东·计晋美和拉敏·益西楚臣为主任委员，梁选贤、纳旺金巴、王乐阶等为副主任委员。詹东·计晋美代表"班禅堪布会议厅委员会"参与了西藏自治区的一系列筹备工作。1956年，詹东·计晋美跟随十世班禅去印度参加释迦牟尼涅槃2500周年纪念活动，针对分裂分子策划"西藏独立"的阴谋，坚决与分裂分子划清界限，以实际行动表明了自己的爱国立场和维护祖国统一的坚定态度。

胸有大局，忠诚为国

1912年(民国元年)，十三世达赖从大吉岭回藏，九世班禅专程前往江孜欢迎，后于热隆寺与达赖会晤。同10月，北洋政府大总统袁世凯下令恢复十三世达赖名号，翌年4月1日加封九世班禅"致忠阐化"名号。

自从十三世达赖喇嘛返回拉萨之后，由于种种原因，致使班禅与达赖失和，关系逐渐恶化，矛盾已难以调和。面对不断恶化的局势，九世班禅毅然决然地于1923年率少数侍从人员经新疆、甘肃出走内地。后来，出于各种缘由的考量，班禅喇嘛一直非常希望能够返回西藏。班禅返藏事件不仅仅是一个宗教问题，也是一个政治问题。因为此事事关西藏地方政府与中央政权的关系问题，遏制十三世达赖喇嘛的独立倾向，确立中央在西藏的主权与治权。

詹东·计玉阶是詹东·计晋美的叔父，是一个有着非凡胆识和眼光的人，对于九世班禅出走内地对当时中央政府的做法非常认同和赞许，决定去内地投奔九世班禅。1926年，年仅16岁的少年计晋美跟随叔父詹东·计玉阶踏上了投奔九世班禅行程，他们经印度加尔各答和香港辗转到内地，最终到达了北京。在北京生活期间，因工作实际需要，詹东·计晋美在北海瀛台刻苦学习汉语。后跟随九世班禅，历任班禅行辕秘书，冲哲、夏堆巴、列赞巴等职。

1933年，十三世达赖圆寂，由热振活佛摄政。国民政府代表黄慕松率代表团进藏致祭，比较圆满地完成了任务，进一步改善了中央政府与西藏地方的关系。后来，在九世班禅返藏问题上，西藏噶厦地方政府与英国横加阻挠，国民政府不敢与英国发生正面冲突，导致九世班禅返藏事情一波三折，直至1937年，九世班禅圆寂亦未能返藏。九世班禅圆寂后，班禅行辕全体人员遂转往甘孜。在此期间，发生了班禅卫队一分队队长益喜多吉与土司孔莎仓的女儿孔莎·德庆旺姆的联姻事件。双方的联姻引起刘文辉的恐慌，因害怕二者因联姻进而联合，动摇其在西康地区的统治，刘文辉派兵进行干预。

詹东·计晋美和拉敏·益西楚臣、慈仁团柱、土登尼玛、拉巴顿珠等受班禅行辕的委派，分赴康区各地，组织各路土司头人的兵力，准备联合防御。在"甘孜流血事件"中，詹东·计晋美在困难和危急时刻，有胆有略，亲率行辕士兵参加战斗，初战获胜。后受挫向玉树撤退时，他与旦增加措一起负责护送班禅灵柩及行辕部分军需物资，尽职尽责，得到当时班禅行辕主要负责人罗桑坚赞的器重。

1942年，因才华出众，有胆有略，经班禅堪布会议厅委任，时年32岁的计晋美被委派到重庆担任班禅驻重庆办事处处长一职。但随着九世班禅圆寂，班禅行辕的地位已不复以往，国民政府当局对班禅行辕人员的照顾也大不如前，待遇亦是今非昔比。甚至采取种种卑劣手段减少并克扣办事处的各项经费拨款，种种做法无疑是雪上加霜，班禅行辕办事处既生气又无奈。而且，围绕九世班禅转世灵童的确认等各类问题，各方势力发生了激烈的角力和斗争。

1928年南京国民政府成立之后，西藏地方政府与中央政府也一直若即若离，态度暧昧的极不正常。但在九世班禅转世灵童问题上却一反常态，派出土登桑布等4名僧俗官员赶往重庆成立西藏地方政府驻重庆办事处。玩起了明修栈道，暗渡陈仓的把戏，他们表面上亲近中央政府，暗中却干扰以及破坏九世班禅转世灵童的确认工作，妄图扰乱班禅行辕的工作，否定其按照传统宗教仪式所寻访的九世班禅转世灵童的候选人。此外，为了达到他们不可告人的目的，甚至不惜重金，腐蚀拉拢国民政府行政院和蒙藏委员会的某些官员。

面对当时险恶复杂的严峻局面，詹东·计晋美置个人安危于不顾，以百折不挠的毅力，扛住了来自各方的冷言冷语与打击，奔走呼号，作出了很多的工作。在重庆与南京先后多次会见戴传贤等人（戴是佛教徒，与九世班禅有深交，戴也是国民党政府考试院院长），并明确表示，班禅堪布会议厅全体人员将不畏流言，秉承九世班禅遗志，坚定不移地维护祖国统一，反对分裂，并强调班禅转世灵童的确认权归属于中央政府。班禅转世灵童理应由班禅堪布会议厅按照宗教仪轨寻访候选人并呈报中央最后确认，而绝对不允许西藏地方政府由自己圈定的候选人中选择。否则，将贻害无穷。在多方奔走，不断面见李宗仁、吴忠信、孙科、白云梯（蒙藏委员会委员长）等中央政府相关要人并积极进言的同时，计晋美还通过各种书面的文件陈诉，力陈九世班禅是中国杰出的爱国宗教领袖，毕生致力于维护祖国统一，做了大量有益于增进民族大团结的事，为中央政府在西藏实施管理做出了重要的贡献。因此，在九世班禅转世灵童问题上务必考虑到他所具有的巨大影响，并明确指出，若延误了转世灵童的候选时机，将给维护祖国统一带来无法估计的损失。

精诚所至，金石为开。计晋美等人的艰苦努力终究没有白费，有了回报。国民政府考虑到办事处是西藏与中央的桥梁纽带，经“国防最高会议”核准，不仅在原预算上增加了百分之七的经费，还保留了班禅卫队的编制及供给，班禅行辕捉襟见肘的处境终有好转。

但是，围绕九世班禅转世灵童的寻访问题，班禅系统与噶厦方面的明争暗斗仍然十分激烈，甚至班禅系统内部也产生了极大的分歧。为了瓦解噶厦地方政府操纵班禅转世灵童的阴谋，在时任西藏班禅驻京办事处处长罗桑坚赞的领导下，计晋美等人又踏上了为转世寻访确认的行程。在李宗仁出任代总统和孙科出任行政院院长后，通过计晋美等僧俗众人的不懈努力，国民政府终于在 1949 年 6 月 3 日宣布特准十世班禅按照七世达赖喇嘛之例先在塔尔寺坐床。1949 年 8 月 10 日，专使关吉玉在青海塔尔寺主持了十世班禅的坐床典礼，完成了法律上的认定程序。

审时度势，拒去台湾

1949 年，中国人民解放军在淮海战役中大获全胜，处于溃败和惊慌之中的国民政府迁往广州。班禅驻京办事处的全部人员也被命令迁往广州，暂住凤凰酒店。据孙格巴顿回忆，南京解放后，他与计晋美有过多次交谈，其一直明确表示要拥护共产党。

随着国内局势的变化，他们从广州回到了重庆，住在市中心校场口百子巷 101 号。1949 年 5 月，时任西藏班禅驻京办事处处长的计晋美为了与进军西北的解放军取得联系，带领几名工作人员前往青海西宁，告别之际，他特别嘱咐孙格巴顿说：“你的汉族同学多，联系广，一定要注意从中了解一些共产党的各项民族政策和解放军进军的情况。”

计晋美走后，孙格巴顿代理了班禅驻重庆办事处处长的职务。

此时的国民党大势已去，有留在重庆的个别人想要把班禅驻京办事处带到台北，并派遣特务到驻京办事处造谣生事，散播谣言。为了阻止这类事情的发生，孙格巴顿的几位同学在重庆地下党组织的巧妙安排下，进入班禅驻重庆办事处开展工作，向办事处人员传播党的民族宗教政策。这些人的介入对当时稳定办事处人员“军心”起到了很大的作用。面对国民党的威胁利诱，办事处在拖延时间的同时，想方设法与计晋美取得了联系。得知办事处和他的家眷都留在重庆后，计晋美当即作出了“不去台湾，留在西北，审时度势，视情而定”的决定。

1949年8月，中国人民解放军迅猛挺进大西北，面对中国人民解放军的强大攻势，驻守西北的国民党军政人员作鸟兽散，溃不成军，为免受四处逃窜的地方军政人员的危害，十世班禅及班禅堪布会议厅成员避居于青海牧区班禅的香火地——香日德。在知晓地方军阀马步芳部已四散溃逃，解放军已进驻并接管了西宁城的时候，受班禅大师和班禅堪布会议厅的委派，计晋美前往西宁联系驻青海省的中国人民解放军。1949年10月1日，计晋美受命主持草拟了以班禅额尔德尼确吉坚赞为名义向毛主席、朱总司令的致贺电，表示拥护中央人民政府、拥护解放军。1949年10月23日，毛主席、朱总司令和彭德怀副总司令员给十世班禅复电，对十世班禅的爱国行为表示欢迎，并希望班禅“和全西藏爱国人士一致努力，为西藏的解放和汉藏人民的团结而奋斗”。1951年，在和平解放西藏的谈判中，计晋美陪同十世班禅前往北京，为谈判成功做了许多有益的工作。

肩负重担，稳定政局

班禅返藏问题，不是单纯的宗教问题，事关国家统一和民族团结。党正确的路线方针政策是班禅问题得以解决的根本原因。在班禅返藏的这个重大问题上，詹东·计晋美做了大量的努力，发挥了积极的作用，做出了重要的贡献。

为实施《关于和平解放西藏办法的协议》，中央指定由范明将军率部队由西北进藏，当年计晋美出任了中国人民解放军第十八军独立支队副指挥员，这样范明将军就与计晋美组成了一支进藏先遣部队，由西北进军西藏，主要是筹办班禅大师返回西藏的事宜。计晋美积极主动地参与了这项工作，并完成了先期进藏的任务。进藏后计晋美又担负起了班禅堪布会议厅委员会主任委员的重任，通过大量的艰苦细致的工作，按照《协议》第五条规定，接管并致力恢复了班禅大师在西藏的地位和应有的职权。这在当时，为稳定政局起到了至关重要的作用。

1956 年 3 月，中央成立西藏自治区筹备委员会，并委任计晋美为筹备委员会副主任委员。同时，他又被选为第一、二、三届全国人大代表和第一、二、三届全国政协常委，得到了众多国家领导人的赞赏。他坚定不移地跟着共产党走，深受陈毅、贺龙、李维汉、乌兰夫、杨静仁、习仲勋等党和国家领导人的赞赏。

1956 年初，印度总统尼赫鲁邀请达赖和班禅大师赴印度参加释迦牟尼涅槃两千五百周年的庆典活动，在这次活动中，党交给计晋美护送班禅大师顺利往返的重要任务，时间紧迫、环境复杂多变，计晋美事事按照党的指示去办，出色地完成了党交给他的这项光荣而艰巨的任务。

计晋美的一生是在坎坷和战斗中度过的。终其一生，他都在为维护祖国统一、实现西藏的政教兴隆而不遗余力的求索奋斗。他曾满怀感激地说："中国共产党伟大，党的民族政策英明，只有共产党才使得我们实现梦寐以求的愿望，今天西藏的巨大变化，足以证明当年的选择是正确的”。

（何卫勇）

参考文献

[1]仁真旺姆. 忆西藏著名的爱国人士——詹东·计晋美[J]. 中国西藏, 2010, 000(003):58-61.

[2]詹东·计晋美. 坚决走社会主义道路[J]. 中国民族, 1959(06):4.

[3] 仁真旺姆. 我和父辈的故事 [J]. 中国西藏（中文版), 2006(06):84-85.

[4]1948 年国民大会部分西藏代表合影[J]. 民国档案, 1992(3):132-156.

爱国活佛，献身西藏——五世格达活佛

五世格达活佛，原名根嘎益登，法名洛桑丹增·扎巴塔耶，甘孜县生康乡德西底村人。生于1903年，7岁被认定为甘孜县白利寺第五世格达活佛。1920年，17岁的五世格达活佛到达拉萨甘丹寺学经，历经8年苦学，获得“格西”学位。

从活佛到革命者

1936年的春天，中国工农红军总司令部和四方面军经过艰苦卓绝的行军，进入了西康，在摆脱了国民党军队的围追堵截后，军队终于可以停下来休整了。但敌人不可能让这些进入西康藏区的红军舒坦的。早在红军到达西康之前，为断绝红军后路，置红军于死地。当时的南京政府当局委派时任蒙藏委员会委员、西康省委员会委员的诺那活佛有目的性的进入当地开展所谓的“宣慰”活动。为了从政治上孤立红军，国民党当局采取造谣诬蔑等方式，抹黑共产党和红军队伍。此外，为了让红军陷入生活困境，拖垮红军，国民党反动派勾结当地反动喇嘛和土司头人，严禁藏族群众向红军出售粮食、当红军的向导和为红军当通司，企图阻挠红军北上。

格达活佛当时正在主持甘孜县白利寺寺务。红军初到甘孜，格达因听到一些反动宣传，心中极为疑惧，就在白利寺附近找了一个村庄躲了起来。当他看到红军既没放火烧村庄，也没有杀人抢劫，就放心返回寺庙。在返回寺庙的路途中，走在通向寺庙的铁索桥上，格达与红88师的几位干部迎面相遇。他大着胆子走上前向几位干部询问道："红军是什么人的队伍？到这里来干什么？"通过通司的协助，红军指挥员告诉格达，红军是共产党领导的队伍，是专门为天下的劳苦大众打天下、谋幸福的。到这里来，主要为了北上抗日。同时还告诉他，红军一路走来，秋毫无犯，途经藏区，保护寺庙、充分尊重藏族人民的宗教信仰，风俗习惯。与当地群众交易时，没有丝毫的强买强卖，买卖公平，绝不乱拿乱动群众的东西，更不会巧取豪夺群众的财物。听了红军指挥员的讲述，格达内心受到很大震动，心情久久难以平静。他对随行人员说道："我作为活佛，是用佛经超度人们的灵魂到极乐世界去；而共产党领导的红军，是为穷人打天下的军队。我们的信仰虽然不同，但都是为了穷人。"回到寺里，入眼所见的是一众完好无损的经堂、佛像等寺庙用品。耳听为虚，眼见为实。虽然还不能完全了解红军是一支什么样的队伍，但从红军的话语和行为中，他初步判定红军是一支不同于国民党军队的队伍，这样的军队，绝不可能是国民党当局和当地土司头人所宣传在藏区到处"灭教"的军队。格达虽然觉得红军与国民党军队有所不同，但因接触时间短，他并没有从内心深处完全接受红军。在经过一段时间的观察后，格达心中有了定论，认定这是一支可以带领处于水深火热之中的藏区穷苦大众脱离苦海，获得幸福的军队。为此，他决心亲近红军，并将自己耳闻目睹的事实，向群众广为宣传，说服民众不要听信谣言，动员他们回到自己的家园，各自安居乐业。经过他的大力宣传和积极带动，那些受到国民党当局和当地反动土司头人蛊惑的藏族同胞消除了顾虑，纷纷重返家园。

由于受地理自然环境的影响，康藏地区土地贫瘠，广大的藏族同胞生活困苦，本已难以自足。几万人的红军队伍在此活动，粮食供给十分困难。为帮红军纾纾解困，格达活佛所在的甘孜县白利寺做出了巨大贡献。在自己粮食储备不多的情况下，两次义无反顾地帮助红军，支援红军粮食 7000 余斤。对于仅有 100 名僧人的白利寺，真可谓是毫不藏私，倾囊相助了。他还写下颂红军的诗歌："天空出现雨积云，干旱土地多高兴；红军带了红雨来，红旗红军亮了心。"

格达活佛的善行义举引起了红军高层领导的关注。朱德总司令到甘孜后，听说有这么一位热诚支持红军的活佛，率人专程前往看望。甫一见面，格达活佛就被朱德总司令的人格魅力所折服，他没有料到作为红军最高长官而又充满了传奇色彩的朱德，竟然是如此的亲切朴素，和善慈祥，一种深深的敬仰之情自他的内心油然而生。格达活佛是讶异的，朱德总司令何尝不是如此。总司令同样没有想到，出现在自己眼前的这位身披红袍，手捻佛珠，享有极高声誉极又十分开明的五世格达活佛，居然是一个才三十出头的年轻人！两人一见如故，促膝交谈，直到深夜。

在倾心畅谈中，50 岁的朱总司令犹如一位正直慈爱的兄长，谈到了自己革命生涯中的波折坎坷和追求真理过程中遇到的困惑、困难和自己对革命的感悟，也说了自己在被人不理解，不信任的情况下，最终拨云见日，找到共产党的经过，鼓励格达为藏族人民解放事业多做贡献，让格达受到了深深的启迪。二者之间的倾心长谈，为格达活佛打开了认识世界的另一扇窗，让格达活佛对红军有了更为深刻和透彻的认识，也是对红军深入认识的基础，格达活佛对于什么是革命，为什么要进行革命有了更进一步的认识和理解。进而促使他更加坚定了相信共产党，永远跟共产党走的意志和决心。

从史料记载来看，这次交谈仅仅揭开了双方交往的序幕。在随后的几个月里，双方先后又进行了多达九次的促膝交谈。正是这一次次的交心恳谈，让双方的相互了解更加深入，并使得他们成为了亲密的朋友并维系终身。

1936 年 6 月，这是一个值得铭记的日子。长期受奴役受压迫的藏族劳苦群众终于有了为自己做事的政府——中华苏维埃博巴政府在甘孜成立，这是一个伟大的创举。而五世格达活佛因其享有极大声望，被推选为博巴人民共和国中央政府副主席，成为活佛参与革命政权的第一人。崇高的革命事业，让格达活佛爆发出更大的激情，也更加自觉、积极地投身于支援红军的行动之中。

1936 年 7 月，在战胜张国焘分裂主义路线之后，红二、四方面军继续挥师北上，开赴抗日前线。7 月 1 日这天夜晚，格达活佛和朱德总司令依依惜别。临别前，朱总司令在红缎上为格达活佛写下:“红军朋友，藏人领袖”的题字。并将自己的八角军帽赠送给格达活佛，对他说:“这顶帽子留给你，看到它，就像看到了红军。少则 5 年，多则 15 年，我们一定会回来。”红军北上开拔。面对分别，格达活佛情难自禁，特赋诗一首：

云雨出现在天空
红旗布满了大地
未见过如此细雨
最后降遍大地
啊，红军，红军
今朝离去
何日再归
啊，红军，红军
藏族人民的亲人
为了祖国的统一

你们历尽艰辛

愿佛主保佑你们

盼你们早日归回。

不惧危难，营救红军

国民党反动派是不可能甘于失败的，他们无时无刻不想扑灭中华苏维埃博巴政府这个新生的革命力量。只过了一天，即红军开拔后的第二天，在国民党反动派的支持下，喇嘛生龙多吉纠结一批反动分子，肆无忌惮地抓捕、惨无人道地屠杀博巴政府的组成人员和留在当地的红军伤病员。不仅如此，他们还大肆迫害那些为红军工作的积极分子，将他们的财产洗劫一空。一时之间，刚刚远去的黑暗再次笼罩在了康巴藏区大地的上空。

面对国民党反动派及其爪牙的白色恐怖和疯狂反扑，格达活佛在震惊之余，没有丝毫的畏恐惧与退缩，而是冒着生命危险前去劝阻，把红军留下的轻伤员化整为零，并迅捷转移到当地的群众家中，悄悄地把他们保护起来。为消除乡亲们心中的恐惧，让乡亲们能积极行动起来救助红军伤员，格达活佛首先就让自己的亲妹妹带头认领了一名红军伤病员。考虑到重伤员分散到群众家中会因难以得到有效治疗而面临更大的生命危险，他组织人员将留下的重伤员悄悄接到寺庙中，进行妥善安排，并亲自用藏药对伤病员进行治疗。为以防万一，最大限度地降低不安全因素，格达活佛结合伤病员的个性特征，给他们每一个都起了贴切的藏族名字。在这些伤病员中，有一个是红四方面军的连长，叫杨化成。在为其精心调理并成功治愈后，格达活佛为其起名扎西罗布，并帮助他在甘孜安了家。一些红军伤病员治愈后，思乡心切，希望回内地。每遇此类事情发生，格达活佛总是怀着难以割舍的心情，为确保不出差错，他总是选派自己最亲近的人去完成护送工作，而色波和般根两名亲信基本承担了所有护送红军治愈伤员返乡的工作。色波等人带上格达活佛写给沿途头人或活佛的信，一路尽心照顾，将伤愈的205名红军送至道孚，再交由道孚灵雀寺亚六甲活佛派人转送到康定，让他们回归红军部队，重整行装，继续踏上北上抗日保家卫国的道路，书写那无怨无悔的壮丽人生。

在白色恐怖的血雨腥风中，时间如白驹过隙，转眼间，红军离开甘孜两年了。1937年，为免遭国民党反动当局及其爪牙的纠缠与迫害，格达活佛孑然一身，带着自己平时精心收集的甘孜博巴政府的各类文件、布告和印章，以朝佛为名，远走西藏拉萨避难。人远离，心相连。多年以后，曾在格达活佛身边工作的人员深情回忆："红军离开甘孜后，格达活佛的心一天也没有离开过红军，他将红军留给他的一张军用地图挂在自己的宿舍里，时不时就会盯着地图发呆，他在挂念着长征途中的红军，计算着他们的行程。"在无边的黑暗中，格达活佛心向光明，从没忘却朱德总司令临别之际对他所说的话，内心深处，坚信红军一定会回来。他时刻关注着北上红军的消息，听闻西北军阀马步芳等残杀红军战士的消息，专为牺牲的红军念经，陆续创作了40余首思念红军的诗歌。格达活佛身在拉萨，却一直心系红军，心心牵挂着自己的忘年之交朱德总司令。旅居拉萨期间，他把对朱德总司令、对红军的深深怀念之情，融入到自己的修行之中。在《八路军敌后抗战图》中，看到有朱德总司令的画像，就把其供奉于家中佛堂，常年诵经祝福，祈祷红军平安。在拉萨居住的10年间，格达活佛一直通过种种途径打听红军的消息，积极向拉萨的友好人士宣传共产党的方针政策，宣传红军是一支为天下劳苦大众谋幸福的队伍，驳斥国民党反动派对共产党和红军的不实宣传和污蔑之词。

身披袈裟入虎穴

平地春雷起，1949 年，兰州和西宁等西北主要城市在中国人民解放军的强大攻势下相继解放，消息传来，格达活佛兴奋莫名，情难自抑，不禁想起朱总司令离去时的铿锵话语，“少则 5 年，多则 15 年，我们一定会回来。”他放下手头杂事，迅即与甘孜的爱国进步人士进行联络，联名致电党中央，对共产党领导的人民军队取得的伟大胜利表示祝贺。

1950 年春，中国人民解放军第 62 军解放康定，已从拉萨返回甘孜故乡的格达活佛喜悦万分，在甘孜亲自主持召开 3000 多人的群众庆祝大会，庆祝西康重镇康定解放，并派代表到康定欢迎中国人民解放军。解放军到达甘孜时，格达活佛怀着无比激动和崇敬的心情，率众出城十余里，亲迎解放军的到来。刚从国民党反动当局及其爪牙下回到人民手中的甘孜，交通建设落后，与康定之间的公路也没有修通，进驻甘孜的人民解放军不仅面临物资给养匮乏的严峻形势，还面临语言不通，情况不熟悉等一系列亟待解决的现实困难。为了解决进驻的人民解放军的困难，格达活佛充分利用他在甘孜当地的巨大影响力，积极行动起来，说服动员寺院的喇嘛和周围的群众将节余粮食支援解放军。筹措好大量物资后，他又组织人员通过牦牛不分昼夜地驮运。在他的努力下，入驻甘孜的人民解放军的给养困难在一定程度上得到了缓解。

1950 年 6 月，西南军政委员会成立，格达活佛担任西南军政委员会民族事务委员会委员。西康人民政府成立后，格达活佛先后担任西康省人民政府副主席、康定军事管制委员会副主任等职。

1949 年，英勇的中国人民解放军势如破竹，迅猛地解放了全国大部分省区，并迅速向西北、西南地区挺进。7 月，在英国驻拉萨代表黎吉生的策动下,拉萨发生所谓的“驱汉事件”,意在断绝西藏与祖国的政治联系,妄图把西藏从祖国的版图中分裂出去。为了挫败国外分裂势力的无耻阴谋,维护国家主权,1950 年元旦,正在苏联出访的毛泽东向刘伯承、邓小平、彭德怀发出指示:“进军西藏,解放中国大陆上最后一片土地。”考虑到进军西藏这个任务的艰巨和特殊性,经过反复掂量权衡,中央最后任命第十八军军长张国华和政委谭冠三率部进军西藏,解放西藏。

1950 年 5 月,中国人民解放军十八军北路先遣支队率先到达甘孜,格达活佛高兴万分。吴忠、天宝等同志与他就西藏当时所面临的严峻形势进行了交谈,同时向他谈了中央决定争取和平解放西藏的战略方针,他当即表示坚决拥护中央的这一方针,主动提出他认识西藏地方政府和三大寺的一些人,愿前往西藏做作说服工作。当时,全国政协第一届第二次会议召开在即,毛主席、朱总司令拟请他作为特邀代表出席盛会。格达活佛听到这一消息后说:“我很想到北京看看,可是,为了西藏的早日解放,我现在顾不上”,“等西藏实现和平解放以后,我再去北京见毛主席和朱总司令”。1950 年 6 月 2 日,五世格达活佛致电朱总司令转全国政协会议表示,愿去西藏劝和。许多领导同志和友人为他此行的安全问题担心,格达活佛却把自身安危置之度外,毅然决定前往西藏完成劝和的神圣使命。

1950 年 7 月 10 日,身兼西南军政委员会委员、西康省人民政府副主席职务的格达活佛赴拉萨规劝西藏地方政府(噶厦),为和平解放西藏做出努力。24 日,格达活佛一行到达昌都。格达活佛不顾旅途疲劳,立即四处奔走,先后约见西藏地方政府派驻昌都的“西藏边使府”、昌都总管拉鲁,以及当地其他行政官员,向他们宣传党的方针政策,希望他们不要与解放军为敌。宣传得到了当地绝大多数上层人士和僧俗群众的拥护。但他的行为也引起了昌都地方当局中个别反动分子的敌视。他们竭力阻挠格达活佛的正义行动，要挟昌都有关部门不许给格达活佛办理去拉萨的通行证。对此，格达活佛十分气愤，在万般无奈的情况下，他希望通过昌都无线电台台长、英国人罗伯特·福特打电报同拉萨当局直接联系。可是，万万没有料到罗伯特·福特是个特务，其主要工作就是收集有关西藏方方面面的情报，培植亲英势力、怂恿西藏独立。为了阻止五世格达活佛进藏劝和，这个英国特务唆使反动分子对五世格达活佛痛下杀手，用毒药毒死了他。一心为国的格达活佛，为西藏和平解放献出了宝贵的生命，殁年仅 47 岁。

五世格达活佛不幸遇难，举国震惊，人民以各种方式悼念这位为了祖国统一、藏汉民族团结而牺牲的佛海赤子。在他的家乡——甘孜，建有朱德总司令和五世格达活佛的纪念馆和铜像，供人们缅怀这位为了维护国家统一、民族团结，不畏艰险、慷慨赴死的雪域之子，而他的感人故事，至今仍被人们传诵。

（何卫勇）

参考文献

[1] 刘延东. 功烈永垂民族史——纪念五世格达活佛诞辰 100 周年[J]. 中国西藏(中文版), 2004, 000(002):2-3.

[2]杨顺书. 中国精神·四川英雄——五世格达活佛[J]. 四川省社会主义学院学报, 2019(3):38-40.

[3]张永才. "红军一定会回来!"——五世格达活佛的故事[J]. 四川党的建设(城市版), 2011, 000(006):56-58.

[4]李安葆. 祥云出现在天空——五世格达活佛礼赞红军[J]. 党史文汇, 2008, 000(011):38-39.

[5]郭昌平, 尹向东. "红军朋友 藏人领袖"——记甘孜白利寺

第五世格达活佛[J]. 中国西藏, 2000(04):38-39.

[6] 红军朋友 爱国活佛——记五世格达活佛 [J]. 中国宗教, 2011, 000(007):49-50.

中国人民解放军中将
——朵噶·彭措饶杰

20 世纪 50 年代初的西藏，政治局势错综复杂，国内外各种反动势力都不遗余力搅弄风云。在这一风云变幻的关键历史时期，西藏地方政府中涌现出一大批爱国人士，他们审时度势，积极拥护中央人民政府关于西藏工作的各项举措，积极推动和平解放西藏。朵噶·彭措饶杰便是这批爱国人士的杰出代表，他在复杂的西藏局势中立场坚定地维护祖国统一、旗帜鲜明地反对分裂，关键时刻敢于挺身而出，与分裂分子做斗争。其言其行，可歌可泣，值得我们歌颂与传承。

出身名门，官至藏军总司令

朵噶·彭措饶杰，又称饶噶厦。1903 年，朵噶出生于旧西藏地位十分显赫的朵噶家族中，该家族曾有 5 人在噶厦地方政府中担任过噶伦，是西藏贵族中担任噶伦最多的一个家族。

1922 年，在朵噶 19 岁的时候，他就在西藏地方政府中任职了，后来历任拉萨警察局第一任警察总办、噶厦地方政府的秘书——噶仲、山南错那宗宗本、藏军代本等显要职位。1949 年新中国成立时，朵噶·彭措饶杰已经是藏军司令、噶厦地方政府的四大噶伦之一，在西藏可谓是大权在握。1950 年，解放军进藏，当时朵噶·彭措饶杰除了主管藏军司令部之外，还是藏北总管。

力主和平解放西藏，挫败分裂阴谋

在昌都战役结束，藏军败退之后，达赖带领噶厦地方政府主要官员逃到亚东，住在东噶寺，对局势发展持观望态度。1951 年 2 月，以达赖为代表的西藏地方政府，派出以阿沛·阿旺晋美为首席代表的和谈代表团，奔赴北京与中央政府进行和谈。5 月 23 日中央人民政府和西藏地方政府签订了《关于和平解放西藏办法的协议》(简称“十七条协议”)。协议签订后，中央政府任命张经武为中央驻藏代表，他先经印度到亚东去会晤达赖，然后跟随达赖一起返回拉萨。

“十七条协议”的内容被送达西藏地方政府后，噶厦马上用电报通报了在那曲的朵噶，并令朵噶即刻启程前往亚东，准备会见张经武。曾是主战派的朵噶，经过几个月的深思熟虑，此时他已认清形势，改变了主战立场，和阿沛·阿旺晋美两人一起，成为噶伦中坚定的爱国派。面对分裂势力劝说达赖南下印度的情况，他极力主张不要出走印度，而是在亚东等候张经武代表到来后再作定论。在美国政府策动分裂活动和索康·旺清格勒出走的情况下，朵噶能保持这种爱国立场，是十分可贵的。

1951 年 7 月 14 日，张经武抵达亚东，他代表中央政府对达赖和噶厦核心官员详细讲解了中央对于西藏的方针政策，表达了汉藏团结、共建西藏、共守边防的核心意愿。在张经武一行人员耐心细致地解释下，同时也是在达赖打卦卜得的护法神吉祥天女“神卦”的指引下，十四世达赖决定拥护“十七条协议”，并于 8 月 1 日启程返回拉萨。美国政府和分裂主义分子策动达赖出走国外的阴谋失败。

得知达赖要返回拉萨，美国国务卿艾奇逊一面指示美国驻印度大使馆继续拉拢达赖，一面向支持达赖返回拉萨的朵噶做工作，重弹“美国提供援助”的老调。索康噶伦等主逃派官员则趁机极力游说达赖不要返回拉萨，达赖思想上出现了反复。朵噶坚决表示反对：“佛爷，共产党专程派来了和谈代表，他们的态度那么诚恳，我看不会有问题。至于去印度，断不可行，美国人不可靠，既然要帮助西藏，那为什么不发来美国政府的正式声明？还是按协议先回拉萨再说。”达赖在他的劝说下，坚定了回程的信心，于 8 月 17 日返回拉萨。

护送达赖和张经武回到拉萨后，朵噶积极拥护“十七条协议”，为和平解放西藏做出了卓有成效的努力，协助人民解放军进驻拉萨和边防要塞，同时为西藏军区、西藏工委和噶厦政府之间建立密切联系做出了诸多贡献。

担任中国人民解放军西藏军区副司令员，旗帜鲜明地反对分裂势力

1952 年初，中央决定设立西藏军区，并决定从西藏上层人士中选出两个人来担任副司令员。经过反复协商，最终中央政府和西藏地方政府都决定由阿沛·阿旺晋美担任第一副司令员，朵噶·彭措饶杰担任第二副司令员。阿沛·阿旺晋美后来回忆说：“任命朵噶担任第二副司令员，是西藏工委领导与噶厦政府多次协商、达赖认可，最后上报中央军委批准的。一方面，朵噶积极拥护十七条协议，为和平解放西藏，协助部队进驻拉萨做了不少工作，另一方面，朵噶是在职噶伦，曾担任藏军总司令。由他担任西藏军区领导工作，便于工委、军区和噶厦政府之间的联系。”

就在西藏工委和西藏军区积极开展面向西藏现代化发展的各项工作时，反动组织伪“人民会议”公然制造骚乱，妄图搅乱西藏局势，同时他们也与分裂主义分子索康·旺清格勒暗中勾结，一起兴风作浪。1952 年 3 月中旬，伪“人民会议”联合藏军包围了张经武的住所，还公然叫嚣要求解放军撤出西藏。当时，阿沛、朵噶等人比较反对索康等人的做法。当得知包围张经武住所的藏军是自己儿子率领的部队时，朵噶怒不可遏地说：“简直是胡闹！赶快让他们撤走！”

率队参加国庆观礼，宣传祖国建设伟大成就

1953 年，中央人民政府为了让西藏地方政府上层的僧俗精英充分了解新中国的建设成就，决定利用新中国成立 4 周年庆祝活动的机会，安排达赖、班禅双方人员共同组建西藏国庆观礼团赴北京参加国庆观礼。经过协商，朵噶·彭措饶杰被选定为达赖方面的首席代表，并担任代表团团长。这一年，他正好 50 岁。

代表团一行于 9 月 28 日抵京，9 月 29 日，政务院副总理邓小平设宴招待了他们。10 月 1 日，朵噶与观礼团登上天安门观礼。10 月 18 日，毛泽东主席和朱德总司令在勤政殿接见西藏国庆观礼代表团，朵噶代表受接见的 18 位藏族同志敬献哈达。毛泽东在听了朵噶和其他藏族同志的发言后，对西藏工作做了重要指示：“过去两年来，中央人民政府和西藏地方之间的相互了解以及汉藏两个民族之间的相互了解是有进步的，西藏地方对中央以及藏族和汉族之间都是一天天靠拢的，相信将来会更加靠拢。”就朵噶等藏族人士希望中央对西藏的经济建设多些帮助的请求，毛主席说：“中央有什么东西可以帮助你们的一定会帮助你们。帮助各少数民族，让各少数民族得到发展和进步，是整个国家的利益。各少数民族的

发展和进步都是有希望的。”“总之，我们的方针是团结进步，更加发展。”

之后，中央政府即安排了西藏观礼团赴祖国各地参观学习，半年时间里，他们走遍了大江南北，先后到北京、天津、上海、南京等全国 10 多座大中城市，参观了工厂、农村、牧区、学校、医院、托儿所、民族文化宫等，并且特别考察了全国各地对佛教寺庙的保护情况，对宗教信仰自由的保障情况等，在考察过程中，他们对党的宗教信仰自由政策有了更加深刻的了解。

1954 年 6 月，西藏国庆观礼代表团回到北京。6 月 25 日至 27 日，朵噶·彭措饶杰接受了中央人民广播电台的热情邀请，通过广播向藏区民众发表了 3 次藏语演说，他热情洋溢地介绍了国庆观礼的盛况，讲述了中央政府对观礼团的指示，介绍了观礼团在祖国各地参观学习的情况，和他个人的一些感受。1954 年 6 月 26 日，朵噶·彭措饶杰应邀在全国政协民族事务组做报告，他说：“我们伟大的祖国正在逐步走向工业化，各少数民族获得了民族平等权利，宗教信仰自由有了保障，西藏人民自和平解放后，在祖国各民族统一的大家庭中，正在发展各项建设事业。这些都是中国共产党和毛主席领导全国人民进行和平建设的伟大成就，这次我们回到西藏后，要很好地把祖国内地的新情况，传达给西藏的全体僧俗人民，共同为建设祖国的新西藏而努力。”

两天以后，即 6 月 28 日清晨，朵噶率领观礼团离京返藏，这次观礼和参观学习的活动圆满结束。

对印外交，坚决维护祖国领土完整

在率领观礼团期间，根据中央指示，朵噶还作为中央政府代表团成员之一，参加了中印两国关系的谈判。这次谈判由周恩来总理亲自挂帅。谈判期间,针对麦克马洪线的问题,朵噶明确说明:“非法的麦克马洪线我们历来不承认。印度政府把非法的麦克马洪线以南的门达旺、洛瑜地区划为自己的版图,这是不能允许的。这个问题此次谈判虽不能解决,但应提请印度政府注意。另外,尼泊尔王国在我国西藏也享有特权,也需要在今后的谈判中解决。”

经过长达4个月的谈判,1954年4月29日,中印签定了《中华人民共和国和印度共和国关于中国西藏地方和印度之间的通商和交通协定》。谈判期间朵噶发挥了重要作用,他维护国家领土完整的发言,受到我国成员的一致称赞。

受衔中将,任自治区筹委会委员

从北京归来后,朵噶更加积极地参与西藏的建设工作,并取得了非常大的成就。比如他受西藏地方政府指派参与康藏公路昌都到拉萨段的建设,整日忙于工程指挥部的领导和各项协调工作,并从各地征集了一万多名藏族民工。1954年12月25日, 在庆祝康藏、青藏公路胜利通车的万人集会上,朵噶代表西藏地方政府发表了热情的讲话:“康藏、青藏公路同时通车拉萨,这是全国人民的大喜事,也是西藏人民的大喜事。感谢党中央、毛主席对西藏人民的深切关怀,感谢人民解放军对西藏人民的真诚帮助。”

1955年9月27日,周恩来发布命令,授予朵噶中国人民解放军中将军衔,由贺龙元帅亲自为他颁发佩戴军衔。

1956年4月,西藏自治区筹备委员会正式成立,陈毅副总理率领中央代表团赴藏参加成立大典。朵噶被任命为达赖的代表,全程接待并安排陈毅元帅在西藏的一切行程。之后,朵噶顺利当选为筹委会委员。

1957年2月,朵噶在陪同达赖到印度参加释迦牟尼诞生2500

年纪念活动后,途经西藏重镇日喀则作短暂停留。3 月 13 日,彭措饶杰不幸突发脑溢血,溘然辞世,时年仅 54 岁。

朵噶·彭措饶杰，从藏军总司令到中国人民解放军高级将领，见证了西藏和平解放的全过程，也见证了新中国各界人士共同反对帝国主义和分裂势力的努力。朵噶为汉藏民族的团结友爱、西藏的和平解放、西藏的社会稳定、西藏的现代化建设等所做的努力和贡献,将永远被中国人民所铭记。

（娄红乐）

参考文献

[1]王富荣. 朵噶·彭措饶杰中将与毛泽东的一篇文稿[J]. 军事历史, 2002-01-30.

[2]刘玲. 兴边富民行动与民族团结进步[J]. 云南师范大学学报(哲学社会科学版), 2020-03-15.

[3]刘晓兰. 一代将星闪耀——共和国第一次授衔纪实[J]. 中州统战, 1998(2):38-38.

[4] 尹家民. 西藏平叛中的三位中将 [J]. 党史博览, 2015, 000(012):30-36.

[5] 水新营. 解放军首次授衔时七位无军队级别的开国将军[J]. 党史博采:纪实版, 2019(9):48-52.

高举义旗，走向光明——德格·格桑旺堆

德格·格桑旺堆，著名的前藏军第九代本、中国人民解放军将领。1950 年 10 月 11 日，德格·格桑旺堆率部 400 余人在西藏宁静举行起义，选择了真理和正义，为维护民族团结、祖国统一作出了特殊的贡献。

曲折家世，从军历练

德格·格桑旺堆（1912 ~ 1984 年），藏族，1912 年出生于西藏帕里。德格·格桑旺堆，其父亲德格·昂旺强巴仁青，叔父多古僧格，系康区德格土司世家罗追彭错的次子和长子。甘孜当地人一般不叫其学名，分别俗称两兄弟为“巴瓦”和“阿甲”。

土司多为承袭制，依据父死子袭之惯例，罗追彭错之长子多古僧格也即阿甲在其去世之后继位成为新一任德格土司。这位新任土司先娶妻西藏澎波贵族甲绒囊索家的女儿措姆，其后因夫妻不睦，又入藏另娶一名家世地位不如措姆的女子为妻。在阿甲迎娶新人离开甘孜期间，他授权弟弟巴瓦代为执政。

巴瓦代为执政期间，因其学识品格赢得了人心，并逐渐掌控了德格土司府的实权。导致阿甲土司亲信反感和不服。特别是大头人降孔德且，为达到削弱巴瓦的势力的目的，竟然在食物中下毒害死了巴瓦最得力的亲信助手夏格·扎西郎加。一怒之下，巴瓦下令处

死了降孔德且。自此,兄弟阋墙,埋下梁子。

游玩归来的阿甲,不仅收回了弟弟手中的权力,还借助外力抓捕了巴瓦,囚禁在土司官寨的大牢里。自认监牢坚固,弟弟被关入其中定然插翅难逃。因而疏于防范。没料因仁心宅厚,巴瓦土司府的亲信冒死把其救出土司府。因缘际会,恰逢十三世达赖离京返藏,途经青海,巴瓦带亲信在青海塔尔寺面见十三世达赖喇嘛,不仅以自己悲苦的经历取得了十三世达赖喇嘛同情,还被赐予庄园,封了五品官职。转眼间从逃亡之人成为拉萨贵族之一,官职也一路上升到小三品台吉。巧合的是,巴瓦的妻子戈玛与其哥哥阿甲的妻子措姆均为澎波甲绒囊索家的女儿,而且还是亲姐妹。

巴瓦,这位新晋拉萨贵族,因其藏文、汉文、梵文造诣在拉萨贵族圈深负盛名,成为了拉萨各世家子弟答疑解惑的首选之人。1910年2月,逃往印度的十三世达赖喇嘛把学问好的巴瓦也带在身边。两年后,中印边境的帕里商埠,伴随着一声婴儿的啼哭,德格台吉的独子格桑旺堆出生。

常年的流亡经历让十三世达赖看到了发展科学教育的重要性。不仅选派贵族子弟到英伦接受西式的教育,还在英国人弗兰克·卢劳的指导下,于1924年在江孜开办了一所英文学校。德格少爷格桑旺堆成为了这所英文学校的首批学员。在学习了两年的英文后,14岁的格桑旺堆被父母送到了哲蚌寺洛色林扎仓岭康村出家小僧。刻苦好学的格桑旺堆因学问不错且善于吟诗作赋而在村里小有名气。但糟糕的是,他的父母因感情不和最终选择了各自生活。母亲戈玛在他父亲为其单独修建的一幢小楼修行。父亲巴瓦则再娶贵族玉拉厦家的女儿多央为继室,年轻貌美的继母比德格·格桑旺堆大不了几岁。

1935年,在德格·格桑旺堆21岁时,老德格台吉病逝了。作为家中独子，德格·格桑旺堆理所当然地成了德格家族的继承人。可他年轻的继母不愿大权旁落，拒绝交出家产，反对他继承家产，认为自小就在哲蚌寺出家的德格·格桑旺堆已经算不上德格家的人了，自己才是德格家族的继承人，家产理应由她一个人继承。

双方互不相让，公说公有理，婆说婆有理。由于双方没有达成和解，最终只能起诉到噶厦，通过打起官司的方式来解决。其实，在对簿公堂之前，为人善良厚道的德格·格桑旺堆曾多次托人向多央提过和解方案，希望双方最好通过协商来合理解决财产继承的问题。并表明他并不想独占父亲留下的家产，承认作为继母的多央理应分上一份，还说自己反正都要调放外差的，在继母再嫁前，若愿意，可以继续住在父亲留下的老房子里。

但因多央坚决不和解，最终还是对簿公堂前。其间的离奇曲折且不说它，却说掷骰子判输赢的关键一天，谁也想不到，命运给德格·格桑旺堆开了天大的玩笑，理直气壮，信心百倍的他输了。心虚胆颤，诡计多端的多央却奇迹般地赢得了官司。这场官司，虽然多央赢了，拉萨人却从此认识了善良、老实、厚道，正直的德格·格桑旺堆。

1943年，宇妥扎萨·扎西顿珠出任朵麦基巧（昌都总管，简称朵基），委任德格·格桑旺堆为随从四品官赴昌都任职。1946年，德格·格桑旺堆被任命为第九代本驻守察雅（后移防芒康）。在芒康驻防期间，他整饬军纪，在当地引起了不小的反响。

当时的藏军部队纪律松懈，扰害百姓，卫藏人和康巴人之间关系紧张，矛盾重重。德格·格桑旺堆虽然是地方政府的世袭官员，但他毕竟是康巴汉子，身上流的是康巴人的血液。那时候，藏军官兵非常喜欢到老百姓家里磨糌粑，乘机骚扰和敲诈百姓，谁得到出去磨糌粑的肥差都认为是捞一把的机会，算计起来一个比一个精，老百姓对此敢怒而不敢言。作为代本的德格·格桑旺堆实在看不下去了，他想来想去，决定自己花钱在军营里建一座水磨房，不允许官兵再到老百姓家里磨糌粑，这还了得，“断了财路”的官兵们不干了，要找德格·格桑旺堆“说理”，事情越闹越凶，差一点演变为一场“兵变”，直到朵基拉鲁出面干预才算平息下来。

通电起义，选择光明

1950 年 10 月 7 日，中国人民解放军第十八军发起昌都战役，一路势如破竹逼近昌都。面对解放军强大的军事压力，德格·格桑旺堆深知，以自己率领的藏军第九代本的战斗力太差，是绝对无法与中国共产党领导的人民军队抗衡的。而且战祸一起，不仅个人生死难料，官兵妻儿也难免伤亡，黎民百姓也将备受灾祸。为此，德格·格桑旺堆心旌动摇，先后上书拉鲁·才旺多吉与阿沛·阿旺晋美两位朵基，未果，遂决定与解放军联系和解。

1950 年 10 月 11 日，157 团政委冉宪生会见了前去议和的德格·格桑旺堆。在人民解放军的强大军事压力和党的民族政策感召下，格桑旺堆毅然率部起义。并于同年 10 月 18 日发表起义宣言，称：“……中央人民政府、人民解放军为解除西藏人民痛苦，驱逐英国的势力，而进军西藏。这只是人民解放军为兄弟的解放才有这样的援助，其他是不会的。因此，我们毅然脱离反动阵营，回到自己的大家庭来，与解放军携手合作，为本民族的解放，为解放西藏人民而奋斗……”

西南军政委员会主席刘伯承于当日复电并表示慰勉：“你们深明大义，毅然高举义旗，站到人民方面来，使宁城得以和平解放，人民生命财产免遭无谓的伤亡和损失。闻讯之余，甚为欣慰，特电慰问。并希力求进步，以自己的模范行动，号召藏军官兵站到中华人民共和国祖国的大家庭中来……”

在各级首长的感召下,放下武器的九代本通电起义了,不但是通电起义。团长格桑旺堆还主动联系他所能联系到的一切力量,宣传解放军的方针、政策、作风和优良传统,宣传解放军如何关心老百姓的疾苦。在格桑旺堆等起义官兵的影响下,当地藏区的老百姓消除了对解放军的误解,部队和群众的关系逐渐融洽起来。

在此基础上,解放军的影响越来越大,做了大量工作的格桑旺堆团长还促使当地一位很有威望的卡当活佛前来,与解放军建立了良好关系,趁热打铁,格桑旺堆又去游说各地藏军,并成功地说服了察雅民兵五百多人向解放军缴械。

1952 年,西藏致敬团赴首都北京。身为昌都地区代表团团长的德格·格桑旺堆受到了毛泽东、朱德等党和国家领导人接见。在谈话中,毛泽东主席说,西藏要切实执行和平解放西藏办法的"十七条协议",加强民族团结,清除帝国主义在西藏的残余势力,执行好民族政策、宗教信仰自由政策等等。昌都代表团路经重庆时,西南军区首长还单独接见了德格·格桑旺堆,了解第九代本的情况,询问他有何困难、要求,勉励他继续前进,搞好工作。并给第九代本赠送了军号,锣鼓和其它乐器。1954 年,德格·格桑旺堆被授予二级解放勋章,随后又被授予大校军衔。

艰苦朴素,平淡人生

德格·格桑旺堆育有七个子女,但从不公权私用,更不会为子女的前途向组织或他人打"招呼"。他经常教育子女:"你们只有好好工作的权力,没有讲条件的权力"。

十八军代表曾在德格·格桑旺堆率部起义时对他说:"您个人有什么要求,请大胆提出来"。对此,德格·格桑旺堆的回答是:"我没有更多的要求。只是希望看在我是主动议和的份上,请答应如下几点：一、保障我的部下全体官兵的人身安全，照顾解决他们的衣食住行问题。二、我本人有三个子女，请求保送他们到内地学习，关照他们未来的前途。三、允许我个人做一名普通百姓”。

根据他的要求，第一个问题解决很快，第九代本改编为中国人民解放军。而第二问题，因当时他身边有娜杰旺姆，强巴曲桑，强巴朗杰等三个孩子，他们先在昌都小学上学，后来被送到中央民族学院继续就读。老大和老二大学毕业，也自愿要求到最艰苦的地方工作。老大娜杰旺姆被分到那曲，老二强巴曲桑被分到阿里地区，又从地区分到条件最艰苦的措勤县江让区工作。直到八十年代初期，热地书记到阿里视察工作，发现德格·强巴曲桑在艰苦的地方一呆多年，身染疾病也不愿声张，才把他带回拉萨。老三强巴朗杰读完预科自愿回昌都工作在路上遇到塌方不幸牺牲。由此也可见德格·格桑旺堆对子女的严格要求。

德格·格桑旺堆打小就喜欢文学，搜集了大量康藏地区的民歌谚语。1981年，中国文联副主席赵寻来藏庆祝西藏文联成立，顺道前往德格·格桑旺堆家拜访。到了德格·格桑旺堆的居所，矮小昏暗的平房，狭窄的院子，目睹其一家如此简陋的居住条件，赵寻非常吃惊难以相信。当即向时任西藏自治区党委书记的阴法唐同志反映情况，在阴书记的关心关切下和亲自过问下，他们一家的居住条件才得到了改善。

德格·格桑旺堆用自己的点滴行为，为我们生动诠释了一名胸怀公义的爱国者的高尚道德情操和伟大的人格魅力。

（何卫勇）

参考文献

[1]索穷. 德格·格桑旺堆的传奇一生[J]. 中国西藏，2006(05): 64-67.

鞠躬尽瘁，献身雪域——孔繁森

孔繁森，1944 在山东省聊城出生，家境贫寒。成年后曾参军，后转业到地方工作，1979 年，被抽调到西藏工作。

义无反顾，再上高原

孔繁森进藏后，被派往到海拔 4700 多米的岗巴县担任县委副书记。在任 3 年，孔繁森几乎走遍全县的乡村牧区，与当地群众结下了深厚的情谊。曾经有一次他骑马下乡时，因道路崎岖险峻，不幸从马背上摔下来，被摔得昏迷不醒。当地的藏族群众得知消息后，急忙赶来，将他送到 30 里开外的医院。在西藏工作 3 年，孔繁森深深爱上了这片土地以及这里淳朴的藏族人民。他曾表示是藏族老百姓给了他第二次生命，这一辈子都难以忘怀西藏以及这片土地上的人民，如果有机会他一定会再次踏上青藏高原，在那儿与人民一起工作和奋斗。

1988 年，山东省在选派进藏干部时，准备让他带队。这一年，孔繁森家里困难重重：妻子常年体弱多病，年近九旬的母亲生活已经不能自理，还有三个尚未成年的孩子。同时，他自己身体也大不如前。但他还是服从组织安排，准备带队进藏。决定再次进藏后，从未带妻儿出去游玩过孔繁森，带妻子和孩子到北京游玩了一趟。途中，孔繁森话里有话地告诉妻子：北京是中国的首都，只要到过北京就等于到过全国各地。不管以后他到哪里，他都是像到北京一样，叫家人不要牵挂他。听了孔繁森的话，妻子心中隐隐不安。回到聊城后，一天夜里，孔繁森终于向妻子说组织上又安排他进藏的事。虽然心里早有预感，但从丈夫口中听到这一确切消息后，他的妻子——王庆芝难过地流下眼泪。让孔繁森难舍难离的，还有他白发苍苍的老母亲。当离别最终到来的时刻，孔繁森默默地站在母亲面前，望着母亲的满头白发，想到这一别，也许再已见不到年迈多病的老母亲，孔繁森“扑通”一声跪在母亲面前。心里默默向母亲告别：是啊，忠孝自古难两全，为了不负组织的信任与重托，为了西藏人民，作为一个共产党人，在入党宣誓的那一天起，就将“老吾老以及人之老，幼吾幼以及人之幼”作为爱人标准。再见，母亲，再见妻儿，那片高原需要我，我只有暂别亲人，将对您们的爱转化为对那片高原上每一个老百姓的爱。想到这里，孔繁森流着眼泪给母亲深深磕了一个头，转身离去。

在阿里的暴风雪中战斗

1994 年初，阿里遭受了一场罕见的特大暴风雪。

这次特大暴风雪来势迅猛，波及范围广。短时期内，大片草场、农田被吞没，大量房屋被压垮，羊群在寒风中发抖、老人孩子在哭泣……这次罕见的雪灾给阿里人民带来巨大损失。

时任阿里地委书记的孔繁森，第一时间奔赴受灾最严重的革吉县亚热区曲仓乡。当他看到冻死的牛羊、倒塌的房屋、无助的百姓，强忍着内心的悲痛，坚毅地告诉老百姓：放心吧，有共产党，不会冻死一个人、不会饿死一个人。他亲自将受灾百姓的损失记录下来，并指示当地干部，要确保受灾百姓的生命安全，不能让他们受冻挨饿，要团结一致，同自然灾害作斗争，将人民损失降到最低。

雪花仍在飞舞，狂风仍在咆哮。当看到一位藏族老阿妈冒着严寒脱下自己的外衣，他给在风雪中瑟瑟发抖、不断哀嚎的小羊羔披上时，孔繁森转身回到车上，脱下自己的毛衣毛裤，送给那位老阿妈，让她赶紧穿上。接过还带着体温的毛衣毛裤，藏族老阿妈用颤抖而冰凉的双手，紧紧握着孔繁森的手，饱含热泪，久久说不出一句话。

孔繁森曾在部队医院当过兵，略通医术。进藏工作后，他每次下乡前，都要提前采购很多日常药品，装在随身携带着小药箱里，准备下乡期间随时为农牧民看病治病。在藏工作期间，孔繁森救治了不少患病百姓。一次下乡途中，遇到一位藏族老人肺病发作，浓痰堵住咽喉，生命危在旦夕，是孔繁森用听诊器的胶管将痰慢慢地吸出来的。

罕见的雪灾，不仅给老百姓带来巨大损失，也让孔繁森更加身心疲惫。长时间的劳累和超负荷工作，使他本来有病虚弱的身体愈加虚弱。这天白天，在救灾现场，他不时感到头晕目眩，冷汗直冒，但他仍然强打精神，坚持给冻伤的牧民做完检查，并将他们安顿好。同时，将其他一些急需解决的诸如受灾群众的搬迁、转场等问题一一研究落实。这一夜，风雪交加，劳累了一天的孔繁森躺在帐篷里，头疼欲裂、胸闷气短、天旋地转……，常年的高原生活经验和医学常识使他预感到死神离自己越来越近。

虽然在赴藏前，他已经做好了心理准备；埋骨何需桑梓地，人生何处不青山。但此时此刻，他想起了远在家乡的老母亲、妻子、儿女。昏沉中他默念着亲人的名字……他强撑着打开手电筒，在笔记本上给同行的小梁留下一段话，告诉小梁，一旦他真的发生什么不幸，不要告诉家乡的亲人，并拜托小梁每月以他的名义给他家里人报平安。……

所幸，这一夜，孔繁森挺过来了。

大爱像阳光一样温暖拉萨古城

1992 年，拉萨市墨竹工卡等县发生地震，时任拉萨市副市长的孔繁森第一时间赶赴灾区。在受灾严重的羊日岗乡，孔繁森拉着三个地震孤儿曲尼、曲印和贡桑的小手，告诉他们：不要怕，只要有共产党，一定会有饭吃、有衣穿，有房子住，有学上。他嘱咐当地干部务必要安置好这三个孩子。后来，他决定亲自承担起抚养这三个孤儿的责任。

那年，曲尼 12 岁，曲印 7 岁，贡桑只有 5 岁。从此，孔繁森过上了既当爹又当妈的生活。白天，处理繁忙的公务，晚上回到家后，要给孩子们做饭菜、教他们读书认字。节假日，他总要抽空带孩子们逛公园、商场，买生活用品，陪他们游玩，让孩子们体会和感受到家的温暖。

孔繁森自己上有年迈母亲，下有嗷嗷待哺幼儿，家庭负担非常重。加上每次下乡，他还要分给那些生活贫困的藏族群众一些钱。收养三个孤儿后，他经济上更加拮据，他每个月的工资仅够半个月花销。1993 年开年后不久的一天，孔繁森一个人悄悄来到西藏军区总医院，要求献血。护士看着他那已经斑白的双鬓和苍白的面容，婉言对他说："年纪大了，还有身体不好，最好不要献血。"孔繁森连忙恳求说："我家里孩子多，负担重，急需要钱。护士见他如此恳切，只好同意他的请求。"

孔繁森自己生活极其节俭，经常以白饭就榨菜为餐，穿打着许多补丁的内衣。调到阿里地区工作后，为节省点钱，每次到拉萨，他总要在拉萨买上一些价格低廉的生活日用品。在西藏工作的近 10 年，孔繁森几乎没有往家里寄过钱，省下的钱，大部分都花在了藏族群众身上。他曾多次饱含深情地说：每当看到藏族的老人，我就会想到自己的父母；每当看到藏族的孩子，我就仿佛见到了自己的儿女。在拉萨当副市长期间，他走访了全市 48 所敬老院和社会福利院，把党和政府的关怀、温暖及时送给孤寡老人和孩子们。

拉萨市堆龙德庆区桑达乡敬老院的琼宗老人至今还保存着孔繁森送给她的一双棉鞋。老人永远记得那个隆冬的早晨，孔繁森副市长不顾严寒来到敬老院，当他发现老人被冻得又红又肿的双脚时，心疼地把老人的双脚抱在自己的怀里。第二天，他托人给老人送去了一双崭新的棉鞋。不久，他自己出钱给敬老院的老人们买了收音机。老人们激动地说："还是新社会好哇！要是在解放前，像您这样的崩布拉（当官的）连见都见不到呀！"

拉萨市林周县阿朗乡敬老院的藏族老阿爸至今还念叨着"活菩萨，活菩萨！"原来这位老阿爸的脚烫伤后溃烂发炎，被前来敬老院探望老人的孔市长知道后，市长二话不说，打开随身携带的药箱，亲自为老人涂上药水，用纱布把脚裹好，并把自己身上穿的脱下来给老人穿上，还将身上仅有的 30 多块钱塞到老人手里。老人感动得热泪盈眶，逢人就向别人念叨："活菩萨，活菩萨"。

清贫与富有同在，平凡与伟大同行！藏族老百姓说，孔繁森做的好事就像盛开的邦锦花，铺满雪山草原，洒满高原江河。但正是这点点滴滴的平凡小事，铸就了一个共产党员崇高而伟大的品格。"鞠躬尽瘁，死而后已"！西藏人民的好公仆——孔繁森，1994 年 11 月 29 日，永远地离开了我们，离开他热爱的这片土地和土地上的人民。青山有幸埋忠骨，孔繁森将他的全部留给了这片雪域高原和高原上的人民，这片土地和土地上的人民永远记得他。

（刘培勇）

参考文献

[1] 姚学礼. 西藏雪和中国种子——致孔繁森 [J]. 党的建设, 1995(06):46-46.

[2]柴腾虎. 永远的孔繁森.之二,纪念孔繁森逝世 20 周年[M]. 太原:山西人民出版社, 2014.

[3]李永昶. 孔繁森的“值得”[J]. 西藏党校, 1995.

[4] 平明, 圆方. 王惠生: 活着的孔繁森 [J]. 中外企业家, 2011(11):8-15.

[5] 中共中央组织部研究室. 领导干部的楷模——孔繁森[M]. 北京:党建读物出版社, 1995.

[6]张爱国. 两离桑梓地 满怀雪域情:领导干部的楷模孔繁森[M]. 长春:吉林人民出版社, 2011.

壮士许国身何计，一腔热血献高原
——冯军

1993年8月8日，中共西藏自治区委员会常委、组织部长冯军在北京开会期间突发脑溢血病逝，年仅44岁。冯军英年早逝的消息传到青藏高原，传到塞北江南，传到他的家乡黑龙江……无数唁电从祖国的四面八方飞向北京，寄托对冯军的哀思，许多人从遥远的地方星夜兼程奔赴北京，只为再看冯军一眼，再送冯军一程。在雪域圣城拉萨，数不清的白花，一下子挂满了从西藏自治区政府所在地到冯军住处数百米的长街两侧。

冯军，这位来自东北黑土地的农家子弟，用他对党的无限忠诚，对西藏人民的炽热深情，在雪域大地上书写了一曲感人至深的人生壮歌。

艰难困苦，玉汝于成

1949年1月3日，冯军出生在黑龙江明水县一户清寒的农民家庭。冯军三岁的时候，父亲病逝，母亲只好带着兄弟姐妹五人，与一位老实巴交的农民重组家庭。父母每日披星戴月地辛勤劳作，但还是难以给孩子们提供温饱的生活，冯军靠勤工俭学挣工分以及学校的助学金艰难完成学业。尽管每顿饭只能花8分至一角钱，但这种吃咸菜粗粮的日子已经让冯军十分满足了。为了攒钱买书，他舍不得花一角钱坐公交车,往往步行十来里路去城里。贫困的生活磨炼了冯军,让他珍惜来之不易的学习机会,更感恩国家的培养。他曾经对同学说:“国家为了培养咱们这些农家子弟,得花多少钱呐!若是不好好学习,别说对不起父母和乡亲,更对不起国家呀!”

冯军没有辜负父母和国家的期望,学习十分刻苦。每天早晨,无论多么寒冷,他总是闻鸡即起;每天晚上,无论白天的勤工俭学多么劳累,他总要读书到半夜。初中时,冯军参加了省团代会,在全县各处巡回报告,落下了不少功课,他充分利用工作间隙自学,期末一如既往地考了全班第一。初中毕业时,他以全县第二名的成绩考进了省重点高中——哈尔滨师大附中。进入高中后,外语成了这个贫下中农子弟学习上的短板,可是冯军硬是凭借锲而不舍的毅力,几乎从零开始,用三年时间完成了六年的外语课程,取得了优异的成绩。冯军早年的学习习惯一直延续到工作之后,无论多忙,他都坚持学习。为了弥补没上过正规大学的遗憾,他要求自己“读比大学生更多的书”,终于在不惑之年获得了硕士学位。

冯军不仅学习成绩突出,而且有一颗真诚善良的心。他总是把同学当做自己的兄弟姐妹一样对待。谁学习落后了,他主动为其补课,谁的劳动任务未完成,他不吭一声就帮忙,同学病了,他煎药送水,像亲人一样守护在床边。那时学校实行订饭制度,有时住校的同学没有订上,就意味着这一周在学校都没有饭吃。冯军是走读生,尽管自己家口粮也很紧张,但他毫不犹豫地把同学领回家吃饭,不收一分钱。有一年初冬,气温骤降,一些同学没来得及带棉衣,冻得起不了床,冯军立即从家里取来棉衣,给同学带来春天般的温暖。在知识分子被打为“臭老九”的年代,冯军辗转打听到高中老师的下落,寄去一封饱含深情又理性乐观的信,感念老师曾经给予的教导,鼓励老师“千万不要丧失信心”。这封信让这位正遭厄运的老师仿佛在冰雪中得到炭火一般,重新燃起了对生活了希望。年少的冯军总是这样,忘记自己的苦难,用尚未成熟的肩膀去与他人共同承担生活的重量。

冯军从小就品学兼优,他先是当中队长,而后三年级就破格担任大队长,上中学后当班长、学生会主席。这位干部虽然在班上年龄最小,却有着强烈的"为人民服务""做同学榜样"的意识。小学三年级的时候,他带领同学们捡粪积肥,面对臭烘烘的粪池,别人都躲得远远的,他却第一个跳下去铲粪。学校的猪倌病了,校长找冯军帮忙放猪,他二话没说就答应了。那时正是雨季,冯军没有雨衣雨靴,甚至连把伞都没有,就这样顶着大雨、浸着泥水,义务放了二十多天猪,没有一句怨言,也没有提任何要求。还有一次,一个年纪比一般同学大得多、个子很高的同学故意捣蛋,夸张的表演引得同学们哈哈大笑,老师都被气哭了,这时,冯军挺身而出,义正言辞地制止了那位同学。事后,班主任问那位同学,为什么连老师都不怕却怕冯军,他回答:"我不是怕他,是服他。他瞧得起我,不告我的状。他学习好,捡东西第一。他是真积极,不是假积极。他叫我干啥,我就干啥。"冯军正是因为处事公平、做事干练、不计得失、率先垂范,才在同学中树立起了很高的威望,就连老师也叹服不已。

就在冯军满心希望上大学深造时,时事突变,1968 年,他不得不中断学业回到家乡当民办教师。虽然条件艰苦,但是金子总会发光,很快,冯军的突出才能和优秀品德就得到了人民群众的拥戴和上级组织的肯定。他当上了校长,又调到了公社,到县里任县委常委、宣传部长,再到共青团中央,逐步成长为一名成熟稳重的领导干部。

西藏不就是喘气不方便吗

1991 年 4 月，时任团中央书记处书记的冯军接到了中央将他调至西藏工作的指示。

西藏是一个美丽神奇的地方,也是一个高寒缺氧的地方:平均海拔 4000 多米,含氧量只有平原地区的 60%多,冬季和高海拔地区含氧量甚至不足 50%。很多人刚到西藏都会出现头晕头痛、喘气困难、失眠厌食的症状,若是常年在此,身体会发生许多不可逆的变化。不仅气候恶劣,西藏当时的经济社会发展水平也远远落后于内地,生活条件、医疗条件、教育条件等等与繁华的首都相比,有着天壤之别。

冯军不是不知道这一切,此前,他曾随中央组织部工作组到西藏考察过。这次进藏,给冯军留下了太深太深的印象,他在给女儿的信中写道:“爸爸来之前，做了一些准备，特别是身体素质的强化。到了拉萨果然有高原反应。……来了几天,最令我感动的是那些援藏的干部、职工和大学生。他们有的已来了 30 多年,在做着默默的牺牲,有些人由于缺氧,心脏和肺部增大了,但他们还是在那里坚持着。由此我想到了我们。尽管有这样那样的困难,但与他们相比,我们还能说些什么呢？”

也许,从那次起,冯军就在心里做好了去西藏工作的准备。所以,在接到组织通知的那一刻,他毫不意外,甚至有些圆梦的欣喜。

但是妻子却不愿意。冯军的妻子李梓霞是一位温柔贤淑、不让须眉的女子,她从来都夫唱妇随,同甘共苦,甚至为了支持丈夫而调离自己已经做得很好的岗位。这是她第一次向丈夫提出反对意见。她不是怕与丈夫分离,更不是怕丈夫走后要自己一力承担照顾家庭的重任,她是担心丈夫的身体。

由于常年拼命的工作，冯军落下了一身的病：胃十二指肠球部溃疡、肝炎、肾结石，在进藏前的例行体检中，又查出了严重的糖尿病，而糖尿病，是最怕高原气候的。

冯军对自己的病只是风轻云淡地一笑了之，完全没有打算报告组织。

可是李桂霞急得快哭了，说要向组织提出换人。冯军火了。夫妻俩结婚二十多年来第一次吵了架。

终于，冯军的一番话说服了妻子："平时，我们总是教育青年到艰苦的地方去，如今轮到自己头上，那也应该高兴而去才对。讲奉献，要动真格的，不能光动嘴皮子呀。你放心，到西藏后，我会注意身体的，从现在开始我就把烟戒了。那么多干部在西藏能待下来，咱们怎么就不能待？咱们什么苦没吃过？不就是喘气不方便吗？那算什么！只是，家里要辛苦你了……"说着，他声音哽咽，双眼盈泪，只是，眼神中更多的是坚定。

两个月后，冯军登上了北京飞往拉萨的飞机。此前，他执意谢绝了团中央的一切欢送安排，也坚持不带一名熟悉的手下赴藏工作，只同意秘书彭友东一人送他到拉萨，而且一直催促彭友东早日回京。

他知道，新的征程已经在这片广袤的高原上开启，再苦再难，也必须全力以赴，只有做出一番成绩，才能不辜负党和人民的重托。

胸有万千丘壑，俯身细嗅蔷薇

冯军在西藏担任的是中共西藏自治区委会会常委、组织部副部长，后升任部长。

这是一个十分重要的岗位，关系到西藏各级党政机关干部队伍和各行各业专业技术人才的建设，关系到西藏的长远发展和长治久安。西藏有着特殊的地理气候环境、特殊的宗教文化传统、特殊的民族关系、特殊的干部队伍构成，这一切都给冯军的带来了前所未有的挑战。他深知责任重大，时间紧迫。踏上拉萨的第三天，强烈的高原反应还未过去，他就组织召开了组织部处级以上干部大会，发表了热情洋溢的讲话。随后，又深入各个地区甚至县乡基层进行考察。很快，大家就发现，冯军对西藏干部队伍的了解竟然比许多在西藏工作多年的人还要清楚，见解还要深刻，思路还要清晰。

冯军发现，西藏干部队伍建设的“牛鼻子”是进藏干部队伍，这支队伍存在着“进藏难、留下难、内调难、后顾之忧大”的问题，严重影响了进藏干部队伍的稳定。为了解决这个问题，他经过精心筹划，大刀阔斧地采取了一系列措施：第一，西藏高校每年从区外部分省市招收300名高中毕业生，从驻藏部队招收200名汉族战士，毕业后定向分配到西藏基层工作。第二，实施在藏工作满8年的大中专毕业生可以调回内地的政策，达到“以调促进、以调促留”的效果。第三，切实解决西藏干部工资福利问题，以及进藏干部离退休后的待遇问题。第四，开展内地干部“对口支援、定期轮换”工作。

在当时，要推行这些政策十分不容易，因为外有分裂势力对汉族干部进藏工作的顽固抵制和破坏，内有西藏自身一时难以彻底改变的艰苦条件。此外，相关省区市在安排进藏干部内调岗位、并维持相应级别方面也存在相当大的困难。面对各方面错综复杂的问题，冯军决心坚定，从不为各种流言所动摇，同时又虚心听取各方建议，周密谋划和推进组织人事工作。他采取两条战线双管齐下的办法，一方面在拉萨充分做好可行性论证，一方面派人常驻北京与相关司局协商，通过不懈努力，终于得到了从中央、相关部委到全国各地的广泛支持。从那以后,内地进藏干部人数快速增长,从1993年到2006年,累计增加学历、业务能力和政治素养都较高的进藏干部6000余名,现在他们大多数都已是西藏各条战线上的骨干。

冯军是一个善于创新、意识超前、政治敏锐性极强的领导干部。1992年初,当得知全国将统一部署,开展从省级到地、县、乡各级领导班子大面积换届选举后,他意识到,西藏的干部换届工作任务必然会特别重、难度将比一般省份更大。于是,他火速部署了大规模的干部考察工作,摸清了全区各地各级干部的情况,为换届选举工作的顺利进行奠定了良好的基础。在那次西藏15年一遇的西藏各级领导班子大换届中,极富西藏特色的“两个离不开”方针、“五湖四海”原则、“将坚定维护国家统一和民族团结作为第一考察要素”原则,与中央确定的“四化”方针、“德才兼备”原则,均得到了正确有效的贯彻。包括孔繁森在内的一大批优秀的汉族、藏族和其他少数民族干部走上了重要的岗位,为西藏的发展做出了巨大贡献。在这些重大决策中,冯军起到了举足轻重的作用。

冯军不仅善于工作,还特别善于总结工作方法。他在讲话和工作笔记中多次谈到做好西藏组织人事工作的要领:“我们必须具有坚强的党性、全局的观念、战略的眼光。”“对工作,既不能不分主次,又不能顾此失彼。哪些工作需要深化,哪些工作需要破题,哪些工作需要写作,都要心中有数。还要注意工作节奏和章法,力求做到有条不紊,循序渐进。”这些都已成为自治区党委组织部的优良传统。

在西藏两年多,冯军对这片高原充满了感情。他身体力行地贯彻执行党的民族政策和宗教政策,心里始终装着西藏各族人民,关心西藏地区的经济发展、社会进步和民族团结。他和藏族同胞打成了一片，特别尊重藏族传统，每逢藏历新年和民族节日，他都会为身边的藏族兄弟们准备啤酒和食品，共庆传统佳节。藏族干部生病住院，他无论工作多忙，总要安排时间到病榻前看望。有一次，冯军要到外地参加会议，不能跟西藏的同志一起过藏历新年，他就事先买好年货，让办公室的同志到时一定要带给藏族同志。事情不大，但在藏族干部群众中却树立了尊重民族习惯、维护民族团结的好形象。

只要能使西藏繁荣发展，死了也值

卓越的工作成绩背后，是冯军夜以继日、呕心沥血的付出。他并没有履行对妻子的诺言，好好照顾自己的身体，却在时时践行着对组织的承诺，把自己的一切奉献给西藏。

进藏刚几个月，他的体重就由原来的140多斤下降到不足110斤。北京的一个熟人到西藏出差，看他瘦得厉害，就担忧地问他："你这个情况，桂霞知不知道？身体是工作的本钱，要是顶不住，就下去休息一段时间。"冯军笑着回答："不要紧，瘦是糖尿病帮我自然减肥呢，再说，人少事多，也实在走不开。一下瘦了10多公斤，我心里也没底，不过，比锦涛同志进藏的时候总要好吧。听说当时中央征求锦涛同志的意见时，他回答说，'只要能使西藏繁荣发展，我宁愿死在高原上'。我也是个党员干部，也应该有点那样的牺牲精神吧！"

冯军做得永远比说得更好。他的工作日程总是安排得满满当当，调研、指导、开会、谈话、听取汇报、部署工作、批阅文件、撰写材料……所有重要的事情，冯军从不假手于人，此外，还要挤出时间来阅读和写作。他实在是太忙了，以至于妻子带孩子们到拉萨看他时，他竟不能陪他们各处转转，只是匆匆在布达拉宫前合了个影。

在藏工作两年多,冯军没有休过一次假,连过年都没有回家。

1991 年,冯军带领工作组到基层调研,两个月时间,跑了三个地区和二十多个县、乡(镇)。每天不管多苦多累,他都要认真地整理完调查笔记、安排好第二天的工作才休息。在林芝下乡时,他口腔溃疡,牙龈发炎,半边脸都肿了起来,痛得吃不下饭、睡不着觉,但他仍坚持工作。同志们好不容易把他劝回拉萨养病,炎症刚刚消去一点点,他又马不停蹄地奔赴江孜,白天走村串户,晚上通宵达旦起草文件。在他的主持下,调查组写出多份调查报告,为自治区党委、政府提供了很好的参考。

1993 年上半年,冯军在北京参加中央党校省级干部学习班。结业时,恰逢中央组织部、人事部、财政部工作组准备到西藏考察工作。为了迎接工作组,冯军没顾得上在家多待一天,赶回拉萨布置工作。这次返藏,冯军高原反应特别厉害,头痛、呕吐、夜不能寐,但他还是坚持亲自陪同工作组到海拔 4700 多米的藏北草原考察。从那曲返回拉萨后,冯军仍然没有休息,又立刻投入到紧张的工作中。

1993 年 7 月 31 日,冯军一如既往地忙。上午,他召开了组织部工作会议;下午,先是参加了自治区党委的会议,后又与组织部的两位副部长研究工作;晚上,接待来访的同志,与地委领导同志通电话商谈工作,与前来探望他的同志交谈到午夜。8 月 1 日,赶赴北京开会。会议结束后,他留在北京,准备继续参加 8 月 9 日开幕的全国组织工作会议。

可是,就在 8 月 8 日晚上 8 点,冯军在宾馆突发脑溢血,不幸逝世,年仅 44 岁!

44 岁,正是攀登事业高峰、不断领略人生更美风光的时候,正是为国效力、为民谋福最好的时候,正是人生的航船动力最足的时候，正是家人最需要的时候！可是，冯军太累了，他在44岁就倒下了！从此，妻子失去了相濡以沫的好丈夫，母亲失去了引以为傲的好儿子，孩子失去了指引人生道路的好父亲，朋友们失去了一位热心真诚的好伙伴，同志们失去了一位平易近人的好领导，各族人民失去了一位全心奉公的好公仆，党和国家失去了一位忠诚、廉洁、勤奋、杰出的好干部！

珠峰静穆，雅江呜咽，苍鹰哀哀，经幡猎猎。它们仿佛都在诉说，在聆听，在怀念，在赞叹冯军同志鞠躬尽瘁、死而后已的动人故事……

有人说，只要站在西藏的苍茫大地上，就会在心底升腾起一股纯净而蓬勃的力量，它会让人忘记尘世的功名利禄，忘记狭隘的物欲私念，生命仿佛与天地融为一体。那是西藏独有的一种境界，是艰苦的环境与坚韧的生命共同凝练出的境界，这种境界，恰恰与冯军的精神境界达成高度默契。他，就是巍峨的雪山；他，就是广阔的草原；他，就是奔腾的江河；他，就是灿烂的阳光！他用短暂而不平凡的生命谱写了一曲老西藏精神的壮丽诗歌！

（刘晓梅）

参考文献

[1] 张全景. 一位优秀的组织工作干部——深切缅怀冯军同志[J]. 党员干部之友, 2006, (011):35-41.

[2]本刊编辑部. 组工干部的楷模[J]. 共产党员:上半月, 2006(11):45-45

[3]张全景. 一位优秀的组织工作干部[N]. 人民日报,2006-10-08.

翻身农奴，高原主人——仁增旺杰

20 世纪 50 年代末期西藏的民主改革，推翻了旧西藏极为腐朽、黑暗、落后、残暴的封建农奴制度，彻底改变了西藏百万农奴的悲惨命运，西藏这片古老而神奇的土地获得新生，从此开始了发展进步的伟大历程。仁增旺杰，这位“中国最高行政级别的乡干部”，以他不平凡的传奇人生，见证和诠释了西藏半个多世纪来的翻天覆地的历史性变革。

从奴隶到主人

仁增旺杰，1935 年 7 月出生于西藏隆子县，民主改革前，一家人世代当奴隶，奴隶是只会说话的牲口，没有土地，没有人身自由，从未过过一天人的生活。奴隶的劳作生活备极艰辛，没有车马牦牛，五六十公斤重的糌粑，全靠仁增旺杰背扛肩挑，送到数百公里外的拉萨，每年都需要往返两三次，来回几个月，农忙时节则为主人放牧牛羊、种田，干粗重的杂活，得到一点点可怜的食物，勉强维持生存。主人怎么说就得怎么做，稍有不从便是一顿拳脚。他住的房子更是小得可怜，刚好足够躺下，可以说无立锥之地，没有任何家具，几个农奴到屋子里聊天，甚至连坐的地方都没有。

这个喜马拉雅山北麓的一个穷山村，是仁增旺杰的家乡。解放前的短短四五十年间，由于惨无人道的压迫剥削，全乡一百八十三户农奴中，就有五十五人被迫逃亡，流落异乡，沦为乞丐，十八人惨遭杀害，二十八人饿死在马圈里、大路旁，农奴生活在水深火热中。

“我们西藏农奴的悲惨遭遇，真是人世间所罕见啊！”这是仁增旺杰的血泪控诉，也是旧西藏百万农奴命运的真实写照。

“从此决定一辈子跟定共产党”

1951 年西藏和平解放，仁增旺杰看到了从来没有的希望。仁增旺杰参加了 1954、1956 年川藏公路的建设。筑路的工作量大，很艰苦，但是，仁增旺杰一点都没有觉得辛苦，回忆起来总是笑眯眯的：“一天有 4 块大洋拿呐，干活给工资，还有很多吃的，怎么会苦？”1959 年 4 月 17 日，仁增旺杰的命运真正发生了改变，当时的仁增旺杰，因为长期奔波劳累腿坏了，无法劳作，卧病在床，其他奴隶因为听信谣言说解放军如何如何可怕和恐怖，害怕性命难保便打算逃走，还劝他一起逃走，但在筑路时仁增旺杰和解放军打过交道，坚信他们是好人。仁增旺杰坚决留了下来。很快，人民解放军前来平叛。一位和蔼的战士居然请他喝茶，过去“会说话的牲口”知道了什么是平等和尊重，他心里涌起阵阵暖流，从此下决心一辈子跟着共产党走。

民主改革后，西藏废除了封建农奴制，翻身农奴当家作主。仁增旺杰和广大农奴一样，获得了解放和自由，分到了田地和牲畜，第一次拥有了自己的财产，幸福的日子像做梦一样来到身边。当政府工作人员把奴隶主的借据和账本一一烧掉时，仁增旺杰和广大翻身农奴们热泪盈眶，欢呼雀跃，从心底感激共产党，感激党的好政策，他们不停地高喊：“毛主席万岁！共产党万岁！”

待遇最高的基层乡干部

翻身得解放后，仁增旺杰从基层干部职务开始做起,1959年10月,他担任了西藏隆子县新巴区列麦乡农会主席。此后,由于他的积极努力进取,他的工作得到了上级的肯定和认可,担任的职务也越来越高,1971年8月，仁增旺杰任中共西藏自治区党委常委,成为了省级干部。同时,他还是第四、五届全国人大代表,中共十一届中央候补委员,十二大代表,并且参加过中央第一次西藏工作座谈会。

1992年，仁增旺杰担任西藏自治区党委常委和山南地区政协副主席,经过反复思考,慎重选择,为了建设家乡,他毅然“自贬官职”“一意孤行”,义无反顾地回到家乡——隆子县列麦乡,担任乡党委书记。从此,所有高于乡党委书记的职务反成“兼职”。农奴出身的革命干部中,仁增旺杰的职位并非最高,科学文化水平也并非最高,但他却创造了一个纪录:他是行政待遇最高、年龄最大、从不退休的“乡干部”。从担任乡党委书记开始,直到逝世,他就再也没有离开生养他的这块土地。

为了守望好列麦乡这一“根据地”,仁增旺杰坚持每天都走家串户,与人民群众保持密切联系,他早晨5点钟准时起床,吃点糌粑,喝上一壶热腾腾的酥油茶,不顾逐渐年迈的身体和不太灵便的双脚，奔波在他深情热爱的列麦的田间地头。询问群众有何新要求,消除群众顾虑,切实为群众办实事解难题。他觉得不能辜负党和人民对他寄予的厚望,必须用努力工作来回报。他知足常乐,心系群众,他对自己的乡官职位没有一点点遗憾,只有满心的满足,甚至有些得意:“我在乡下吃得香、睡得好，与老百姓打交道最舒服。”

在仁增旺杰家中的客厅墙上，挂满了历代中央领导人的画像，并且敬献着哈达。他对党怀有深厚的感情，懂得感恩，他坚信只有中国共产党才能解放西藏，使西藏人民过上幸福的生活。

五次搬家的故事

在西藏还流传着仁增旺杰5次搬家的故事。

民主改革时，他没有一心想着享受，看到翻身农奴扎西分到的破旧房子时，身为农会主席的仁增旺杰分到一间较好的楼房，仁增旺杰认为党的干部要时刻想着人民，心里时刻装着人民，“当干部的好马不先骑，好鞍不先用”，就与妻子赤列搬到桑钦寺的庙房里，把自己的房子让给了扎西。

随后，列麦乡创办小学找不到房子，仁增旺杰认为翻身农奴子女的教育是头等大事，便又一次搬家，把庙房让了出来，搬到了庙房旁的一间破屋子里。没过多久，仁增旺杰看到达娃卓玛一家无力翻修房子，便再一次把自己的房子无偿让给了她们一家。

仁增旺杰担任乡党支部书记时，他说服家人，把家从全乡收入最高的二队，搬到了收入较低的三队，目的是为了促进生产，鼓舞士气。当三队收入逐渐提高后，再次把家搬到了收入较低的一队，即使他当时已经担任县委书记。他不断进行尝试，带动生产发展，根据当地的实际情况，带领群众把原来勉强种粮的“桑钦坝”改种饲料，增加了当地农牧民的收入。

列麦乡高寒缺氧，环境恶劣，山高路远，沟壑纵横，乡政府所在地海拔3850米，在仁增旺杰的带领下，在党和人民政府的政策支持和财政资金投入下，在广大群众的不懈努力下，列麦乡发生了翻天覆地的变化，在他去世前，列麦乡人口从解放前的600多人增加到2400多人，适龄儿童入学率达100%，18岁至40岁的群众扫盲率达

80%以上,科学文化素质大幅度提高,农民年人均收入成倍增长,广大人民群众普遍受益,成为山南地区发展速度最快的乡镇之一。

重视教育,维护团结

仁增旺杰重视教育,尤其重视现代文化教育,还在人民公社时期,列麦乡就建立起了自己的现代文化传播体系和教育体系,鼓励群众参加文化学习,仁增旺杰创办了政治文化夜校,因为没有教材,他到邻近的麦沙乡借来藏文版《毛泽东选集》第一卷,作为夜校教材,他自己也爱好学习乐于学习,是夜校的忠实学生,坚持文化学习,努力提高自己的科学文化水平,起到了良好的表率作用;1967 年,他在列麦乡成立了青年业余文艺宣传队和社办小学业余文艺宣传队,进行丰富多彩的文化艺术宣传活动;1971 年,创办了阶级教育展览馆,开展交流学习;1972 年,为了多渠道多途径提高群众的科学素养,他建立列麦公社的农村广播网,还成立了农村电影放映队。

仁增旺杰认为经济要发展,人才是关键。他是我国科教兴国人才强国战略的最早践行者之一。他认识到"百年大计,教育为本",他认识到列麦乡发展的最大困难是人才匮乏,西藏和平解放前,受教育现状堪忧,列麦全乡识字的人数仅有 25 人,而且这 25 人不是贵族就是喇嘛,农民和奴隶连一个识字的人都没有。为此,他把发展教育当作头等大事来抓。他在列麦乡创办了西藏第一所乡属完全小学,他牵挂教育,牵挂学校,只要在乡里,他三天两头都要往学校走走,听听老师讲课、看看学生学习情况或自己亲自授课,讲讲自己的感受和心得,教育学生好好学习。在他的重视和激励下,列麦乡很快在全乡建了 5 所小学,适龄儿童入学率达 100%。他说:"西藏的发展关键也在培养人才,不抓好教育,西藏将永远处于落后状态。”

仁增旺杰作为民族干部，对国家民族政策理解准确，在执行中充满智慧，得到了广大群众的好评和赞誉，譬如他就曾得到第十世班禅的高度赞誉。

仁增旺杰重视民族团结教育，妥善处理民族关系，尊重各民族风俗习惯。上世纪70年代，为响应国家号召，一位朝鲜族女青年到列麦公社插队，按照朝鲜族的习惯，把一只被汽车压死的狗烹调后吃掉了，因为风俗习惯的差异和不了解，这件事引起藏族群众的反感，与这位朝鲜族女青年拉开了距离。仁增旺杰知道事情原委后，他耐心说服教育群众，并且马上召开全体社员大会。他说各民族之间要相互尊重各自的风俗习惯和宗教信仰，他告诉藏族同胞，狗肉是朝鲜族同胞的最爱，要坚持民族团结，彼此尊重。正是在仁增旺杰的教育下，会后，乡亲们理解了这位朝鲜族女青年的做法，增加了对远离家乡的她的关怀与爱护。十世班禅大师知道这件事后，特别高兴：“这才是在内心里真正尊重民族习惯，注意民族团结。我们各个民族就是要团结一心，必须互相尊重、关心。只有各个民族之间互相尊重各自的民族习惯，才能真正地搞好民族团结。”

2008年8月25日，仁增旺杰因病医治无效，在拉萨逝世，享年74岁。这位我国行政待遇最高、年龄最大的乡干部——西藏山南隆子县列麦乡党委书记，生前留下遗言：我一生得到了党的关怀、组织的关心、领导的信任，逝世后不搞任何后事处理仪式，不给组织添任何麻烦，并要求遗属不要借机向组织提任何要求。

（刘培勇）

参考文献

[1] 张荞. 一片丹心照汗青——山南行记之列麦乡的仁增旺杰[J]. 西藏文学, 2008(2):27-30.

[2]刘喜梅, 巫奕龙. 中国行政待遇最高的乡干部[J]. 西部大开发, 2001(11):54-55.

[3]赤列卓玛. 浅谈"列麦精神"的新时代价值[J]. 西藏发展论坛, 2018,163(03):16-19.

[4]张永发. 守望高原[M]. 中国藏学出版社, 2011.

[5]仁增旺杰. 翻身农奴怀念毛主席[J]. 中央民族大学学报:哲学社会科学版, 1977.

雪域高原上的史学大师
——恰白·次旦平措

恰白·次旦平措先生是我国现代著名的藏族史学家。其学术研究建立在藏族悠久的历史文化积淀基础上，把人文主义和历史唯物主义的藏学研究推向了一个新的高度，在国内外藏学界获得了极高的威望和广泛的盛誉。更为可贵的是,恰白先生始终坚持爱国主义立场,结合自身经历,从学术研究的角度出发,科学阐述了西藏是我国固有领土、藏族是中华民族大家庭中不可或缺的一员,有力驳斥了篡改西藏历史、歪曲民族关系的错误论调,为民族团结和国家统一做出了杰出贡献。

出身富贵之家,见证西藏变革

1922 年 6 月初,格桑花开得正艳,世居青藏高原后藏地区的拉孜敏吉(简称拉敏)家族迎来了家中第三个儿子,他就是后来的恰白先生。拉敏是地名“拉孜”和家族名“敏吉”的合称,拉敏家族的渊源可以追溯到公元 1713 年康熙皇帝封赐五世班禅额尔德尼的时候。从恰白的曾祖丹贵开始,直至祖父和父亲都曾是拉孜地区的官员。

拉敏家向来重视对子弟的教育,恰白 7 岁开始学习读写藏文,先后师从拉孜贵族吉普家族秘书尊珠嘉措、洛桑群培活佛等。早年的教育经历为恰白储备了丰富的藏学文化知识，也形成了较系统的知识文化体系，为后来开展学术研究奠定了基础。

出仕为官历来都是西藏官宦子弟理所当然的发展路径，恰白也不例外。1942 年，恰白以娘舅恰白·贡噶晋美之子的名义成为原西藏地方政府的官员。此后，他又先后担任过索康·旺青格勒噶伦的侍卫官、江孜宗宗本、吉隆宗本等，也曾受“热达事件”牵连被撤职罢官。即使是在几经沉浮的仕宦生涯里，恰白对藏文化始终保持着浓厚兴趣，在吉隆期间还曾拜丹确科寺的名僧丹玛格西罗布扎西为师，进一步学习了诸多藏文知识。

1951 年，西藏和平解放，西藏历史也随之翻开了崭新的一页。对于这场史无前例的变革，恰白衷心支持和拥护，并立志投身到新西藏的建设中来。1953 年，日喀则小学成立，恰白主动申请担任学校教师，由于为人坦诚热情、工作能力突出，恰白很快便成为学校的副校长，在学校工作期间他与汉族教师友好相处，互相学习，并积极学习贯彻党的民族宗教政策。1958 年，日喀则地方政府中的分裂分子向索康·旺青格勒诬告恰白破坏宗教活动，恰白只好奉调离开学校，赴任南木林宗宗本。在南木林，恰白用行动再次证明了自己的立场。

1959 年 3 月 10 日，西藏地方政府和上层反动集团，在拉萨全面发动了背叛祖国的反革命武装叛乱，西藏形势变得异常紧张。当时南木林宗甘丹群廓林寺僧人私藏武器，是一股潜在的分裂势力。为免生变，恰白积极配合工作组和解放军，主动担任向导和翻译，最终化解了南木林的叛乱危机。直到日喀则地区完全解放，恰白始终与工作组同吃同住，以实际行动为维护西藏的统一稳定做出了贡献。

1959 年日喀则开始民主改革，同年中国人民政治协商会议西藏日喀则地区委员会正式成立，恰白先生被选为特邀委员，积极响应民主改革各项政策，为新西藏的发展建言献策。“文化大革命”期间，恰白的旧领主家庭出身和早期经历也给他带来了不公正的对待。下放劳动期间，先生先后失去长兄大弟，长子也惨遭不幸，但不公正的待遇和失去亲人的悲恸都没能击倒这个坚强乐观的人。粉碎“四人帮”后，恰白先生的问题被澄清，各项职务也得以恢复。他曾站在大昭寺的廊檐下，指着院子告诉友人当年被批斗的情景。那轻松调侃的样子，好像在说一场游戏，完全没有个人的恩怨，彰显出一派大家风范！

1985 年，西藏社会科学院正式成立，恰白先生任副主席。他的研究重点也逐渐转移到西藏历史方面，青少年时代积累的深厚的文化养分，几十年来孜孜不倦的求问学习以及对西藏历史的深刻洞察，为恰白的历史研究奠定了坚实的基础，已到耳顺之年的恰白迎来了人生发展的新阶段。

藏学研究明珠，历史学界楷模

从 1982 年被任命为西藏社科院副主席到 1998 年退休，在这十几年的光景里，恰白先生惜时如金，埋首文献史料，从事艰难的学术研究，搜集、出版了大量文化历史研究所需的珍稀典籍，在西藏的历史、文学、语言、文献等领域取得了丰硕成果。经历了几十年人生跌宕起伏，见证了西藏从落后蒙昧走向繁荣富强，恰白终于在历史研究领域找到了最能施展才华的舞台。恰白·次旦平措的名字也成为国际公认的西藏历史研究领域的权威，研究西藏历史文化无法绕过的高峰。

《西藏通史——松石宝串》是恰白先生主持编撰的代表作，也是我国藏族学者用藏文编写的第一部西藏通史，后被翻译成汉语出版，在国内外获得盛誉，影响极大。全书150余万字，记述了从原始时代的吐蕃形成到西藏解放前夕近2000年的历史。填补了西藏自古代到和平解放前的漫长时期没有比较完善史书的空白。

杰出的贡献往往也意味着要付出艰辛的努力。历史研究离不开扎实的史料支撑，特别是要编撰一部纵贯2000年的通史，如何掌握丰富又有价值的史料资源是首先面临的难题。好在西藏古代的图书资料、文书档案非常丰富，但要把存放在布达拉宫、罗布林卡和自治区档案馆的原始文献借来用，也绝不是件容易事。当时，恰白听说拉萨哲蚌寺一处古老的宫堡里，收藏着一大批几百年前五世达赖的藏书，便与助手诺章·吴坚等人办了相应的手续，请求寺庙同意借阅。寺庙虽然同意了，却规定进库找书的时间不能超过7天。恰白先生在回忆那段工作经历时说："我们钻了进去，随手翻了翻，都是手抄本和木刻本，但是'文化大革命'时，这里还是受到过人为的损害，目录已经找不到了，有些书核桃木夹板被撤走，书页七零八落。我们借住在哲蚌寺，每天早早地上楼，晚晚地才下楼来，甚至茶和糌粑也在书库外边将就。……7天时间很快就过去了，我们还没有翻看到一半。经过寺庙同意，我们借出了《德乌教法史》《德乌觉色教法史》《汉藏史集》《朗氏家族史——灵犀宝传》等7部史书……"此外，恰白等人还通过公家、私人等渠道，托朋友，找熟人，到处去借，才搜集到足够的研究材料。在耗时三年多的编撰过程中，恰白等人从浩如烟海的各类史料典籍中甄别、记录有价值的只言片语，查阅了130多种藏文古籍，摘录文字二三百万字。

后来，先生提到著作此书的主旨，说了这样一段话："第一是求真实，把历史上的事情原原本本地告诉读者，告诉后人；第二是求科学，藏族古文化很发达，传下来的史籍很多，但有的把历史和宗教当成一回事，甚至把历史和神话混同起来，我们必须进行分析，不能人云亦云，对许多历史事件和历史人物，藏文古籍的记载不尽相同，有的甚至迥然相异，我们将其罗列于书并作出自己的判断……我们这本书，就是用历史事实来讲话。一个真正的历史学家，就得对历史负责，对后人负责。”这段话集中体现了恰白先生的严谨负责的治学态度。

具体来看，恰白对藏族历史研究的贡献，主要体现为对历史观和史学方法的继承与突破。藏族是中国乃至南亚最古老的民族之一，有考古证据表明，早在4000多年前，藏族的祖先就已经在雅鲁藏布江流域繁衍生息了，并较早形成了本民族的文字。至少在唐代，藏族先祖就已经能够用藏文记录和书写历史了。为了记录民族的历史，藏族人民也留存了大量的史学著作，并形成了自己的史学传统。但是1000多年来，藏族的传统史学受到了佛教的较大影响，神学史观一直占据支配地位，历史发展脉络普遍按宗教逻辑诠释，宗教史与教法源流成为历史著作的主体。直到更敦群培（1903–1951年）从朴素唯物主义者角度以卓越的胆识和超人的气魄，将藏族的历史从神学的枷锁下解放出来，引入人文科学的轨道。恰白继承和发展了更敦群培的唯物主义精神，不仅关注吐蕃政治、军事、制度的发展，还注重研究吐蕃经济的发展在历史发展中的核心作用；不仅探讨历史的演进与脉络，还探索其内在的发展规律。

正如拉巴平措先生在《西藏通史》序言中所说，“这部通史把藏族史研究在广阔的领域内从人文科学进一步引向历史唯物主义”。这是恰白先生对西藏史学所做的开创性贡献。此外，在西藏古代史学传统中，十分注意对历史传说、历史记忆材料（其中包括今天历史学家们常常提到的神话传说、口述历史等）的利用，这也成为其显著的特色之一。但是，由于时代的局限，这些著作在史料的运用方面几乎完全依靠古史传说，很难运用到地上或地下的实物材料。

恰白较早注意到了这个缺陷，并积极借鉴了王国维注重“二重证据”的研究方法，即借助于“地上之材料”（文献材料）与“地下之新材料”（考古材料）相互印证来研究和重建历史。例如，在《西藏通史——松石宝串》第一章“西藏远古历史”的第三节“关于西藏人类的起源”中，恰白先生专门列出“关于藏族人种起源的有关出土文物”，并对这些文物及其对于西藏人类起源问题的价值作了详细的论述。现代的历史观和研究方法使西藏的历史研究彻底摆脱古代传统史学的藩篱，步入现代新史学的范畴。恰白·次旦平措不愧为西藏新史学的奠基者和开拓者。

坚定爱国立场，捍卫国家统一

恰白先生对我国社会历史发展的贡献不仅体现在学术成果上，还集中体现在其秉持的爱国主义立场和行动中。在西藏人权问题、揭批十四世达赖集团和十世班禅转世等重大问题上，恰白始终坚定地站在党和人民的立场上，坚决维护祖国统一和民族团结，表现出非凡的政治敏锐性和政治鉴别力。

1992 年，针对境外反华势力污蔑西藏人权状况，恰白先生在“西藏的历史与现状”研讨会上发表了《略述新旧西藏藏人之人权》的书面发言，用史料证据指出，在旧西藏法典第 15、16、13 条中，列举了人与人之间的“命价”要加以区别的规定，明确写着“胡（尔）人（指藏北牧民）杀害雅孜王（指地位很高的王爷），命价按尸量黄金；农民杀害格萨（尔）王，抵偿命价（多得）算不清”，而有关下等人的命价却写明“猎户铁匠屠夫等，被杀命价一草绳（此处专指用马兰草编的绳子）”。这种规定本身就有力地揭示了当时社会对于人与人之间的权利所实行的不公平待遇。那时，占人口 19%的藏族群众连起码的人权——人身自主权也没有。有力回击了反华势力对西藏人权的恶意指责。

1976年，夏格巴的英文版《西藏政治史》经过大量增补，在印度出版了藏文版《西藏政治史》。此书肆意歪曲西藏历史，宣扬“西藏自古独立”的邪说，为达赖集团搞分裂活动提供“理论依据”。此书对不了解西藏历史的外国人了解西藏造成很大的消极影响。针对这一现象，1996年，恰白主持撰写《夏格巴的〈西藏政治史〉与西藏历史的本来面目》一书，对夏格巴在其《西藏政治史》中引用的大量史料进行核对，用评注的形式条分缕析，指出了其中的讹误和夏氏故意篡改的部分，还西藏历史以本来面目，对所谓“西藏独立”的谬论给予了有力的批驳。

2008年“3·14”事件发生后，恰白先生用自己的亲身经历和大量史实，有理有据地阐述了西藏自古以来就是中国不可分割的一部分的事实，给达赖集团以有力回击。2009年初，西藏自治区九届人大二次会议通过设立西藏百万农奴解放纪念日。恰白先生在接受记者采访时说：“国外有极少数人说，过去的西藏很有人道，百姓很幸福，很有人权；现在的西藏不人道，百姓很痛苦，没有人权。我这个在新旧西藏都生活过半辈子的藏族老人听了这些话深感诧异，有责任以亲身经历和所见所闻，介绍一点实情，以还历史的本来面目。”以上事例仅仅是恰白先生积极维护祖国统一的故事之一，每逢国内外反华势力歪曲西藏历史、污蔑西藏发展、制造暴乱事件，恰白先生都出现在捍卫国家民族利益的最前线，从历史事实的角度用无可辩驳的证据将每一次敌对势力的进攻粉碎。

2013年8月15日8时45分，恰白·次旦平措在拉萨逝世，享年92岁。纵观恰白先生一生，他生于旧时代的富贵之家，曾是旧西藏社会的经历者和旧政策的执行者，同时也是新西藏历史的见证者和西藏文化事业的建设者。他长期致力于西藏的社会科学研究，多年来始终坚持正确的学术方向，为推动西藏地区哲学社会科学的发展,为传承弘扬藏民族优秀传统文化做出了突出贡献。更为可贵的是,他将自己曲折坎坷的人生经历、丰硕的研究成果与维护祖国统一、民族团结、发展稳定的现实相结合,对我国的繁荣稳定与发展发挥了无可替代的作用。

恰白·次旦平措先生是雪域高原上的史学明珠,忠贞不渝的爱国主义者。

（王 朋）

参考文献

[1]巴桑旺堆.关于一份西藏贵族名录档案:兼述10户大贵族家族历史传承[J].中国藏学,2014(S1):6-28.

[2] 廖东凡.恰白先生和《西藏通史——松石宝串》[J].中国西藏,1998(3):31-32.

[3]恰白·次旦平措,诺章·吴坚,平措次仁.西藏通史简编[M].北京:五洲传播出版社,2000.

[4] 白玛朗杰,孙勇,仲布·次仁多杰主编.口述西藏十大家族[M].北京:中国藏学出版社,2014.

[5]徐志民.著名藏学家恰白·次旦平措史学思想述论[J].西藏研究,2011(5):28-37.

[6] 朱晓明.西藏前沿问题研究 [M].北京:中国藏学出版社,2014.

[7]张云.根敦群培与恰白·次旦平措的吐蕃史研究:新史观、新方法、新资料、新发现[J].中国藏学,2012(S2):58-63.

[8]张云.藏史研究巨擘 学术创新楷模:恰白·次旦平措研究院与西藏古代历史研究[N].西藏日报,2007-9-22(3).

后 记

《汉藏一家人》一书，在有关领导的大力支持和指导下，即将面世。承蒙原西藏自治区党委常委、政法委书记、区人大常务委员会党组副书记、副主任李光文同志拨冗为本书作序，给本书增色添彩。本书的十几位作者，来自不同单位，从事不同的科研、教学工作。他们为成此书，历经一年有余，聚议一处。从拟定纲目，到撰写初稿，再经讨论修订，最后定稿。其间，参考了大量文献、学术著述。

本书由马卫东、白玛仁增共同策划组织，并最后修改、定稿；刘培勇、廖承英同志参加了本书的组织和修改工作。

参加本书编写的有如下同志(姓名按拼音字母顺序排列)：

白悦波　北京大学历史学系

华　莉　西安交大附中航天学校

何卫勇　中共拉萨市委党校

廖承英　中共拉萨市委党校

娄红乐　海亮教育集团

刘乃秀　西藏自治区社科院

刘培勇　中共拉萨市委党校

刘少敏　厦门日报采访中心

刘晓梅　重庆市荣昌区职业技术教育中心

李欣樾　青岛中学

蒙红莉　高等教育出版社

王明莲　中共拉萨市委党校

王　朋　西藏自治区党委宣传部

王　婷　中国农业大学农学院

叶宏宁　贵州省镇宁县委党校

在成稿后的编辑出版过程中，西藏人民出版社的相关领导给予了大力支持和帮助，本书的责任编辑不惮辛苦，为本书的出版做了大量工作。在此，我们一并表示衷心的感谢。

本书是为了弘扬为西藏进步做出巨大贡献的先烈们的业迹而成的，能否达到目的，还需要广大读者在阅读中加以评判。我们期待本书面世以后，读者不吝赐教、提出宝贵意见。

2020 年 5 月

图书在版编目(CIP)数据

汉藏一家人 / 马卫东,白玛仁增主编. -- 拉萨 : 西藏人民出版社, 2020. 12

ISBN 978-7-223-06654-9

Ⅰ. ①汉… Ⅱ. ①马… ②白… Ⅲ. ①传记文学 - 作品集 - 中国 - 当代 Ⅳ. ①I25

中国版本图书馆 CIP 数据核字(2020)第 193720 号

汉藏一家人

主　　编: 马卫东　白玛仁增
选题策划: 计美旺扎
责任编辑: 计美旺扎
封面设计: 格次
出版发行: 西藏人民出版社(拉萨市林廓北路 20 号)
印　　刷: 拉萨市明鑫印刷有限公司
开　　本: 850×1168　1/32
印　　张: 9.625
字　　数: 225 千
版　　次: 2021 年 5 月第 1 版
印　　次: 2021 年 5 月第 1 次印刷
印　　数: 01-3,000
书　　号: ISBN978-7-223-06654-9
定　　价: 45.00 元